Klaus Stickelbroeck
Haken dran!

Vom Autor bisher bei KBV erschienen:

Fieses Foul
Kalte Blicke
Fischfutter
Auf die harte Tour
Schnell erledigt
Schrott
Blindgänger

Klaus Stickelbroeck wurde 1963 in Anrath geboren. Er lebt in Kerken am Niederrhein und arbeitet als Polizeibeamter in Düsseldorf. Seinen ersten Kurzkrimi veröffentlichte er im Jahr 2000. Der erste Kriminalroman *Fieses Foul* erschien 2007. *Fischfutter* (2010) wurde für den *Friedrich-Glauser-Preis* als bester Kriminalroman des Jahres nominiert.
Sein Serienermittler ist der Ex-Profifußballer und Privatdetektiv Hartmann. Stickelbroeck ist zudem einer der fünf »Krimi-Cops«, deren fünf Kriminalromane, zuletzt *Knock Out* (2015), ebenfalls bei KBV erschienen sind.
www.klausstickelbroeck.de · www.krimi-cops.de

Klaus Stickelbroeck

Haken dran!

Kurzkrimis mit und ohne Hartmann

KBV

Originalausgabe

www.kbv-verlag.de
E-Mail: info@kbv-verlag.de
Telefon: 0 65 93 - 998 96-0
Fax: 0 65 93 - 998 96-20
Umschlagillustration: Ralf Kramp
Druck: CPI books, Ebner & Spiegel GmbH, Ulm
Printed in Germany
ISBN 978-3-95441-392-8

Inhaltsangabe

Killer-Aufguss

Zwanzig Minuten«, stöhnte Siegbert Wankum und rutschte unruhig auf dem Bürostuhl vor und zurück. »Nur zwanzig Minuten wollte ich. Mann, ist das unangenehm.«

Er fühlte sich nicht wohl. Hier im Vernehmungszimmer auf der Polizeiwache in Geldern.

»Herr Kommissar, ich weiß, das ist alles ein bisschen … unglücklich, aber ich kann doch nicht dafür.«

Kriminalhauptkommissar Pit van Arcen blätterte in seinen Unterlagen. Sein Blick fiel auf die Fotos. »Wenn ich mir hier die Bilder ansehe, dann möchte ich allerdings schon ganz genau wissen, was da passiert ist.«

Siegbert Wankum räusperte sich. »Gut. Ich … brauche hin und wieder ein bisschen Zeit für mich. Momente der Muße, kleine, friedliche Oasen. Ich war noch nicht oft in der Sauna. Also, da in Wachtendonk. Ich war ein paar Mal in Kamperbrück, aber das war mir zu groß und zu rüselig. Davor war ich ein paar Mal in Holland, irgendwo bei Velden. Aber da waren mir zu viele Holländer.«

Van Arcen nickte. »Holländer in der holländischen Sauna. Da hätte man vielleicht mit rechnen müssen.«

»Ja. Irgendwie schon. Ich war aber dann richtig froh, als in Wachtendonk dieses neue Dings aufgemacht hat. *Art Spa*. Erst hab ich gedacht, das ist ein Druckfehler. Die haben in den *Niederrhein Nachrichten* vergessen, das Wort zu Ende zu schreiben. Art Spaß vielleicht. Ich sag es Ihnen, Herr Kommissar, die ersten beiden Male war ich begeistert. Auch wegen der Bilder. In dem Art Spa hängt ja ständig etwas Neues an den Wänden. Bilder, Fotos. Sogar Kunst.«

Van Arcen ließ die Schultern fallen und flüsterte. »Sogar Kunst … Mein Gott.«

»Aber heute, Herr Kommissar, heute … lief alles krumm. Ich zieh mich also um und begebe mich unter die Dusche. Ich bin da gründlich.

Auch zwischen den Zehen. Und gehe danach zügig in die Sauna. Ich mach die Tür auf, da sehe ich das Unheil schon sitzen. Also, im übertragenen Sinne. Die Frau halt, die da ganz rechts saß. Ich habe sofort gesehen: das ist eine Glitsche!«

»Eine Glitsche?«

»Ja. Die Glitsche liegt ausgestreckt über gleich drei Bankreihen. Rücken durchgedrückt, Arme und Beine weit von sich gestreckt. Vier Glitschen und die für fünfzehn Mann ausgelegte Sauna ist voll. Ich guck genauer hin: ja, alle Muskeln sind angespannt. Knackig, gesunde Haut, kein Fett! Glitschen haben so was Dynamisches, ich bekomm sofort ein schlechtes Gewissen. Wann war ich das letzte Mal joggen? Wo sind meine Bauchmuskeln? Wie wäre es mal mit Weight Watchers? Glitschen ziehen einen runter. Unangenehm.

Geht aber noch schlimmer!

Denn plötzlich richtet sich die Glitsche mit entschlossenem Ruck auf.

Jetzt Achtung, Herr Kommissar. Alarmstufe Rot!

Denn jetzt glitscht sie mit schwungvollem Strich schmatzend die dicken, klebrigen Schweißperlen vom Körper.

Es spritzt im hohen Bogen. Aufs Holz. Oder auf die Nachbarn. Zum Beispiel auf mich. Aber ich war ja gewarnt. Ich kenne ja die Glitschen!«

»Aha«, murmelte Van Arcen und verzieht sein Gesicht. »Klebrige Schweißperlen? Nicht schön!«

»Ne. Deshalb setz ich mich nach ganz links. Zweite Reihe. Da saß schon einer. Mittig. Ein Stiller. Das sind die Verklemmten. Machen kein Geräusch. Atmen die ganze Zeit nicht. Zu laut. Und haben die Beine übereinandergeschlagen. Die ganze Zeit. Versuchen Sie das Mal, Herr Kommissar. Zwanzig Minuten lang.

Na ja. Ansonsten sind die friedlich, die Stillen. Setz ich mich also daneben. Links der Stille, ganz rechts: glitsch, glitsch. Aber weit genug entfernt.

Ich drehe eine Sanduhr, die an der Holzwand hängt. Zwanzig Minuten soll meine Einheit dauern. Zwanzig Minuten Rast vom Alltag. Ruhe.

Dann öffnet sich die Tür. Rein kommt: der Lehrer.«

»Der Lehrer?«

»Genau. Gymnasium, Oberstufe. Sozialwissenschaften und Geographie. Blasse Haut, dünne Beinchen. Die Knie sind dicker als die Oberschenkel. Ich guck genauer hin. Und ja, abends Gitarrenkurs bei der VHS. Das erkennt man an der Druckstelle auf seinem dünnen, rechten Oberschenkel. Da wo die Gitarre immer aufliegt. Mir fällt sofort die *Mundorgel* ein!

Der Lehrer kommt ganz zögerlich rein. Guckt zuerst, sondiert. Ist jemand aus dem Kurs da? Oder die neue Referendarin? Er blickt ernst. Er grüßt ernst. Sauna ist ein ernstes Thema.

Guten Tag, allerseits.

Automatisch grüßen alle zurück. Wie in der Schule. Außer der Stille.

Dann steht er erst mal da. Mitten in der Sauna. Und zählt durch. In Gedanken. Kann man aber sehen, die Lippen bewegen sich. Warum, Herr Kommissar? Ich weiß es nicht. Das dauert, ehe der sitzt. Lehrer machen mich nervös. Ich guck nicht hin, aber ich weiß, da steht einer rum.

Ist hier noch frei, fragt er und deutet auf einen ... freien Platz.

Na klar, will ich schreien, da sitzt ja keiner! Aber ich reiß mich zusammen, ich will mich ja entspannen.

Und dann geht das mit dem Saunalaken los. Es wird nicht hingelegt, sondern ausgebreitet. Faltenlos. Es wird gezippelt und gezuppelt. Ein bisschen nach links, ein bisschen nach oben. Dann hängt das Saunatuch zu weit durch. Noch mal neu.

Ich werd bekloppt!

Er setzt sich hin. Steht noch mal kurz auf. Ruckelt am Laken. Setzt sich … fast. Lüftet noch mal das Gesäß, ruckelt … Irgendwann reicht die Muskelkraft in seinen dünnen, zitternden Oberschenkeln nicht mehr aus. Und endlich sitzt er.

Stille. Glitsch, glitsch. Ruckel, ruckel …

Es öffnet sich *sofort* wieder die Tür und es kommt …

Hallöchen!

Mitte vierzig, Anfang fünfzig. Die Indianerin. Guter Allgemeinzustand, nur leichte Lackschäden. Ein paar Beulen, aber täglich gepflegt.

Sie ist komplett geschminkt. Anfangs. Fünf Minuten später nicht mehr. Aber anfangs schillert es in der Sauna in allen Farben. Sie trägt mehr Farbe im Gesicht, als die Komantschen, wenn die mit der kompletten Truppe drei Wochen lang aufm Kriegspfad waren.

Im Bauch ein Piercing, ums Fußgelenk ein Goldkettchen. Mit Anhänger. Ein Anker. Herr Kommissar, Schmuck in der Sauna? Das wird doch heiß! Das tut doch weh!

Aber egal!

Die Indianerin macht keine Probleme. Sie setzt sich hin und schwitzt. Sie hinterlässt nur ein paar Farbflecken. Wenn die Schminke übers Holz zerläuft und auf die Kacheln tröpfelt.

Herr Kommissar, bis hierhin, nicht wirklich ein Problem.

Stille, glitsch, glitsch, ruckel, ruckel, tropf, tropf.

Kein Problem. Ich will mich ja entspannen!

Aber das Problem ... das geht schon seit einigen Minuten vor der Sauna auf und ab. Kann ich durch die Glastür sehen. Das Problem ist männlich. Und er geht. Er schreitet. Er zeigt sich. In voller Pracht. Es ist der Muskelmann.

Er ist gut gebaut. Auch unten rum.

Deshalb braucht er weder Handtuch noch Bademantel, der Muskelmann. Er schreitet. Und es baumelt. Und bevor er in die Sauna eintritt, haben es alle gesehen.

Baumel, baumel.

Er zögert seinen Auftritt hinaus. Doch dann ... stößt er die Saunatür auf. Sie dellert innen gegen den steinernen Kasten, wo der Aufguss gemacht wird.

Baumel, baumel.

Hoppla, ruft er.

Und guckt erst mal. Wer ist da? Lohnt es überhaupt, sich zu präsentieren? Dann sieht er sie. Die Indianerin. Die Bauchmuskeln werden angespannt. Ja, Mädchen, guck hin, ich bin es: der Muskelmann.

Baumel, baumel.

Herr Kommissar: ein Neandertaler. Aber so ein richtiger! Kein Hals, flache Stirn, breite Überaugenwülste, kräftiger Kiefer, üppig behaart.

Ich wette, was in dessen DNA steckt, hat seit der Steinzeit das Neandertal nicht verlassen! Und da is nichts Neues dazu gekommen!

Muskelmann geht natürlich direkt auf die oberste Bank, klar. Das hat er noch von damals, aus der Tierwelt. Der Affenberg. Der größte Affe sitzt immer *ganz oben*!

Ich Tarzan, du Jane.

Ganz nah an mir vorbei steigt er die Bretter hoch. Er nimmt zwei Bankreihen auf einmal, weiter Schritt. Ganz nah an mir vorbei? Herr Kommissar? Baumel, baumel. Sie verstehen? Bei mir vorm Gesicht? Wäre ich ein Schäferhund – ich hätte zugeschnappt.

Ich spür aber nur so einen Luftzug. Wuschschschschsch.

Er nimmt nicht Platz, nein, er knallt seinen Hintern auf das Badelaken. Natürlich ohne vorher zu zippeln und zu zuppeln!

Die ganze, schräge Bankwand wackelt, Holz knirscht. Dem Lehrer verrutscht es vor Schreck das Badetuch. Die Indianerin lächelt und verwischt vor Aufregung den grellen Kajalstift, der Anker am Fußgelenk schaukelt.

Stille, glitsch, glitsch, ruckel, ruckel, tropf, tropf, boller, boller.

Geht aber noch heißer, donnert der Muskelmann und ruckelt mit ordnendem Griff seine Weichteile in eine bequeme Position.«

Siegbert Wankum machte mit festem Zupack und geschürzten Lippen vor, wie Pit van Arcen sich das Ordnen vorzustellen hatte.

»So, Herr Kommissar, so!«

»Is gut!«

»So!«

Der Ermittler nickte hastig.

»Noch ehe er sitzt, quetschen sich zwei junge Frauen herein. Sie sind sehr schlank. Sie sind sehr blond.

Und? Was hat die Sara Jacqueline ihm gesagt?

Sie hat ihm gesagt, dass sie schwanger ist.

Nein!

Doch!

Toll!

Und dass es Zwillinge sind.

Nein!

Doch!

Super. Zwillinge. Und wie viele?

Zwei.

Suuuuper. Und was werden es?

Geschwister!

Klasse. Und wer ist der Vater?

Beim ersten der Jeremy. Beim zweiten weiß sie es nicht ...

Das, Herr Kommissar, war der Moment, wo ich ein bisschen unruhig wurde. Aber ich hatte noch knapp fünf Minuten. Und ich wollte das durchziehen, ich wollte mich entspannen, verdammt!

Stille, glitsch, glitsch, ruckel, ruckel, tropf, tropf, boller, boller. Und: schnatter, schnatter, schnatter.

Herr Kommissar, die beiden Mädchen *konnte* der Muskelmann natürlich nicht ignorieren. Er *musste* ihnen seinen Körper präsentieren. Ich *wusste,* was jetzt kommt.

Hat jemand was dagegen, wenn ich ein bisschen Aufguss nachlege?

Ich hätte mich fast gemeldet. Hab ich aber gelassen. Jetzt keine Diskussion. Ich will mich ja entspannen ...

Stille, glitsch, glitsch, ruckel, ruckel, tropf, tropf, boller, boller, schnatter, schnatter, schnatter. Erdbeben.

Denn Muskelmann stampft die Bretter runter.

Dann steht er mitten in der Sauna und ... bückt sich nach der Schöpfkelle.«

Siegbert Wankum blickt van Arcen mit hochgezogenen Augenbrauen an.

»Herr Kommissar, Sie verstehen? Mitten in der Sauna. Bücken? So ganz weit runter. Nackt. Mit dem Rücken genau vor mir. Also, mit dem Rücken und ... Herr Kommissar, wie soll ich es sagen? Hintern ist Hintern. Hat zwei Hälften und ein ... Sie wissen schon. Ich konnte gucken ... *Meilenweit* konnte ich gucken. Wenn ich gerufen hätte, hätte es ein Echo gegeben.

Die Indianerin fächelt sich Luft zu. Der Lehrer ruckelt an seinem Laken. Die Glitsche glitscht, die Mädchen schnattern, der Stille stillt … Äh, der Stille sagt nichts.

Dann greift der Muskelmann sich die Kelle.

Killer-Aufguss, blökt er.

Zisch, brutzel und der Aufguss legt alles unter einen feucht-grauen Nebelschleier. Und wie der Muskelmann die Schöpfkelle wieder in den Eimer zurücklegen will, sagt der:

Hoppla.

Muskelmann rutscht auf den nebelfeuchten Fliesen aus, die Kelle wirbelt durch die Saunaluft. Und trifft den Stillen an der Schläfe. Ich sehe noch, wie der sich entsetzt in die Höhe schraubt. Aber er hat ja die Beine übereinander verknotet und kriegt sie so schnell nicht auseinander. So stürzt er kopfüber von der Bank. Auf die beiden Mädchen, die sofort losschreien.

Der Stille kullert bis ganz nach unten. Ich glaub, da war der schon tot. Wegen der Kelle.

Muskelmann windmühlt mit seinen Armen nach Halt, klatscht aber der Länge nach auf die Kante der mittleren Bank. Im Fallen reißt der die Indianerin nach vorne. Er selbst fällt … unglücklich. Ein fieses Geräusch, wenn so ein Genick bricht.

Der Muskelmann hatte ja aber auch die Indianerin im Stürzen noch nach vorne gerissen.

Und ich frage jetzt mal so: Muss ein Aufgussbecken eigentlich immer aus Stein gemauert sein? Ich meine, wenn es jetzt zum Beispiel aus Holz gewesen *wäre*, hätte die Indianerin ja vielleicht überlebt.

So nicht. Denn der Glutstein haut ihr eine tiefe Macke in die Stirn. Blut spritzt, die war sofort tot.

Die beiden Mädchen haben da ja noch gelebt.

Aber als der Muskelmann so mit Schmackes auf die Saunatreppe stürzt, haut er da praktisch eine Schneise in die Lattenkonstruktion. Links und rechts schlagen die Holzenden splitternd nach oben und stehen wie Speere in der Luft. Wie in einer afrikanischen Löwenfalle sah das aus. Und das hat ja quasi auch so funktioniert. Als die beiden Mädchen schwankend nach vorne taumeln, in die Holzpfähle fallen und sich aufspießen. Einmal komplett durch. Da haben die auch nicht mehr geschrien.

Geschrien hat da ja aber noch die Glitsche. So kehlig, so ein heiseres Krächzen. Weil eines der Bretter aus der gesplitterten Lattenkonstruktion ihr ganz … also, ganz unglücklich direkt vor den Kehlkopf geschlagen ist. Vielleicht drei- oder viermal hat die Glitsche noch japsend geröchelt, aber dann … Ich sag mal: ausgeglitscht.

Der Lehrer war auch plötzlich ruhig. Der hat – glaube ich – einen Herzinfarkt bekommen, denn der saß dort mit blauem Kopf sehr verkrampft. Und hielt sich das Herz.

In diesem Moment, Herr Kommissar, war es in der Sauna zum ersten Mal richtig ruhig.

Kein Glitsch, kein Tropf, kein Boller.

Ruhe.

Jetzt … Jetzt hätte ich mich richtig entspannen können. Aber ich guck auf die Sanduhr: meine zwanzig Minuten waren um.«

Shades of Ray

Sonntagnachmittag. Herrlich! Ich liege im Wohnzimmer auf der Couch. Tiefenentspannt. Locker und schlaff döse ich vor mich hin, als meine Frau, die Rita, sich plötzlich neben das Sofa stellt und mir mit spitzem Finger in die Seite stupst.

»Hase, hör mal, ich hab da eine ganz verrückte Idee.«

»Hm?«, murmele ich, drehe meinen Kopf und merke sofort, dass irgendetwas nicht stimmt. Meine Frau hat so was im Blick, so was Verwegenes. Verhuscht. Und ich denke gleich, Klaus, das hat mit ihrem Hobby zu tun.

Ich selbst lese ja nicht viel. Wenn überhaupt, dann Fernsehzeitungen. Meine Frau ist da anders, die liest Romane. Das sind meistens Krimis. Beim Lesen blüht sie auf, da geht sie mit. Sie kriecht förmlich in die Bücher rein. Hat die einen Autor für sich entdeckt, dann liest die alles von dem. Zum Beispiel die Sachen mit diesem unrasierten Kommissar aus Schweden, der immer so depressiv daherkommt. Wenig Sonne, kein Schlaf, um ihn rum sterben immer alle. Tragisch. Wenn die was von dem liest, braucht meine Frau selbst einen Therapeuten. Zwei Schwedenkrimis hintereinander und meine Frau ist ernsthaft suizidgefährdet.

Oder der italienische Kommissar aus diesen Kriminalromanen von Madonna. Wenn meine Frau da eine Nacht durchgelesen hat, dann, – also, find ich –, dann riecht die morgens sogar ein bisschen nach Venedig. Diese leicht faulige Nuance. Vom Brackwasser, in den Lagunen.

Rita rückt jetzt ein wenig näher und haucht. »Hase, ich würde gerne mal etwas Neues ausprobieren.«

Ich ruckle mich besorgt im Sofa hoch. Aufpassen! Das letzte Mal, als meine Frau was Neues ausprobieren wollte, haben wir das Badezimmer neu gefliest.

»Was denn, Schatz?«

Sie legt ganz zärtlich einen Arm sanft um meinen Hals und ich erkenne verwirrt, dass ihre Wangen rot glühen. Sie klimpert mit den Augenlidern und ihr Atem ist heiß. Und mit einem Mal weiß ich Bescheid. Ihre letzte Lektüre war kein Krimi.

Meine Frau hat *Shades of Ray* gelesen …

Jetzt beißt sie verführerisch auf ihre Unterlippe und gurrt. »Vielleicht sollten wir ausgetretene Wege verlassen und ein bisschen Schwung in unsere Beziehung bringen.«

»Ein bisschen Schwung?«, frage ich entsetzt.

Mit dem Schwung ist das bei mir nämlich so eine Sache. Ich bin ja jetzt nicht mehr der Allerjüngste. Ich kann mit trübem Blick am Horizont des Lebens schon schemenhaft die Zielgerade meines Daseins erkennen. Die will ich aber auch erreichen. Mein Schwung ist da vollkommen ausreichend. Ich kümmere mich um den Garten. Hier mal was gepflanzt, da mal was gezupft, den ein und den anderen Vogel mit der Flinte aus dem Kirschbaum geballert. So was. Auf jeden Fall: Schwung satt!

»An was hast du denn gedacht?«, frage ich vorsichtig.

»Du bist der Mann, schlag du doch was vor, Hase!«

Aber Hase will nichts vorschlagen. Hase will seine Ruhe haben. Im Grunde genommen habe ich mich nämlich ganz anders orientiert. Eher so: der Garten, die Fernsehzeitungen. Oder Skat spielen mit den Jungs.

Die Finger ihrer rechten Hand spazieren neckisch über meine Brust.

»Ich dachte da an was … Härteres.«

Sie zwickt mich.

»Aua!«

»Was hältst du denn von ein bisschen Lack und Leder?«

Alles zu seiner Zeit, hätte ich flüstern mögen, aber ein erneutes, kräftiges Zwicken lässt mich schmerzhaft laut aufheulen.

Ich hätte es ahnen müssen. Natürlich hat sie sich emotional auf diesen erotischen Gassenhauer genauso eingelassen, wie sie es bei ihren Kriminalromanen immer tut. Nicht auszumalen, was das jetzt für die nähere Zukunft bedeutet, wo das hinführen mag. Das geht gar nicht! Gibt es zu *Shades of Ray* eigentlich einen zweiten Teil? Gibt es Überlebende? Die Geschichte der O. fällt mir ein. Und wie heißt dieser sadistische Marquis aus Frankreich?

»Das kommt sehr plötzlich, Schatz.«

»Sei doch mal ein wenig spontan.«

Spontan rutsche ich sicherheitshalber auf der Couch ein wenig zur Seite. »Ich glaube, das ist nichts für mich.«

»Ach, lass es uns doch wenigstens einmal ausprobieren«, summt meine bessere Hälfte, langt mit einer Hand nach unten und zieht einen Gegenstand hinter dem Sofa hervor. »Na, Hase, wie gefällt dir das?«

Ich reibe mir entsetzt die Augen. In der rechten Hand meiner Gattin entdecke ich eine Peitsche.

Bei mir zieht sich alles zusammen.

Ein kräftiger Ruck und die Peitsche sirrt durch die Luft. »Ungeahnte Möglichkeiten, Hase.«

Ja. Und genau vor diesen ungeahnten Möglichkeiten hat Hase gerade mal aber so richtig Angst. Ein dicker Kloß robbt zäh mit stumpfen Ellenbogen meine Speiseröhre rauf und runter. Lack und Leder? Eine große Tube Massageöl würde es doch auch tun. Oder frische Bettwäsche …

»Das ist ganz bestimmt nichts für mich, Schatz!«

»Das weißt du doch gar nicht. Und nenn mich nicht *Schatz*. Sondern *Meisterin*.«

Die langen, schwarzen Ledertroddeln ihrer Peitsche streifen über meine Brust. Ich rücke auf der Couch noch ein Stück zur Seite.

»Hase, mein böser Tiger, werde locker!«

»Na gut«, flüstere ich.

Meisterin will mir nicht richtig über die Lippen kommen. Ich sehe mich auch noch nicht als *böser Tiger*, aber da ist sowieso nichts zu machen. Da hilft jetzt nur die Flucht nach vorn. Dann hätte ich nachher wenigstens meine Ruhe.

»Aber nicht hier, Rita, nicht hier bei uns in der Wohnung. Wenn das die Nachbarn mitkriegen.«

Tatsächlich lässt sie von mir ab. »Na gut, überleg dir was! Suche uns was Freches aus!«

Wieder zischt das Lederteil.

»Ja«, flüstere ich. »Mach ich.«

* * *

Abends bei Anita in der Kneipe versuche ich mich abzulenken. Donnerstags, wenn auch der Männergesangsverein probt, kloppen wir dort am runden Stammtisch immer Skat. Der Hacki, Günther, der Bernd und ich. Geber setzt aus. Anfangs Pils, später Cola Korn.

»Wer ist dran mit austeilen?«, fragt Hacki.

»Immer der, der fragt«, antwortet Günther genervt.

»Also ich?«, fragt Hacki mit hochgezogenen, buschigen Augenbrauen.

»Wer hat denn gefragt?«, knurrt Günther.

Hacki blickt ausdruckslos, aber Bernd drückt ihm stumm die Karten in die Finger. Hacki ist nicht die hellste Kerze auf der Torte. Er fängt aber jetzt doch an, die Karten langsam neu ineinanderzuschieben. Sein Tempo dabei ist beeindruckend. Wenn Hacki mischt, setzen die Kreuze Rost an!

Flapp, flapp, flapp.

Ich kratz mir den Kopf und überlege, ob es vielleicht doch keine *so* gute Idee war, unseren Kegelverein in einen Skatclub umzufunktionieren.

Welcher Skatclub heißt auch schon »*In die Vollen*«?

Als aber kurz hintereinander der Schorsch und der Hermann für immer von uns gegangen sind, sie also – quasi –, die letzte Kugel geworfen haben, wurde es auf der Kegelbahn doch sehr übersichtlich. Und als Günther wegen seiner neuen Hüfte beim Werfen nicht mehr richtig tief runter kam, erschien uns das als eine ziemlich sinnvolle Idee.

Bernd winkt der Anita. Richtig, wenn Hacki mit seinen haarigen Fingern die Karten neu übereinanderlegt, ist immer Zeit für eine bequeme Zwischenrunde. Hacki hat einen Schwager auf der Baesdonk, der soll sich totgemischt haben.

Günther beugt sich zu mir rüber. »Klaus, was ist los? Du gefällst mir heute Abend überhaupt nicht. Du bist nicht bei der Sache. Einmal falsch bedient, Trumpf falsch gezählt und einmal haste vergessen, den Stock zu drücken.«

»Geht schon«, knurre ich.

Meine Kumpels und ich, wir sind hier am Tisch schon ziemlich locker, reden über fast alles, aber Lack, Leder und devote Fesselspiele würden die Jungs dann doch überfordern. Andererseits …

»Hör mal, Günther, hast du nicht ein Wochenendhaus? Irgendwo in der Nordsee?«

»Ja, auf Borkum.«

»Ist da demnächst noch was frei?«, frag ich nach.

»Sicher. Willst du da hin?«

»Ist das da abgelegen, so ein bisschen einsam?«

»Da wo das Häuschen steht, da hat der Fuchs noch nicht mal einen Hasen, dem er gute Nacht sagen kann.«

Klingt gut, denk ich.

Flapp, flapp, flapp.

»Planst du mit der Rita ein frivoles Liebeswochenende?«, gibbelt Bernd von der anderen Seite. »Dann pass auf deinen Blutdruck auf!«

Günther lacht, ich sag mal nichts. Hacki mischt immer noch. Flapp, flapp, flapp.

Anita gleitet heran und klebt uns das frische Bier auf die Pappdeckel.

»Kopf in den Nacken!«

»Hau weg, das Zeug!«

Flapp, flapp, flapp.

»Mensch, Hacki, mach voran!«, keift Bernd.

Hacki lässt vor Schreck die Karten fallen. Günther und Bernd verdrehen die Augen. Ich nippe am Bier und habe noch vor der nächsten Bockrunde eine Idee. Bis zum Ramsch reift die Idee zum Plan.

»Günther, dann reservier mir nächsten Monat mal ein verlängertes Wochenende.«

* * *

So ganz genau hab ich gar nicht gewusst, wo Borkum liegt. Hab ich aber nachgeschlagen, ist die westlichste und größte der sieben bewohnten Ostfriesischen Inseln. Alles klar. Also Borkum. Wir sind dann noch gar nicht losgefahren, da habe ich schon den Kaffee auf.

»Mann!«

Fluchend und mit hochrotem Kopf versuche ich Ritas buntes Kofferensemble in unseren Kleinwagen zu quetschen. Ich werd bekloppt.

»Verlängertes Wochenende.«

Wozu braucht die dann den halben Hausstand? Für mich hat doch auch eine Sporttasche gereicht. Vier, fünf Tage? Da packe ich doch nicht mal eine zweite Unterhose ein.

»Passt die Sporttasche noch irgendwo hin?«

»Ja, sicher, Schatz. Das Handschuhfach ist noch frei. Und ich kann auch noch die Lichtmaschine ausbauen.«

Sie lacht neckisch und pikt mir in den Bauch. »Da sind ganz viele, aufregende Spielsachen drin, Hase.«

Sie öffnet flink den Reißverschluss, mir stockt der Atem. An ihrem Zeigefinger baumelt eine Handschelle.

»Ich will ja nicht, dass du mir auf der Insel abhandenkommst«, flüstert sie lüstern.

Losfahren tun wir dann auch irgendwann. Weil wir aber nicht – wie von mir geplant – schön zeitig aufbrechen, stehen wir schon gleich beim Autobahnkreuz Moers im Stau. Zehn Kilometer weiter muss sie das erste Mal auf die Toilette, dringend. Ich biege auf den nächsten Rastplatz. Einen Moment lang überlege ich, einfach weiter zu fahren und sie dort auszusetzen. Mach ich dann doch nicht. Wäre vielleicht besser gewesen.

Die Sonne knallt, über 30 Grad. Kurz hinter Duisburg fällt die Klimaanlage aus.

»Bist du auch so aufgeregt?«, fragt Rita kurz vor Ahaus.

»Ja, bin ich«, kann ich wahrheitsgemäß antworten.

Kurz vorher hab ich nämlich im engen Baustellenbereich einen holländischen PKW mit Dachgepäckträger und Wohnwagen überholt. Auf der Autobahn ist den Holländern echt alles zuzutrauen …

Bis Nordhorn stehen wir dann noch vier Mal im Stau.

»Der Sicherheitsgurt nervt«, mault sie.

»Das kann ich ändern«, behaupte ich und habe sie in Gedanken bis kurz vor Eemshaven schon dreimal mit dem Gurt erwürgt. Dann würde der auch nicht mehr nerven, der Gurt.

Sie auch nicht.

Wäre ja auch irgendwie eine Art Fesselspiel gewesen …

Schließlich kommen wir doch noch auf der Insel an und Günthers Häuschen ist schnell gefunden. Eine schöne Hütte. Rustikal, Reetdach, kleiner Vorgarten, viel Holz, Kamin, offene Balkenlage. Richtig gemütlich.

Eine halbe Stunde später habe ich Ritas Kofferpotpourri und meine Reisetasche ins Haus verfrachtet. Erschöpft lasse ich mich in den erstbesten Sessel fallen. Ich bin so fertig wie der schwedische Kommissar aus Ritas Krimis immer aussieht und rieche schlimmer als Venedig. Ächzend stemme ich mich hoch und schleppe mich kraftlos nach oben ins Schlafzimmer.

Dort wartet … Rita.

Ich muss zweimal hinsehen. Rita steht vor mir und trägt schwarze Reizwäsche. So was vorne Zugeschnürtes, oben, mit Schleifchen … und auch unten. Da ohne Schleifchen … Leder. Teuer können die Kleidungsstücke nicht gewesen sein, denn sie sind sehr löchrig. An ihrem mit Nieten besetzten Hüftgürtel baumelt funkelnd das glänzende Paar Handschellen. Auf dem Bett liegen rote Seidenschals und weiche Bänder aus schwarzem Samt. Im CD-Player dreht sich eine Scheibe und ich erkenne *Prince.*

»Na? Gefällt dir, was du siehst?«

Ich schnappe nach Luft und stammele: »Ja, Meisterin.«

Es gefällt mir wirklich.

»Fessele mich!«, befiehlt sie.

Ich nicke ergeben, löse behutsam die Handschellen vom Gürtel und lege sie vorsichtig um ihre feinen Gelenke. Genussvoll lässt sie sich führen. Sanft befestige ich die frivolen Eisen mit einem der schwarzen Samtbänder links und rechts oben am Holzbalken der rustikalen Deckenkonstruktion. Rita schnurrt wohlig, windet sich lustvoll. Ich bin wirklich zärtlich, als ich sanft den roten Knebelball zwischen ihre Lippen schiebe.

* * *

Jetzt sitze ich wieder mit meinen Jungs beim Skat. Wir sind schon beim Cola Korn.

»18«, knurrt Günther.

»Ja«, behaupte ich.

»20.«

»Hab ich.«

»Zwo«, bellt Günther ein bisschen lauter.

»Sicher«, schreie ich zurück.

Ich habe ein super Blatt. Mit Dreien, gespielt Vier, Schneider. Mindestens. Wenn es gut läuft: Schneider schwarz.

Schwarz ist auch ein gutes Stichwort.

Borkum. Ich habe die Insel vorige Woche mit der letzten Fähre Richtung Festland wieder verlassen. Ich. Rita nicht. Rita müsste immer noch dort hängen.

Neulich am Nebelhorn

Ich laufe mal hinten, ich laufe mal vorn.
Ich besteige mit meiner Frau das Nebelhorn.

Und spüre, mit jedem Höhenmeter,
werde ich wütender. Auf meine Frau und auf Peter.

Der ist ja mein Nachbar, den fand ich eigentlich ganz nett.
Jetzt hör ich, der geht mit meiner Frau ins Bett.

Das ist nicht gut, das ist nicht schön.
Das kann *so* auch nicht weitergehn.

Der Nebel ist inzwischen dichter als dicht.
Wenn jetzt einer stürzt, dann sieht man das nicht …

Und wie meine Frau da so an der Kante steht – schwupps,
da gebe ich ihr einen kräftigen Schubs.

Sie stürzt Richtung Tal, sie schreit.
Ihre Stimme ist laut, sie ist voll.
Ich lausche. Oh Mann, ist das Echo hier toll.

Kitty

Dimitri wuchtete schwungvoll einen Karton in den Kofferraum seines Lieferwagens. Der Grieche war Hartmanns Nachbar und hatte bis vor kurzem im Erdgeschoss einen Secondhand-Laden betrieben. Exklusives Sortiment, sehr gute Preise, die Ware manchmal sogar original verpackt.

Hartmann nippte am Kaffeebecher. »Du ziehst also tatsächlich aus?«

Dimitri strich mit dem Hemdsärmel Schweiß von der Stirn. »Scheiße, Malaka, die Bullen rücken mir immer mehr auf die Pelle. Nur wegen der Handgranaten. Und den paar Maschinenpistolen. Ich werde umziehen und mich ganz neu aufstellen.«

»Ehrliche Arbeit?«

»Was? Nein! Ich spiele mit dem Gedanken, ein griechisches Restaurant aufzumachen.«

Hartmann nahm einen Schluck und fragte sich, warum bei Dimitri *ehrliche Arbeit* und *griechisches Restaurant* nicht zusammengingen.

»Ich hab sogar schon einen Namen. Spukt mir seit Tagen im Kopf rum. *Akropolis*.«

Hartmann nickte anerkennend. »Super Name. Originell. Mal was anderes.«

Dimitri strahlte und stemmte Hartmann einen Karton entgegen. »Ist ein Computerturm drin. Superspezialteil. Überlass ich dir für einen Fuffi, weil du es bist.«

»Ich hab schon ein …«, versuchte Hartmann.

»Aber nicht so ein Hammerteil, mein Freund. Ich hab einen rumänischen Superspezialkumpel, der hat es voll drauf. Der hat sogar schon mal fürs Landeskriminalamt gearbeitet.« Dimitri stutzte. »Oder *gegen* die? Ich weiß es jetzt nicht genau. Auf jeden Fall hat der den PC richtig fett aufgepimpt. Das Teil hat jetzt dermaßen Power, da kannst du von hier aus den Satellit, der für RTL 2 zuständig ist, ein- und ausschalten.«

»Gut, das wäre hin und wieder reizvoll, aber ...«

In Hartmanns Hemd lärmte sein Handy. »Moment mal eben.« Hartmann trat einen Schritt zur Seite. »Privatdetektiv Hartmann, Ermittlungen aller ...«

»Ja, ja, is gut. Komm her, ich brauch deine Hilfe!«

Hartmann ruckte seine Augenbrauen hoch, denn er hatte die Stimme erkannt. Sein Lieblingszuhälter: Huren-Heinz.

»In den Geisten 58«, fuhr der mit knapper Stimme fort. »Bei Babsi. Beeil dich!«

»Worum geht es denn überhaupt?«, bellte Hartmann, ehe Huren-Heinz auflegen konnte.

»Nicht am Telefon.«

»Gib mir ein Stichwort!«

»Geiselnahme. Oder Entführung. Such dir was aus!«

Huren-Heinz kappte die Leitung.

* * *

Zwölf Euro dreißig verlangte die Taxifahrerin, Hartmann gab fünfzehn. Die 58 war ein unscheinbares Reihenhaus, dezent dunkelgrün gestrichen, zwei Steinstufen hoch bis zur Haustür. Babsi hatte die Klingel ganz oben rechts. Vielleicht hieß sie mit Nachnamen *Herz*, denn hinter dem Wörtchen *Babsi* zierte ein grellrotes Herzchen die Klingeltaste.

Gleich nach dem ersten Bimmeln wurde aufgesummt, drei Treppen später nickte Huren-Heinz ihn in die Appartementwohnung. »Ein paar Sätze vorab.«

»Find ich gut«, entgegnete Hartmann, der sich ganz sicher in nichts Gefährliches reinziehen lassen würde.

Babsis Arbeitsplatz war hell, sauber, eine ganz normale, schick eingerichtete Appartementwohnung. Es roch allerdings schwülwarm nach Räucherstäbchen, fruchtig nach Tee, durchzogen von einem Hauch Massageöl. Kokos, tippte Hartmann.

Huren-Heinz ließ sich in einen Stuhl fallen. »Babsi ist ne richtig Gute. Eine meiner besten Angestellten. Aufrechter Charakter, gute Titten.« Huren-Heinz stöhnte, seine breite Goldkette vibrierte im Brusthaar. »Aber jetzt, jetzt geht alles den Bach runter.«

»Wie jetzt?«

»Ihr Lover ist weg.«

»Entführt?«

»Ne. Einen Tritt in den Arsch hat er bekommen, der Blindgänger! Aber Babsis Katze hat er mitgenommen.«

»Babsis Katze?«

»Kitty.«

»Kitty?«

»Genau. So heißt das Vieh. Babsi ist total am Ende. Flennt nur noch rum. Gestern der Gipfel. Fragt der Freier, – ein Stammkunde –, ob er jetzt endlich mal Babsis Muschi sehen kann. Da fängt die an zu heulen und kriegt sich nicht mehr ein.«

»Oh ...«

»So geht das nicht weiter! Da muss was passieren. Wir brauchen Kitty zurück!«

Hartmann klappte der Mund auf. Er schloss ihn wieder.

Huren-Heinz schnaufte. »Den Rest erzählt dir Babsi am besten selbst.«

* * *

Babsi wartete im … Arbeitszimmer. Durch rote Lamellen warf die Sonne helle Streifen auf ein überdimensioniertes, rundes, rotes Bett in der Mitte des Raumes. Überdimensioniert war vielleicht der falsche Ausdruck, korrigierte sich Hartmann schnell, denn das Bett war schließlich Babsis Kernarbeitsplatz. Hartmann schluckte, als er diverse Peitschen an den Wänden entdeckte, und die am Bettpfosten baumelnden Handschellen machten ihn nervös. Ein talentierter Fotograf hatte Babsis Brüste in kunstvollem Schwarz-Weiß abgelichtet. Sie hingen großformatig gerahmt an der gegenüberliegenden Zimmerwand. Also, das Bild hing. Die Brüste nicht. Huren-Heinz hatte ja schon angemerkt, dass sie … nun ja.

Babsi, die auf einem schicken, roten Ledersofa gesessen hatte, sprang auf. »Du bist meine letzte Hoffnung.«

»Äh …«

Sie deutete auf einen Laptop, der auf dem Nachttisch lag. »Das ist das Scheißding, das er haben möchte.«

Hartmann drückte sie behutsam zurück in den Sessel. »Ganz ruhig, der Reihe nach. Was ist passiert?«

»Das Schwein!«

»Ja. Aber was genau ist passiert?«

»Bertold und ich waren seit knapp einem Jahr zusammen …«

»Berthold?«

»Berthold Krings. Der Sohn von diesem Bäcker. Du kennst doch die Filialen, die Brötchenkette.«

Hartmann nickte. Er kannte die kleinen Backshops mit den grün-gelben Markisen, die in Düsseldorf an jeder Straßenecke wie Pilze aus dem Boden schossen. Und er hatte neulich noch was gelesen … Genau, der Berthold, der Erbe in spe, war das ölig gegelte Enfant terrible der Familie.

»Ich bin weiß Gott nicht pingelig, aber wie herablassend der mich behandelt hat, das war echt nicht in Ordnung. Ich hatte die Nase voll und hab ihm die Taschen vor die Tür gestellt.«

Hartmann nickte anerkennend. Da gehörte schon was zu, dem goldenen Brötchenkind die gepackten Koffer vor die Tür zu knallen.

»Er hat dann angerufen, weil er seinen Laptop vermisst, den hatte ich im Wohnzimmer auf der Anrichte vergessen. Ich hab ihm gesagt, dass er sich das blöde Computerding sonst wohin schieben kann. Das fliegt sofort achtkantig in die Mülltonne. Nur doof, dass ich nicht wusste, dass er sich heimlich einen Wohnungsschlüssel hat nachmachen lassen. Und mit dem war er hier drin und hat …«

Sie schluchzte auf.

»Die Katze geklaut«, führte Hartmann den Satz zu Ende und fragte: »Warum hat er nicht den Laptop mitgenommen?«

»Den hatte ich im Auto liegen, aufm Rücksitz. Und mit dem Wagen war ich unterwegs. Dann rief er hier an und sagte, dass er in der Wohnung war und Kitty mitgenommen hat. Und dass er den Laptop haben will. Sonst tut er Kitty was an. Es ist schrecklich.« Babsi schniefte und deutete wieder aufs Tischchen. »Da liegt jetzt das Ding.«

Hartmann musterte das Gerät, ein abgegriffenes, japanisches Fabrikat. Nichts Besonderes, kein neues Modell. »Da muss was Wertvolles drauf sein.«

»Keine Ahnung. Er hat mal was von einem Foto erzählt, irgendein Promi. Ich hab nicht richtig zugehört.«

Hartmann klappte das Teil auf und murmelte. »Mal sehen.«

»Kannst du vergessen, da ist ein Passwort drauf.«

Hartmann klappte den Deckel sofort wieder zu. Mit Passwort geschützt? Da war er raus. »Ich soll also nur das Teil hier gegen Kitty tauschen?«

»Sonst sehe ich Kitty nie wieder.«

»Okay.«

»Ich kann das nicht selbst machen. Und Heinz ... Ich will Kitty zurück und nicht, dass Berthold verprügelt wird. Auch wenn er ein Mistkerl ist.«

»Klingt machbar. Wie erreiche ich Berthold?«

»Ich geb dir seine Handynummer. Ich bin dir so dankbar. Möchtest du dein Honorar bar? Oder sollen wir es irgendwie verrechnen?«

»Bar wäre gut«, beeilte sich Hartmann.

* * *

»Hallo?«

»Spreche ich mit Berthold Krings?«

»Fragt wer?«

»Hartmann, Privatdetektiv, Ermittlungen aller Art. Babsi hat mich engagiert. Wegen Kitty.«

Am anderen Ende prustete Krings in den Hörer. »Sie hat einen Privatdetektiv engagiert? Ich fass es nicht. Pass auf! Ich will keinen Ärger, nur meinen Laptop zurück.«

»Ich brauche die Katze.«

»Fichtenstraße bekannt?«

»Flingern.«

»Hausnummer 74. Aufs Gelände drauffahren, ganz hinten durch, rechte Seite. Dunkel verklinkerte Halle. Ich habe dort ein Büro. Heute Abend, 21 Uhr. Du kommst allein und hast die Kiste dabei.«

Das Brötchenkind legte auf.

* * *

Hartmann ließ sich vor der Hausnummer 74 absetzen und marschierte, den Laptop unter den Arm geklemmt, auf das weitläufige Gelände. Auf dem Grundstück reihte sich eine Industrieruine an die nächste, überall wucherten Fliederbüsche. Neulich stand in der Zeitung, dass hier im Schatten des neuen Landgerichts mehrere hochpreisige Wohnanlagen und Bürohäuser entstehen sollten.

Hartmann kickte eine leere Coladose aus dem Weg. Sah noch nicht ganz danach aus …

Hinten durch rechts erkannte er die richtige Halle sofort an einer großen, abgeblätterten 74, die an der Gebäudewand prangte. Drinnen bröckelte an den blanken Wänden der Putz, die Fenster waren blind und irgendwer hatte mehrere Tonnen Staub gleichmäßig auf dem Boden verteilt. Kein Mehl, dafür roch es nach Benzin und Öl. Nichts deutete darauf hin, dass hier mal Brötchen geknetet worden waren. Im hinteren Teil der Halle führte eine Stahltreppe die Wand hoch in ein Büro, das in der maschinen- und menschenleeren Halle irgendwie verloren unter der Decke schwebte. Vermutlich hatte ein Vorarbeiter von dort oben die Belegschaft beim Teiganrühren beaufsichtigt.

Im Büro brannte Licht.

Hartmann klackerte die Stufen hoch, metallen echoten seine Schritte durch die Halle.

Berthold Krings hatte ihn bereits erwartet, denn er öffnete eine vergilbte Tür, noch ehe Hartmann hätte anklopfen können.

»Hartmann?«

»Krings?«

Berthold Krings warf einen Blick über Hartmanns Schulter und stellte mit einem Nicken fest, dass …

»Alleine. Wie abgemacht«, erklärte Hartmann

»Komm rein!«

Hartmann folgte Krings in den Raum. In der Mitte des Raumes stand ein blanker Bürotisch, davor und dahinter zwei Bürostühle. Hartmann wollte sich gerade dem Rest des Raumes widmen, als …

»Keine Bewegung!«, brummte ein Mann hinter ihm, Hartmann spürte eine Pistolenmündung in seinem Rücken.

»Locker bleiben, Schnüffler«, grinste Krings süffisant und nahm Hartmann den Laptop aus den Fingern.

»Ich sollte alleine kommen«, knurrte Hartmann.

»Du. Ja. Ich hab meinen russischen Geschäftspartner hinzugezogen, dem übrigens auch diese geschmackvolle Halle gehört.«

»Sah auch nicht wirklich wie eine Backstube aus. Wo ist die Katze?«

Krings' Blick streifte einen etwas größeren Schuhkarton, der unter dem Schreibtisch stand. Hartmann schluckte. Der Mann hinter ihm ruckte kurz mit der Knarre.

Hartmann kniff die Augen zusammen. »Mit Plempe im Rücken? Ist das nicht ein bisschen übertrieben?«

Krings schnalzte mit der Zunge. »Meine Ex-Frau pflegt einen fragwürdigen Umgang, ich bin vorsichtig. Und erst guck ich mir mein Schätzchen an. Nicht, dass da jemand dran rumgespielt hat.«

Krings ging um den Tisch herum, stellte den Laptop ab, klappte ihn auf, drückte Knöpfe und Tasten. Mit der entsprechenden Melodie fuhr das Betriebssystem hoch.

Hartmann beobachtete den Mann, der sich jetzt gierig die Lippen leckte. Mit zusammengepressten Lippen schien er nun eine Datei zu öffnen. Stille Sekunden verstrichen, bevor sich das angestrengte Gesicht entspannte.

Hartmanns Blick fiel erneut auf den Schuhkarton. Im Deckel befanden sich keine Luftlöcher.

Krings klappte das Gerät zu. »Alles klar.«

»Dann ist ja gut«, murmelte Hartmann. »Ich hab Rückenschmerzen.«

Krings nickte seinem osteuropäischen Geschäftspartner zu. Der packte die Knarre weg und trat einen Schritt zurück, vermutlich an die Eingangstür, hinter der er auf den in den Raum eintretenden Hartmann gewartet hatte.

»Kitty?«, fragte Hartmann.

Krings bückte sich und reichte ihm den Schuhkarton. »Viel Spaß. Toller Job, so: Privatdetektiv.«

Hartmann hob den Pappdeckel an … und fand seine Befürchtung bestätigt. Luftlöcher hätten keinen Sinn gemacht. Eingeschlagen in ein braunes Frotteehandtuch lag das leblose Tier im Karton. Nur der Katzenkopf mit geschlossenen Augen war sichtbar.

Hartmann spürte, wie Wut seine Kehle zuschnürte. »Die Katze ist tot.«

»Tja. Sie wurde in letzter Zeit sowieso immer fetter.«

»*Warum* ist sie tot?«

Krings ließ sich in den Bürostuhl fallen. »Ich teile mir einen Balkon mit dem Nachbarn. Der hatte einen Freund zu Besuch. Und der wiederum brachte seinen Rottweiler mit. Die beiden Viecher haben sich auf dem Balkon getroffen.«

Der Russe in Hartmanns Rücken gluckste.

Vor Hartmanns geistigem Auge entstanden Bilder, wie es unter dem braunen Handtuch aussehen dürfte. Nicht schön. Sehr blutverschmiert. Er fragte sich, wie Babsi auf den Anblick reagieren würde.

»Der Hund hat die Katze totgebissen?«

Krings lachte ekelig. »Der Hund? Ein selten doofes, träges Tier. Die fette Katze hat den Hund gesehen, einen Herzinfarkt bekommen und ist einfach so tot umgekippt.«

Hartmann lupfte das Handtuch. Das machte es nicht … gut, aber zumindest lag keine in Fetzen zerbissene Katze in seinem Karton.

Krings stand auf. »Okay. Ich hab meinen Laptop, du hast die Katze. Abgang, Schnüffler!«

Hartmann sparte sich eine beißende Bemerkung. Er warf einen Blick auf seine Armbanduhr und stellte fest, dass er sowieso schon viel zu lange mit diesem aufgeblasenen Schaumschläger und seinem Geschäftspartner in einem Raum war. Grußlos machte er auf dem Absatz kehrt und ließ die beiden zurück.

* * *

Am Grundstückseingang wartete das Taxi auf ihn. Hartmann stellte den Karton auf dem Rücksitz ab und nahm auf dem Beifahrersitz Platz. Der dunkelhäutige Taxifahrer war breit und kräftig und passte kaum hinters Steuer.

»Hat lange gedauert«, brummte Jonny, Hartmanns Freund und Taxi fahrender Medizinstudent aus Ghana.

»Ein unerwarteter Zwischenfall. Er stand hinter der geöffneten Tür.«

»Ich wollte schon nachgucken kommen.«

»Da gab es nichts Gescheites zu sehen.«

Jonny startete den Wagen und nickte nach hinten. »Die Katze ist tot?«

»Scheiße, ja.«

»Find ich nicht gut«, knurrte Jonny. »Find ich echt nicht gut. Das sollte er büßen.«

Hartmann blickte auf seine Armbanduhr und grinste verschlagen. »Tut er. Und zwar genau in diesem Moment.«

Hartmann hatte nach seinem Telefonat mit Berthold Krings Dimitri angerufen. Der Grieche verriet ihm die Adresse seines rumänischen Superspezialkumpels mit den Superspezialcomputerkenntnissen. Der brauchte dann nur knappe drei Minuten, um das Password des Laptops zu knacken. Die Datei, die Hartmann zu finden erwartete, hatte den Titel *Nackter Hintern* und zeigte einen Landtagsabgeordneten mit heruntergelassener Hose. Vermutlich im Plenarsaal. In weiblicher Begleitung.

Krings, der schmierige Erpresser.

Nun. Mit dem kontrollierenden Öffnen dieser Datei hatte Krings vorhin den gemeinen Virus aktiviert, den der rumänische Supercomputerspezialspezialist auf den Laptop aufgespielt hatte. Hartmann warf noch mal einen Blick aufs Zeiteisen. Nicht von einem mit Kittys Übergabe zufriedengestellten Geschäftspartner gestoppt, fing der fiese Bazillus mit einer kleinen, lustigen Fanfare genau in diesem Moment an, sich durch die Festplatte zu fressen.

Da blieb kein nackter Hintern übrig …

Und Berthold Krings … der würde sich wütend in den seinen beißen können!

Jonny bog mit seinem Taxi auf die Werdener Straße, schniefte und unkte. »Das Ergebnis hinten auf dem Rücksitz, das wird deiner Auftraggeberin nicht gefallen.«

Hartmann seufzte. Tja. Das war jetzt tatsächlich noch so ein kaum zu lösendes Problem …

* * *

Huren-Heinz öffnete vorsichtig die Zimmertür und streckte seinen Kopf in Babsis Zimmer. »Hartmann ist da.«

Babsi sprang auf. »Kitty?«

Hartmann schob sich an Huren-Heinz vorbei in den Raum, ein strahlendes Lächeln im Gesicht. »Babsi, du kannst so stolz sein auf deine Kitty.«

Babsi strahlte und musterte Hartmann, der … mit leeren Händen vor ihr stand. Ihr erwartungsfroher Blick wurde fragend.

Hartmann legte Babsi behutsam eine Hand auf den Oberarm. »Ganz tapfer. Ganz tapfer, war die brave Kitty.«

»War?«

Hartmann nickte mit demütigem Augenaufschlag. »Tapfer. Bis zum letzten Atemzug.«

»Kitty ist tot«, stieß Babsi heiser hervor.

»Das wäre ganz falsch, das so zu auszudrücken.«

»Ich verstehe nicht. Du hast gesagt …«

Hartmann nickte. »Ein großartiges Tier, ich hab so etwas noch nicht erlebt. So tapfer. Du hast schon gemerkt, dass Kitty in den letzten Wochen ein paar Kilo zugelegt hat?«

»Äh …«

Hartmann nickte Huren-Heinz zu, der ein Weidenkörbchen hinter seinem Rücken hervorzog. Und dabei, wie Hartmann fand, ein wenig ungelenk und grenzdebil lächelte.

»Aber …«

»Kitty war schwanger. Und hat diesen drei kleinen Kätzchen das Leben geschenkt.«

Huren-Heinz hob den Korb ein wenig an. Unter dem Stofftuch wimmelte und zuckte es wild. Hartmann rupfte das Tuch zur Seite. Babsi blinzelte.

»Drei zuckersüße, kleine Kätzchen«, brummte Huren-Heinz in einer Stimmlage, die freundlich klingen sollte.

»Drei kleine Kätzchen …, für die unsere brave, tapfere Kitty alles gegeben hat. Zuletzt sogar ihr Leben.«

Babsi schnappte nach Luft, Huren-Heinz ruckelte schnell aufmunternd mit dem Körbchen, die Kätzchen schnurrten.

»Kitty ist tot«, stellte Babsi aufgewühlt fest.

»Ich bin sicher, dass Kitty wirklich, wirklich gewollt hätte, dass du dich um ihren Nachwuchs kümmerst.«

»Aber ...«

»Dass du den Kummer schnell überwindest und diesen drei elternlosen Tierchen ein gutes, kostbares Zuhause gibst. Wo könnten die drei es besser haben als bei dir? Und ich glaube, das hat Kitty gewusst, als sie für die drei Lieben ihr Leben gab.«

Babsi holte tief Luft. Ein kleines Kätzchen schrie mitleidheischend wie ein kleines Baby.

»Oh ...«

»Tu es für Kitty«, bat Hartmann mit eindringlicher Stimme.

»Ja. Äh ... Natürlich. Natürlich werde ich mich um die kleinen Waisenkinder kümmern. Die armen Dinger.«

Vorsichtig nahm sie Huren-Heinz das Körbchen ab, der erleichtert aufatmete.

»Ihr seid aber auch süß, ihr kleinen, kleinen Fellnasen.« Sie blickte Hartmann an. »Hat Kitty sehr gelitten?«

»Nein«, sagte Hartmann und war froh, endlich mal wieder die Wahrheit sagen zu können.

Während Babsi sich mit verträumtem Blick ins Weidenkörbchen stürzte, zischte Huren-Heinz leise. »Hätte nicht *ein* Tier gereicht? Mussten es unbedingt *drei* von diesen Viechern sein? Die haaren mir die ganze Bude voll.«

»Ich bin auf Nummer sicher gegangen«, flüsterte Hartmann vorsichtig zurück. »Drei kleine Kätzchen wirken dreifach.«

Babsi blickte hoch und fragte. »Und wo ... wo ist Kitty?«

»Sie ist an einem guten, guten Ort. Ich habe sie über die große Regenbogenbrücke getragen«, antwortete Hartmann, der irgendwo mal was mit Tierhimmel gelesen hatte.

Babsi legte irritiert die Stirn in Falten, gab sich mit der merkwürdigen Antwort dann aber doch zufrieden, denn sie wurde aus dem Körbchen heraus schon wieder herzzerreißend angemiaut.

Und als ihr Blick dabei ins weichsanft Mütterliche brach, wusste Hartmann, dass alles gut werden würde.

Chaos im Keller

Ich bin ja Ende Juni geboren. Sternzeichen Krebs, erste Dekade. Einen Aszendenten hab ich auch. Welchen genau, das weiß ich jetzt nicht, aber Sternzeichen Krebs.

Krebse? Dankbare Menschen. *Ganz* dankbare Menschen! Sensibel, hilfsbereit, häuslich, sparsam, aber nicht geizig. Ein zartes Wesen und meist sehr, sehr gut aussehend.

Trifft auf mich alles zu.

Und ein Sammler ist er, der Krebs. Grundsätzlich. Jetzt vom Sternzeichen her. Bin ich auch. Also ... weniger sammeln, sondern mehr: behalten. Im Sinne von: horten, aufbewahren. Nicht wegschmeißen.

Meine Mutter sagte immer: Klaus, Hebbe kömmt van Halde. Haben kommt von Halten!

Da ist was dran. Definitiv.

Ich bin der Meinung, dass man sich ganz gründlich überlegen muss, ob man was wegwirft. Entsorgen ist ja auch vom ursprünglichen Wortsinn her schon ein sehr unangenehmes, unschönes Wort. Vielleicht kann man die Sache ja noch mal gebrauchen. Und dann freut man sich.

Wie jetzt neulich, als der Sohn vom Nachbarn ein paar Häuser weiter die Straße runter an der Tür geklingelt hat und fragte, ob ich eine Eisenkugel zum Kugelstoßen habe. 7,257 Kilogramm. Weil er doch an den Olympischen Spielen 2024 teilnehmen möchte und üben muss.

Ja, hab ich gesagt, hab ich. Im Keller. Hol ich dir.

Ich meine, das sind doch Momente, in denen man mit seiner kompetenten Hilfsbereitschaft echt glänzen kann.

Ich bin also gleich runter in den Keller, in mein *Lager*. So nenne ich den großen Kellerraum hinten durch. Und habe die Kugel dann auch *fast sofort* gefunden. Ich wusste nur nicht mehr ganz genau, ob ich sie unter E wie Eisen, K wie Kugel oder unter *Sportgeräte Allgemein* abgelegt hatte. Gut, ich habe sie auch nach zwei Stunden akribischer Suche nicht ausfindig gemacht, aber ich *hätte* sie finden *können*. Das ist ja auch schon mal was.

Meine Frau ist die Sabine. Das ist meine dritte Frau. Und die ist anders. Jetzt vom Sternzeichen her. Kein Krebs. Sie ist vom Sternzeichen ... das Gegenteil.

Jedenfalls saß ich an jenem Nachmittag tiefenentspannt in meinem gemütlichen Ohrensessel im Wohnzimmer, mollige Schlappen mit warmem Schafsfell an den Füßen und erfreute mich abwechselnd am Blick in den gepflegten, niederrheinischen Garten und auf die gerahmten Familienfotos an der Wand.

Als Sabine plötzlich nach mir rief.

»Klaus!«

Ich zuckte zusammen. Sabines Stimme hat manchmal so etwas unharmonisch Bohrendes, fast Keifendes.

»Klahaus!«

Ich sprang auf. Und hatte *sofort* so ein ungutes Gefühl, weil Sabines Stimme von unten aus dem Keller kam. Den Kellerbereich, den mied sie nämlich meistens. Wegen der Mäusefallen, die ich überall aufgestellt hatte.

»Klahaus!«

Ich hastete die Stufen runter bis ins *Lager* und da stand sie, die Sabine. Die eine Hand in die breite Hüfte gestemmt, in der anderen ein ... Bügelbrett.

»Sabine-Schatz, was machst du hier?«

»Ich richte das neue Bügelzimmer ein.«

Ich zog überrascht die Augenbrauen hoch. »Das neue Bügelzimmer?«

Sie winkte mit dem klein geblümten Brett. »Im Wohnzimmer bügeln ist doof. Da liegen dann die Kleidungsstücke immer rum. Wer will das schon? Wenn mal Besuch kommt, wie sieht das aus?«

»Als ob im Wohnzimmer gebügelt wird«, antwortete ich und sah jetzt überhaupt nicht den Punkt.

»Ich möchte ein vernünftiges Bügelzimmer, wo das Brett aufgestellt werden kann, wo ein Wäschekorb nicht im Weg steht und wo auch mal was liegen bleiben kann.«

Sie schwenkte das Brett, das unten nach vorne und hinten ausschlug und abwechselnd gegen ein gerahmtes Bild von Vater und Mutters Hochzeit und eine Blechtonne mit Spielzeugäutokes klopfte.

»Aber hier ist doch mein … *Lager*, hier ist doch kein Platz.«

Sie nickte heftig. »Genau. Sehr gut erkannt, mein Lieber.« Sie nickte ins Rauminnere. »Das reinste Chaos! Das ist alles Schrott! Der ganze Plunder, der ganze Pröll, der muss natürlich raus!«

»Pröll?«

»Am besten direkt in den Sperrmüll!«

Mein Herz setzte aus, meine Knie wurden weich. »Das ist nicht dein Ernst?«

»Aber so was von ernst meine ich das! Was ist das denn alles für ein Zeug? Das da zum Beispiel«, deutete sie auf einen Haufen eisenbrauner Geräte, die – kreuz und quer auf dem Boden herumliegend – ein wenig unsortiert und rostig daherkamen.

»Das sind die Arbeitsgeräte von Uropa Konrad.«

»Uropa Konrad?«

»Aus seiner alten Schmiede. Da: der Amboss, die Sägen, die Lochplatten und mehrere Spaltkeile. In dem Härtebecken liegen die Hufraspel, die Schmiedezangen und ein paar Wetzsteine. Das Teil mit dem spitzen Zacken ist ein Auskratzer, das daneben ein Ausschneidemesser. Vorsicht: die Klinge ist noch scharf. Da drunter müssten noch ein paar Hufeisen liegen. Und Nägel.«

Sabine-Schatz schnaufte. »Na, da kriegt man ja immer noch was beim Alteisensammler für.«

»Das ist doch kein Alteisen«, murmelte ich leise.

»Und die Zeitschriften da drüben?«

»Burdas.«

»Burdas?«

»*Burda Moden*. Von Mutter. Alle Exemplare vom 1.3.52 bis Mai 2001. Mit Schnittmusterbogen. Nur das Heft vom 9. September 1979 fehlt. Das Schönste für den Herbst. Flotte Röcke und Hosen, mit großem Handarbeitsteil. Das hat Mutter damals verliehen, aber sie konnte sich nicht mehr erinnern, an wen.«

Meine Gattin griff sich an die Schläfe. »Das darf doch nicht wahr sein.«

»So was wirft man doch nicht weg.«

»Das Papier schimmelt doch«, mäkelte Sabine.

Ich schüttelte energisch den Kopf. »Alles luftdicht eingeschweißt. Das Einschweißgerät müsste da hinten links stehen, neben dem Einkocher, zwischen den Einmachgläsern, vor dem alten Ehebett von Umberto und Deli, hinter dem alten Elektroschweißer von Onkel Bernd, *Sektion Buchstabe E.*«

»Der verbeulte, rostige Elektroschweißer? Das klobige Ding? Du hast doch gesagt, der ist kaputt!«

»Kaputt? Wenn da drei, vier Teile ausgetauscht werden, ist das Ding wieder wie neu!«

Sabines Blick fehlte die Begeisterung. Stattdessen versuchte sie nunmehr mit energischem Griff, das Bügelbrett auseinanderzuklappen, was aus Platzgründen nun wirklich nicht gelingen konnte. Dabei stieß die eine Brettecke gegen den gusseisernen Garderobeständer, den ich vom Straßenrand hatte retten können, als Hubert Hennesen damals seine Eckkneipe an der Krefelder Straße in Nieukerk dichtgemacht hatte. Das massive Teil stand nicht ganz eben und schwankte bedenklich. Ich hatte immer mal bei Gelegenheit eine Pappscheibe aus meiner umfangreichen Bierdeckelsammlung unterlegen wollen. In der *Wicküler Pils*-Reihe aus 1970 sollte ich ein paar Doppelte haben.

Man muss bei der Garderobe nämlich ein bisschen aufpassen, denn die Eisenzacken oben dran für die Hüte waren richtig spitz.

Das andere Ende des Bügelbretts hätte fast einen Aschenbecher von der pastellblauen Küchenanrichte mit bunt-fröhlichen *Pril*-Blumenaufklebern gefegt.

»Sabine, pass doch auf!«

»Was steht der Ascher da rum, der kann auch weg. Du rauchst doch gar nicht.«

Ich drückte energisch mein Kreuz durch. »Das ist kein Ascher! Das ist ein historischer Zeitzeuge!«

»Was?«

»Das ist der Aschenbecher von Helmut Schmidt!«

»Der Bundeskanzler?«

»Genau. 17. Februar 1962. Sturmflut in Hamburg. Am Schreibtisch: der Innensenator Helmut Schmidt. In der linken Hand eine Zigarette, die er regelmäßig *in diesem Aschenbecher* abstreift. Mit der rechten Hand greift er zum Telefonhörer, um Admiral Rogge anzurufen und mit der Bundeswehr Hamburg zu retten. Das ist kein Ascher, das ist ein deutsch-historisches Kulturgut!«

Ich stellte zufrieden fest, dass es in Sabines Augen tatsächlich beeindruckt geflackert hatte. Das Flackern erlosch allerdings sofort, als ihr Blick über die eingerollten Perserteppiche von Tante Gertrud aus Schaephuysen hinweg in den hinteren Bereich des Kellerraums fiel.

»Ist da noch ein Fenster?«

»Ein Kellerfenster.«

Sie reckte ihren Hals. »Kann man das aufmachen?«

»Nein, da kommt man nicht dran. Da liegt ja der schwere Ballen mit der luftdichten Klarsichtfolie davor.«

»Was willst du mit so einem riesigen Ballen Klarsichtfolie?«, fragte sie kopfschüttelnd.

Ich erklärte es ihr. »Das sind riesig breite Folienstreifen. Damit kannst du locker ein 250 Quadratmeter großes Freilandfeld überspannen, um zum Beispiel Salat gegen Schädlinge zu schützen.«

»Aber wir haben kein 250 Quadratmeter großes Freilandfeld.«

»Aber Schädlinge.«

Sabine schnaufte. »Das ist doch irre. Und genau das meine ich. Das muss hier alles weg, raus mit dem Zeug!«

Sie quetschte ihren Körper samt Bügelbrett kräftig ein bisschen tiefer in den Raum hinein, was mir ein wenig Sorge bereitete. Den relativ unaufgeräumten, vernachlässigten Bereich auf der hinteren, rechten Seite des Kellers nannte ich liebevoll *Ostzone.* Da war noch viel zu tun.

Und es war wirklich nicht meine allerbeste Idee gewesen, die alte Waschmaschine von Tante Maria aus Willich-Anrath noch oben auf den Kondenstrockner mit flexiblem Abluftschlauch von Onkel Jakob aus Hüls zu packen. Den ich ja schon auf die breite Kühltruhe von Tante Elli aus Walbeck gewuchtet hatte. Aber das passte thematisch so schön.

Und durch die alte Fahnenstange der Kirchenstandarte der *Schützenbruderschaft St. Antonius Untereyll* wurde der

Turm ja insgesamt auch ganz ordentlich gestützt und abgesichert.

»Ich dreh hier durch«, fluchte Sabine giftig, denn ein Zipfel ihres Rockes hatte sich im Drahtgeflecht eines alten Kaninchenstalls verheddert. »Was ist das denn wieder?«

»Der Stall von Peterle?«

»Wer ist Peterle?«, schrie sie, ein bisschen lauter als vielleicht nötig.

»Unser Zwergkaninchen.«

»Wir haben kein Zwergkaninchen!«

»Doch. Das ist nur schon lange tot. Und wohnt unter den Tomaten im Garten.«

»Mein Gott! Dann wirf den ollen Stall doch weg!«

»Das war doch Peterles Zuhause!«

»Ja, aber er braucht ihn doch nicht mehr!«

Sie hustete kehlig, denn ein Stapel mit alten Kissenbezügen und Tischdecken war hinter ihr von der Küchenanrichte zu Boden gerutscht und pustete fette Staubwölkchen zu uns rüber. Auf Anhieb wollte mir partout nicht einfallen, welche Tante mir die gut erhaltenen Stoffteile vererbt hatte …

Ich wedelte mir freie Sicht. Und sah im gleichen Moment, dass Sabine sich plötzlich bückte, um einen länglichen Karton zu öffnen. Ich wollte sie noch warnen, war aber zu spät, den Karton hatte sie mit einem Ruck schon aufgerissen.

»Aaaaaaaaah!«

Sie schrie, eine Hand feste auf ihre wogende Brust gepresst. »Was ist das denn?«

Sie deutete mit einem vagen Anflug von Hysterie in den aufgeklappten Karton.

»Das ist die Beinprothese von Onkel Erwin.«

»Die Beinprothese …«

»Von Onkel Erwin. Kennst du doch. Der immer so viel geraucht hat. Die Prothese: So was schmeißt man doch nicht weg. Onkel Erwin hatte ungefähr meine Größe. Und man weiß ja nie. Bein ist Bein. Blutvergiftung, Thrombose und zack, brauchst du eine Laufhilfe.«

Sie ruckelte heftig an ihrem Rock, der Draht wollte einfach nicht loslassen. »Du bist doch total verrückt! Kein Wunder, dass deine Ex-Frauen alle abgehauen sind!«

Ich schürzte die Lippen. Alle? Das waren doch nur zwei.

Ich murmelte leise: »Ich hab immer noch sporadischen Kontakt mit Helga und Sigrid.«

Mit einem ruckigen Ratschen gelang es ihr, dem Drahtgeflecht den Rock zu entreißen. Derartig befreit, taumelte sie allerdings nun schwungvoll nach vorne, das Bügelbrett entglitt ihren Fingern. Mit einem weiten Ausfallschritt gelang es ihr gerade eben noch, einen Sturz zu verhindern. Die rechte Schuhspitze landete aber … ärgerlich, ärgerlich … in eine der kleinen Mäusefallen, die gierig zuschnappte.

»Aua!«

Sabine stolperte nach links.

Und heißa! Sie hatte die 7,257 Kilogramm schwere Kugelstoß-Kugel gefunden, die sich hinter meinem alten Grundschulranzen mit den lustigen Micky-Maus-Aufklebern versteckt hatte. Sie trat mit dem linken Fuß allerdings mitten drauf, fiel geradewegs nach hinten und brachte eine die Wand hoch gestapelte Schuhkartonpyramide zum Einsturz.

»Oh«, sagte ich und versuchte schnell zu retten, was zu retten war.

Geistesgegenwärtig gelang es mir, zumindest den obersten Karton mit der Aufschrift *Sommerurlaub Noordwijk 1967 mit Heiders* aufzufangen.

Sabine dagegen stürzte hölzern auf den Rücken. Der Hinterkopf ploppte hohl auf den Betonboden, den ich ja immer mal mit den guten Perserteppichen von Tante Gertrud aus Schaephuysen hatte auslegen wollen. Aber man kam ja zu nichts.

Mein Blick schoss hektisch durch den Raum und so sah ich, wie das Bügelbrett ... ganz unglücklich ... gegen den Garderobenständer von Hubert Hennesen krachte, der auch prompt umkippte.

Direkt auf Sabine.

Hui, war das ein fieses Geräusch, als sich einer der spitzen Zacken für die Hüte in Sabines Schädel hackte. Sie hat dann noch den Kopf so zu mir hin gedreht. Mit einem Blick. Voller Vorwurf ...

Ich zuckte mit den Schultern, ich konnte ja nichts dafür, musste aber eilig zur Seite springen.

Denn Sabine hatte mit dem linken, mausefallenfreien Fuß im Stürzen die Eisenkugel feste nach vorne geflitscht. Und die wiederum hatte die Fahnenstange der *Schützenbruderschaft St. Antonius Untereyll* vom Boden gekratzt.

Woraufhin der Haushaltsgeräteturm nach vornerüber kippte.

Aber hallo, so eine alte Waschmaschine, Baujahr Ende der Siebziger? Was waren die Viecher schwer! Ich konnte mir sehr gut vorstellen, wie der spitze Eisenzacken der Garderobe knirschend tief in Sabines Schädel reingerammt wurde, als die dicke, weiße *Miele* von Tante Maria aus Willich-Anrath jetzt mit Schmackes auf sie niederrauschte.

Dann war Ruhe.

Und ich stand da. Mit dem staubigen Schuhkarton voller Urlaubsmuscheln.

Ich seufzte tief. Was für ein Unfall! Das würde mir bei der Polizei ganz bestimmt keiner abnehmen.

»Nun denn.«

Sternzeichen Krebs: der Sammler? Ich sag ja immer, man muss sich ganz genau überlegen, was man wegwirft, man kann alles noch mal gebrauchen.

Ich würde mich jetzt bis zu Uropa Konrads scharfen Sägen durcharbeiten, Sabine portionieren, sie mit der luftdichten Klarsichtfolie gegen Schädlinge einwickeln und mit den Kissenbezügen von wem auch immer anschließend den Boden gründlich blutfrei wischen.

Dann würde ich Sabine geruchsfest verpackt zu Helga und Sigrid in Tante Ellis Kühltruhe legen.

Meine beiden Ex-Frauen hatten seinerzeit nämlich ganz, ganz ähnliche Unfälle gehabt.

Der Camperkönig vom Pulvermaar

Ich hab hier den Längsten.«

Horst Schabulski lehnte sich im milden Licht der untergehenden Abendsonne zufrieden mit der Schulter an seinen alten Camper, nahm einen kräftigen Zigarrenzug auf Lunge und kratzte sich wohlig im Schritt.

»Ganz sicher.«

Der freche Lümmel war ja jetzt nicht mehr der allerneuste, aber im top Zustand. Hier und da 'ne Delle, leichte Lackschäden, aber der Gute hatte ja auch schon einige Meter hinter sich. Also, jetzt ... der Caravan.

»Obwohl ... wir beide auch«, grinste Horst und gab dem kleinen Horsti in seiner Hose einen frechen Schubs.

Dann wanderte sein entspannter Blick auf den jüngsten Spross seiner Familie, der vor ihm auf dem Stellplatz mit seinem Kettcar wilde Kreise drehte. Dessen Eltern hatten ihm und seiner Marita den kleinen Jonas mit auf die Campingreise in die Vulkaneifel gegeben, weil in diesem Jahr für die beruflich kein Sommerurlaub möglich war. Da sind sie gerne eingesprungen, die Marita und er. Man unterstützte die Jugend doch, wo man konnte. Und der kleine Jonas war für seine sieben Jahre schon ein richtig cleveres Bürschchen. Feinster, ruhradeliger Nachwuchs. Scharfer Blick, ganz schnelle Auffassungsgabe. Der Kurze wusste, worauf es ankam.

»Die guten Schabulski-Gene.«

Mit sich und der Welt im Frieden tätschelte Horst seinen Langen. Ein Prachtkerl. Sein Wohnmobil war das längste auf dem ganzen Campingplatz. Neulich noch amtlich vermessen. Auf der Fähre nach Helsinki. Kriegten sonst nichts gebacken, die tückischen Finnen, aber da waren die gründlich. Die feilschten um jeden Zentimeter Gebühr!

Er inhalierte zufrieden. Der Zigarrendampf kratzte heiter in der Kehle, die Lungenflügel klatschten Beifall. Herrlich. Weil sein Wohnmobil Übergröße hatte, durfte er mit seinem Gefährt ganz nach hinten ans Ende des Platzes durchfahren, dorthin, wo es dann nur noch die Klippe runter zum malerischen Pulvermaar gab.

»Pool Position, quasi!«

So wurden seine Marita, der kleine Jonas und er schon frühmorgens mit einem grandiosen, unverstellten Blick über den beeindruckenden Kratersee zwischen Gillenfeld und Immerath belohnt.

»Das Leben kann so schön sein.«

So schön ... für den *Camper-König vom Pulvermaar*, wie er sich selbst getauft hatte. Weil sein Caravan eben nichts Anderes war, als das kleine Königsschlösschen. Und er war der ungekrönte ...

»Mensch, wat is dat denn?«

Horst Schabulski schnappte nach Luft. Der Zigarrenstummel rutschte ihm von der Unterlippe und landete vor seinen Sandalen im Gras. Vor ihm bog ... ein Neuer aufs Gelände. Aber hallo! Horst strich sich entsetzt durch die verschwitzten Nackenhaare, die sich automatisch in die Senkrechte kommandiert hatten. Das Ding da nahm gar kein Ende. Was war das denn für ein Wohnmobil, verflucht? Schwarz und im Licht der untergehenden Sonne funkelnd, steuerte das dicke Teil direkt auf ihn und seinen Stellplatz zu.

Der kleine Jonas hatte sein Tretfahrzeug gebremst und starrte das riesige Gefährt staunend mit offenem Mund und weit aufgerissenen Augen an.

»Komm her, Jonas!«, kommandierte Opa Horst seinen Enkel heran. »Was gibt es denn da zu glotzen?«

Der Kleine gab wieder Gummi und stoppte zu Großvaters Füßen. »Cool. Das ist aber ein geiles Teil!«

Horst schnaufte. »Sei ruhig und geh rein in den Wagen. Feierabend für heute!«

Rotznase! Total leicht zu beeindrucken, keine eigene Meinung.

Das schwarze Wohnmobil raubte Horst jetzt den letzten Rest Sonnenlicht. Mit einem feisten Schnaufen parkte sein Fahrer das glänzende Ungeheuer auf dem Stellplatz direkt gegenüber dem seinen.

Ein drahtiger, junger Mann mit schulterlangen, gelockten, schwarzen Haaren, in kurzer Jeans und orangefarbenem Tank-Top sprang forsch aus dem Führerhaus. »Hallo!«

Horst hob widerwillig die Hand.

»Na, da stehen wir beiden Langen ja gerade richtig nebeneinander, was?«, lachte der fröhliche Jungspund.

Der Kerl sah aus wie Jürgen Drews, bevor er irgendeine von seinen Dingern ins Kornfeld zu ziehen pflegte und grinste mit einer schon abstoßenden, breiten Freundlichkeit. »Ich bin Raphael.«

»Horst Schabulski, Wattenscheid. Alleine unterwegs?«

»Mal ja, mal nein. Ich hab eine kleine Firma und brauch ab und zu mal Abstand. Von der Firma. Und von meiner Familie. Verstehste, knick, knack?«

Horst blinzelte und zermalmte unauffällig die zu Boden gefallene Zigarre unter der Sandalette. Knick, knack? Der hatte wohl Knick, knack im Kopp, der Trottel!

Den stummen Rest der nicht zustande kommenden Unterhaltung beendete Marita, die in diesem Moment in der Tür des Wohnmobils erschien. »Horst, Abendessen ist fertig!«

Raphael grüßte. »Hallo, junge Frau!«

»Hallo!«, grüßte Marita aufgeräumt zurück.

Horst beeilte sich. »Ja, dann. Man sieht sich.«

»Bestimmt. Ich habe vor, den Rest der Saison zu bleiben.«

Auch das noch, dachte Horst und sagte: »Bis dann!«

* * *

»Der junge Mann sah aber nett aus«, summte Marita und schaufelte eine zweite Ladung Kartoffelbrei auf den fröhlich-bunten Teller aus Melamin.

»Geht so. Bisschen runtergekommen«, knurrte Horst und fischte eine Bockwurst aus dem Topf.

»Bleibt er länger?«

»Die sind aber dünn, die Würstchen.«

»Die sind so wie immer«, runzelte Marita Schabulski verwundert die Stirn.

»Ich find sie lecker, Oma«, freute sich der kleine Jonas.

Horst verdrehte die Augen. So ein Schleimer! Horst nahm sich vor, mit dem kleinen Weichei demnächst mal angeln zu gehen. So richtig, für Männer. Mit dickem Wurm aufspießen, Kopf abhauen, ausnehmen und alles.

»Er reist alleine?«, fragte Marita.

»Vielleicht hat er ja eine ansteckende Krankheit«, brummte Horst.

»Ach? Der junge Mann sah aber ausgesprochen gesund aus«, fand Marita.

»Der Kartoffelsalat schmeckt nach Gurke«, meinte Horst.

* * *

Am Abend war die Luft in *Christas Camperklause* nur mit einer Machete zu durchtrennen.

»Na, Horst, da haste aber einen langen Nachbarn bekommen?«, summte Dieter Stollwerk.

Wenn der doofe Dieter eine offene Wunde sah, dann legte er einen Finger hinein. Immer. Salz war sein Lieblingsgewürz.

»Auf die Länge kommt es nicht an«, grunzte Horst und nippte am Bitburger.

»Hat meine Anna auch immer gesagt«, knurrte Werner Knoblauch düster. »Und dann ist sie mit Pferde-Paul durchgebrannt. Pferde … Paul. Muss ich mehr sagen?«

Die drei Männer stierten stumm in ihre Gläser. Nein, musste Werner nicht.

»Auf jeden Fall war es das dann ja wohl«, stellte Dieter fest.

»Was?«, wollte Horst wissen.

»Das mit dem *Camper-König vom Pulvermaar.*«

»Wieso das denn?«, schnaubte Horst.

»Na, der schwarze Caravan vom Neuen ist ja wohl deutlich länger als deiner.«

»Das täuscht, das macht die schwarze Farbe.«

»Die Farbe? Ach?«, zog Dieter seine Augenbrauen hoch.

»Schwarz sieht länger aus«, erklärte Horst.

Werner Knoblauch schnaufte. »Hat Anna auch immer gemeint.«

»Ne, ne«, blieb Dieter bei seiner Meinung. »Da hab ich ein gutes Auge für. Mindestens zehn Zentimeter Unterschied werden das sein.«

»Die Stoßstange steht ziemlich weit über.«

»Ne, ne. Ich mein schon so ganz richtig. Korrekt gemessen wie ein Finne!«

Werner räusperte sich. »Auf jeden Fall sieht die Kiste verdammt gut aus. Das glänzende Schwarz … Hat was. Meine Tochter, die Heike, die ist sehr, sehr angetan.«

Horst Schabulski verkniff sich eine spontane Bemerkung. Werners Tochter war insgesamt sehr leicht, sehr gerne und sehr oft sehr, sehr angetan. Ob weiß, ob schwarz oder grünblau kariert. Kam wahrscheinlich auf die Mutter.

Wim, der holländische Sachverständige aus Zandvoort, hatte mitgehört und meldete sich von der Theke. »Das Ding müsste tatsächlich ein Stückschen länger sein als wie deiner, Horst, mein Freund. Ist ein Modell, wo heute gar nicht mehr gebaut wird.«

»Wird schon seinen Grund haben«, brummte Horst, dem das Bier irgendwie nicht mehr richtig schmeckte.

Was mischte sich der Grachtenschaukler denn ein? Blöder Kiffer!

»Der mit dem Zweitlängsten ist auch nicht schlecht«, gibbelte Dieter und stupste seinen Nachbarn an, Werner gluckste.

Horst war jetzt endgültig bedient. Drei Pils später zahlte er, furzte gemein und ging.

* * *

An Schlaf war nicht zu denken. Was fiel diesem langhaarigen Bombenleger mit seinem schwarzen Ungetüm ein, hier in seinem kleinen Königreich aufzutauchen und schlechte Stimmung zu machen. Horst drehte sich auf die Seite.

Marita schnarchte mit weit offenem Mund. Wie ein Kanadier!

»Auch das noch.«

Horst wälzte sich zurück. Und dann noch diese Ungewissheit! War seiner jetzt kürzer? Oder nicht? Horst fragte sich, ob er mit einem Unentschieden würde leben können.

»Auf keinen Fall«, entschied er, rutschte aus dem Bett und schlüpfte flink in die Schlappen.

Er musste es wissen. Jetzt. Sofort! In der Schublade der Anrichte ertastete er einen Zollstock. Die Taschenlampe würde er nicht brauchen, draußen strahlte der Vollmond. Er wankte vorsichtig Richtung Ausgang.

»Wo willst du hin, Opa?«, flüsterte Jonas.

Horst zuckte zusammen. Wieso war der Kleine denn noch wach? »Äh, Kontrollgang.«

»Darf ich mitkommen?«

»Auf keinen Fall.«

»Manno.«

»Schlaf!«

»Ich will nach Hause!«

Undankbarer Fratz, dachte Horst und schloss hinter sich behutsam die Tür des Caravans. Vorsichtig lugte er nach links und rechts, aber es war keine Menschenseele zu sehen. Auf Zehenspitzen huschte er lautlos zum schwarzen Gegenstand allen Übels. Schnell klappte er den hölzernen Zollstock auseinander und legte eine der beiden Spitzen in Höhe der Stoßstange auf den Boden. Vorsichtig und leise schob er den Maßstab übers Gras, bis er endlich Gewissheit hatte. Und diese Gewissheit boxte ihm mit Schmackes in die Magengrube.

»Verdammt.«

Elf Zentimeter. Verfluchte elf Zentimeter war das schwarze Monster länger als sein Königsschlosschen. Elf verflixte … Was war das? Horst hörte Stimmen und drückte sich in das kleine bisschen Schatten, das der volle Mond über den Campingplatz warf.

»Ich kann dir ja mal zeigen, wie die Dusche funktioniert«, erkannte Horst die Stimme von Raphael.

»Mit der Regenwasserfunktion?«

»Mit allen Funktionen, die zu einer entspannenden Dusche dazu gehören«, deutete der langhaarige Neuling schwülstig lüsterne Phantasien an.

»Hihi«, kicherte das Mädchen. »Bestimmt hat man da viel mehr Platz als in den fiesen, engen Kabinen bei den Gemeinschaftsduschen.«

»Gaaaaanz sicher. Und man ist so schön unter sich.«

»Hihi.«

Horst Schabulski erkannte Heike, die Tochter von Werner Knoblauch. Knick, knack? Das ging ja flott! Schnell machte Horst sich so klein und schmal es irgendwie ging, aber die beiden schmachteten sich derartig innig an, dass sie ihn übersahen und kichernd Arm in Arm ins Wohnmobil kletterten.

Horst hatte den Kaffee auf! Erst die elf Zentimeter Gewissheit und jetzt die Heike, die genau auf diese schisseligen elf Zentimeter länger reinfiel. Da sah man es. Das war alles so … so … so oberflächlich.

Giftig stampfte Horst zurück in seinen Camper, in sein Schlösschen, in sein mobiles Königsschlösschen, in sein …

»Ach, Scheiße«, fluchte Horst gallig und warf sich ins Bett.

* * *

Am darauf folgenden Tag wurde es richtig schlimm. Gleich rudelweise kamen die Dauercamper angeschlufft und begafften staunend das strahlende Gefährt. Es wurde *geaht* und *geuht*, es war furchtbar. Und nervte so richtig. Heike schwärmte in den höchsten Tönen von dieser berauschenden Nacht mit dem wilden, wilden Raphael. Und von der sensationellen Brause mit der sensationellen Regenfunktion.

Am nächsten Morgen konnte Christa aus der *Klause* beim Frühbier mit verträumtem Blick das wirklich, wirklich bestätigen. Beides. Das Wilde, Wilde beim Raphael und das Sensationelle der Dusche.

Die Christa ... Die sollte gucken, das ihr Bier die richtige Temperatur hatte, die doofe Kuh. Zu Hause musste Horst sich mit einem honigsüßscharfen *Strohner Bärenfang* beruhigen.

»So eine schöne, geräumige Dusche ist ja auch was Feines«, summte Marita am Abend neben ihm im Bett.

»Fang du auch noch damit an!«

»Na ja, wir werden auch nicht jünger. Und du wirst auch nicht schlanker!«

Horst Schabulski hatte allergrößte Mühe, eine ganz, ganz freche Bemerkung runterzuschlucken.

»Da hat man richtig viel Platz, da kann man sich drehen und kommt überall besser dran. Ich will auch so eine Dusche«, forderte Marita mit geschürzter Lippe. »Die Gemeinschaftsduschen sind immer verstopft, überall Haare. Da ist es schimmelig. Und da stinkt es.«

Horst schnaufte. Ihm stank es auch! Aber so richtig!

Marita hatte dann neben ihm schnarchend schon wieder mehrere Bäume gefällt, da war er immer noch wach. Deshalb bekam er mit, dass Raphael auch in dieser Nacht wieder eine seiner spektakulären Duschvorführungen zelebrierte. Horst meinte, die beiden Lehmann-Zwillinge zu erkennen. Die hatten auch nur Verstand für eine!

Fehlte jetzt nur noch, dass das schwarze Ungetüm erotischen Kultstaus bekam! Nicht auszudenken. Das würde er sich nicht den ganzen Urlaub lang antun!

* * *

Drei Tage später wurde Horst Schabulski klar, dass er handeln *musste.* Zügig. Sein minderbefähigter Enkel hatte sich schon ein paar Mal vor der schwarzen Bestie fotografieren lassen. Irgendein Spaßvogel aus Christas Campingklause hatte anschließend die Bilder für ihn auf Facebook gepostet. 64 Likes. Einmal durfte er sogar ins Führerhaus klettern und die Hupe betätigen. Dieser widerliche Raphael zog wirklich jedes traurige Register, um das willensschwache Balg zu beeindrucken. Wieder zu Hause würde er in Sachen Kindeserziehung mit seinem Sohn mal ein ernstes Wörtchen reden müssen.

Über die Lärmbelästigung hatte er sich natürlich sofort anonym bei der Platzleitung beschwert.

Marita servierte zum dritten Mal hintereinander Kartoffelsalat mit Fertigfrikadellen. Auch kein gutes Zeichen!

Nachts funktionierte Raphaels Regenwasserdusche besser als ein gut geleimter Fliegenfänger. Werners Heike gab sich ein zweites Mal lautstark der wilden Körperpflege hin, in der folgenden Nacht röhrte die Dörthe von der Parzelle nebenan und zuletzt zeigte Raphael seine Flexibilität und aalte sich zusammen mit dem schönen Schorsch aus dem Kiosk bis in die frühen Morgenstunden.

Horst Schabulski fasste einen Entschluss. »So nicht!«

* * *

Am frühen Nachmittag stand die Sonne hoch am Himmel. Es herrschten Temperaturen, hoch wie ein Windrad. Der Campingplatz war wie leer gefegt. Wer konnte, hatte sich ans Wasser verschlagen.

Horst Schabulski grinste teuflisch. Die Gelegenheit war perfekt.

Schnell sprang er an Raphaels Wagen, ruck zuck war die Tür aufgeknackt. Das Fahrzeugmodell kannte Horst nicht, aber er hatte in der vergangenen Nacht ja Zeit genug gehabt, sich im Internet ein paar Dinge anzulesen. Über sensible Flüssiggasanlagen, Dichtheit und Funktionstüchtigkeiten, Zuluft und Abgaskästen. Wie wichtig es war, dass ausströmendes Gas jederzeit ins Freie verfliegen konnte. Alles schwer kompliziert, aber hochinteressant.

Horst zog entschlossen die Rohrzange hinten aus dem Gürtel und wusste ganz genau, welche Hebel er zu drehen und zu öffnen hatte, damit sich mit fröhlichem Zischen und Schnaufen ganz schnell ein gefährliches Gasgemisch bilden konnte.

Jetzt noch ein paar Spül- und Handtücher fies über die Lüftungsschlitze am Gaskasten drapiert und dann aber nichts wie weg.

Er hatte die Wohnwagentür fast hinter sich verschlossen, da meinte er, ein Geräusch aus der Duschzelle zu hören.

»Äh ...«

Er lauschte entsetzt, aber ... nichts, da war nichts. Erleichtert wischte er sich durchs Haar. Er wollte ja nicht, dass jemand zu Schaden kam. Er wollte ja nur, dass er wieder der König war. Der *Camperkönig vom Pulvermaar.*

Er zog die Wagentür hinter sich mit einem kräftigen Ruck in den Rahmen und porkelte sich auf dem Weg zurück in seine mobile Bleibe eine Zigarre an die Lippe. Schnell steckte er sie an, nahm einen kräftigen, beruhigenden Zug und blinzelte hoch zum grellroten Lorenz. Dann auf den Gasflaschenkasten direkt hinter der Deichsel. Er grinste. Sah gut aus, das mit dem König!

Zufrieden bestieg er seinen Camper ... und hielt inne.

»Was machst du denn hier?«, fuhr er den kleinen Jonas an, der schon wieder über seinem Laptop hing.

»Spielen«, antwortete Jonas, ohne aufzublicken.

»Das sehe ich. Warum bist du nicht am Strand?«

»Oma war es zu heiß.«

»Ach.« Horst Schabulski blickte sich um. »Und wo ist die Oma?«

»Duschen«, antwortete Jonas.

»Aha«, brummte Horst Schabulski.

Und fuhr zusammen. Duschen? Mit der Rechten riss er sich entsetzt die Zigarre von den Lippen, mit der Linken strich er sich durchs Haar.

»Scheiße!«

Duschen? Das Geräusch im Wagen gegenüber. Dann war da doch jemand unter der Dusche gewesen. Marita! Horst fuhr herum, stürmte los und hastete zum schwarzen Wohnwagen. Schnell zerrte er den Eingang auf, sprang die beiden Stufen hoch und kriegte die Tür zum Bad zu packen. Mit einem Ruck riss er sie auf.

»Leer! Aber ...?«

Sein Blick fiel durch die dunkel getönten Fenster des Wohnmobils nach draußen auf den Eingang der Gemeinschaftsduschen. Er entdeckte Marita, die in diesem Moment die Haare ausschüttelnd den Nassbereich verließ. Dann sank sein Blick auf den Zigarrenstummel, den er immer noch in seinen Fingern hielt.

Und auf die aufgedrehten Gashähne.

Das war dann auch sein letzter Blick.

Rums.

Ski Heil

Ich will doch nur, dass wir *mal* was Gemeinsames machen«, schmollte meine Frau, die Susi.

»Aber du kannst doch gar nicht Skifahren.«

»Dann mache ich einen Kurs.«

Ich war jetzt echt in Sorge. Sie hatte mir das Fußballspielen verboten, die alten Jogginghosen entsorgt, das große *Thomas-Magnum*-Foto von der Wand gerupft und mir den Spaß an RTL 2 genommen. Mein letztes, männliches Rückzugsgebiet war ernsthaft in Gefahr.

»Schatz, ich fahre seit über zehn Jahren regelmäßig alleine mit den Jungs in den Schnee. Nach dem Kurs bist du Anfängerin und wir können immer noch nicht zusammen fahren.«

»Aber ich will doch *mal* was Gemeinsames mit dir machen.«

Ja, aber … Doch nicht, wenn ich mit meinen Kumpels in den Skiurlaub fahre.

Ich seufzte. Da war nichts zu machen.

Sie stellte sich nach dem Kurs wirklich geschickt an. Hätte ich gar nicht gedacht. »Du musst aber immer eng hinter mir bleiben, Schatz!«

»Mach ich«, versprach Susi.

Ich stieß mich mit den Stöcken ab, Susi-Schatz folgte. Das Tempo war gut, ich wählte eine schöne, etwas abgelegene Strecke.

»Was bedeutet es eigentlich, wenn die Strecke schwarz markiert ist?«, rief sie mir zu, gleich bevor ich die scharfe Rechtskurve machte.

Rechtskurven sind schwer. Gerade für Anfänger. Und diese kam auch so plötzlich.

Ich lächelte … und sah ihr hinterher. Wie sie ungebremst über die Klippe Richtung Tal sauste.

»Ski Heil«, flüsterte ich.

Das war aber auch hoch …

Stille Wasser sind tödlich

Das grelle Licht der Mittagssonne spiegelte sich hell glitzernd im Wasser, Wellen schlugen trocken im Takt gegen den Bootsrumpf. Sie stand an der Reling, ein Gläschen Prosecco in der Hand, ganz lässig, ganz entspannt. Der warme Sommerwind wehte ihr sanft durchs schulterlange, blonde Haar. Sie lächelte. Man sah es ihr an, sie war zufrieden.

Ich, ich war es nicht.

Mein Blick fiel an ihr vorbei auf die Rheinauen bei Binsheim, auf die Anlegestelle der Rheinfähre, die das rechtsrheinische Walsum mit dem linksrheinischen Orsoy verband. Nein, ich war nicht zufrieden. Ich hatte ja gleich gesagt, das ist nichts, das geht nicht gut.

Tat es ja auch nicht.

* * *

Wir arbeiteten schon seit über fünfzehn Jahren als festes Team zusammen, genau in dieser Konstellation. Der alte Horst Krawelski, Schieli Grüntjes, Karl Kamp, Fluppe Jeuken und ich. Bei Leineweber & Muck. L&M: Weberei mit Tradition, alter Familienbesitz. Feine Stoffe, exklusive Tücher, dekorative Tischdecken, Frotteeware, Kissenhüllen. Träumereien aus Stoff.

Unsere Abteilung *Erhebung und Bilanz* befand sich nicht im Klever Hauptgebäude, sondern wir waren – einmal über die längste Hängebrücke Deutschlands – auf der anderen Rheinseite in Emmerich untergebracht. Wir kamen in unserer kleinen, gemütlichen Dependenz aber ausgesprochen gut zurecht. Wir waren unter uns und es hatte seine Vorteile, wenn einem die Chefs nicht täglich auf die Finger gucken konnten. Für die notwendigen Kontakte und Informationen gab es ja schließlich Telefone. Fluppe Jeuken konnte außerdem das Faxgerät bedienen, der hatte mal ein mehrtägiges Seminar in Münster besucht.

Immer am Anfang des Jahres bekamen wir aus dem Klever Stammhaus viele Zahlen und Daten. Die packten wir in übersichtliche Tabellen und großflächige Kuchendiagramme. Auch in bunt. Zum Ende des Jahres brachte einer von uns die fertigen Sachen rüber auf die linke Rheinseite nach Kleve. Wir machten unsere Sache gut, denn beschwert hatte sich noch nie jemand.

Es war dann an einem Dienstag. Fluppe und Karl Kamp waren nicht da, weil die montags im *Fulkskuhle* immer Skat kloppten. Und da der alte Krawelski auch nur anwesend war, wenn es wirklich drauf ankam, saßen Schieli und ich alleine in unserem Großraumbüro, als plötzlich die Tür aufging.

»Guten Morgen«, grüßte eine junge Frau.

»Huch«, erschreckte sich Schieli und zuckte am Schreibtisch zusammen.

Was immer ziemlich spektakulär aussah, weil seine Augäpfel dann unkontrolliert und völlig außer Kontrolle wild durch die Gegend kullerten. Er brauchte dann immer einige Zeit, um seine Pupillen wieder zu justieren.

»Hallo«, hab ich dann gleich für ihn mit zurückgegrüßt.

Die etwa fünfundzwanzigjährige Frau betrat unser Büro. Sie war ausgesprochen hübsch, trug ihr schulterlanges, blondes Haar offen, eine weiße Jeanshose, eine dunkelblaue Bluse und modische Slipper in der gleichen Farbe. In ihrer linken Hand hielt sie eine teure, schwarze Aktentasche, ihre rechte streckte sie mir höflich entgegen.

»Mein Name ist Lydia Messerschmitt. Ich soll mich heute hier melden, ich bin die Neue im Team.«

»Och«, sagte ich und blickte rüber zu Schieli, der aber immer noch mit seinen Pupillen kämpfte.

»Sie wissen Bescheid?«, fragte die Neue vorsichtig. »Da müsste ein Fax angekommen sein.«

»Äh«, sagte ich, stand auf und trat ans Gerät. Der Schacht war leer. Vielleicht hatte Fluppe ja was abgeheftet. »Nö, ich weiß von nichts.«

»Die Geschäftsführung war der Meinung, dass die Fehlstelle in der Abteilung endlich besetzt werden sollte. Und da hat man sich für mich entschieden.«

»Ach.«

Die Fehlstelle. Vor knapp fünf Jahren war unser damaliger Abteilungsleiter bei einem Verkehrsunfall mit Fahrerflucht tödlich verunglückt. Die Stelle war seinerzeit ausgeschrieben worden, aber es hatte sich niemand auf die Stellenanzeige gemeldet. Wahrscheinlich hatte man später schlicht vergessen, den Posten neu zu besetzen. Offensichtlich bis heute.

»Tja«, sagte Frau Messerschmitt und strich sich unsicher durchs Haar.

Fast gleichzeitig fiel unser Blick auf den freien Schreibtisch vom Van den Brandt.

»Soll ich mich erst mal da hinsetzen?«, fragte sie.

»Das ist vielleicht das Beste«, nickte ich.

Sie trat an den Tisch direkt unterm Fenster, packte ihre Aktentasche aus und drückte auf ein paar Tasten am Computer, der tatsächlich auch nach der langen Zeit sofort problemlos brummend hochfuhr.

Schieli hatte seine Sinnesorgane wieder unter Kontrolle. »Das ist ja eine Überraschung.«

»War das für mich auch, das kann ich Ihnen sagen.«

Tja, dachte ich. Da haben wir eine Neue. Wir fünf alten Hasen kamen sehr gut zurecht. Ob eine Neue zu uns ins Team passen würde, da war ich mir nicht sicher.

* * *

Am nächsten Tag waren wir dann vollzählig. Bis auf Horst Krawelski, der konnte von unserem Problem noch nichts wissen, weil Schieli ihn im Schrebergarten nicht angetroffen hatte. Den Sommer verbringt Krawelski hauptsächlich in seinem Garten. Schon Wahnsinn, was so ein Schrebergarten für Arbeit macht. Wenn man das nicht von Anfang an nachhält, wuchert es ins Unendliche und verliert man ruck zuck die Kontrolle über seine Parzelle.

»Wir haben definitiv kein Fax gekriegt«, erklärte Fluppe.

Schieli räusperte sich. »Wir hatten immer den Eindruck, dass man im Mutterhaus mit unserer Arbeit zufrieden ist.«

»Das mag ja auch so sein«, räumte Lydia ein.

»Es hat nie Beschwerden gegeben«, fügte Fluppe hinzu.

»Nie!«

»Möglicherweise erwartet man vonseiten der Geschäftsleitung ein wenig mehr Dynamik.«

»Hä? Dynamik?«, fragte Kamp.

»Ja. Neuen Schwung oder so was.«

Hm. Ich persönlich fand, dass mein Schwung absolut ausreichend war, um in ein paar Jahren gnädig in die Rente zu gleiten.

»Sie sollen hier aber schon richtig mitarbeiten?«, fragte Kamp. »Also, nicht nur Kaffee kochen und die Blumen gießen?«

Das war die ganz falsche Frage. Das konnte man im Gesicht der Frau Messerschmitt sofort erkennen. Deutlichst übrigens.

Die Neue kam zwar in ihrer weißen Jeans ein bisschen kleinmädchenhaft daher, aber ohne war die nicht. Auch das war auf dem ersten Blick zu erkennen.

Für alle.

Außer für Karl Kamp, der war da ein bisschen tumb und hatte sich bisher hauptsächlich auf die recht angenehme Oberweite unserer neuen Kollegin konzentriert. Wohl proportionierte, weibliche Oberweiten machten Karl Kamp noch dumpfiger als sowieso schon …

»Da ich keine konkrete Aufgabenzuweisung bekommen habe, werde ich mir die Zahlen aus dem Vorjahr ansehen. Mal sehen, ob mir was auffällt«, erklärte die junge Frau. »Vielleicht kann man ja etwas verbessern.«

Fluppe schnappte nach Luft, Schielis linkes Auge tänzelte.

Prima, dachte ich. Da haben wir den Salat.

* * *

Am Abend trafen wir uns nach der Arbeit im *Fulkskuhle*. Teamsitzung. Sogar der alte Horst Krawelski war dabei. Wir haben im *Fulkskuhle* ganz hinten in der Ecke einen Stammtisch. Da sind wir ungestört. Fluppe Jeuken zerquetschte eine Kippe im Aschenbecher und eröffnete die Versammlung mit einer Runde Samtkragen.

»Das ist eine Katastrophe.«

»Abwarten«, versuchte Kamp zu beruhigen und lächelte anzüglich. »Die Kleine sieht doch ganz nett aus. Habt ihr die Glocken gesehen?«

Hupen, Möpse, Glocken. Wir waren alle schon lange davon überzeugt, dass es bei Karl Kamp im Kopp ein paar Mal zu oft geläutet hat. Oder gehupt.

»Davon jetzt mal abgesehen, glaube ich, dass mit der nicht gut Kirschen essen ist. Mit der kriegen wir Probleme«, formulierte ich mein Unbehagen.

»Wieso?«, fragte Kamp und hob die Augenbrauen.

»Stille Wasser.«

»Die Messerschmitt ist jung und ehrgeizig«, erklärte Fluppe und zog nachdenklich an seiner Zigarette. »So wie damals der Van den Brandt.«

»Und was hat es ihm genutzt?«, fragte Kamp, und alle kippten wie auf Kommando den oben rot gestreiften Klaren.

Schieli winkte der Kellnerin. »Fünf Neue.«

Ich beugte mich über den Tisch. »Sie will die Daten und Zahlen aus dem letzten Jahr überprüfen.«

»Kann sie doch.«

»Ja, aber dann überprüft sie ja … die Daten und Zahlen.«

»Na und? Ist doch alles jedes Jahr im grünen Bereich«, blieb Kamp locker.

»Das ist es ja«, knirschte Fluppe.

»Hä?«

Ich musste es dem ollen Kamp tatsächlich noch einmal erklären. »Kerl, wir addieren die Zahlen, ziehen hier und da was ab und gucken immer, Jahr für Jahr, dass wir am Ende eine Steigerung von vier Prozent haben.«

»Vier Prozent plus ist doch gut.«

»Ja. Wir errechnen aber auch Steigerungen von vier Prozent in den Jahren, wo wir Steigerungen von vielleicht zehn Prozent haben.«

»Oder ein Minus von vierzig Prozent machen«, fügte Schieli hinzu.

»Verstehe ich nicht.«

Ich schüttelte den Kopf. »Steigerungen von vier Prozent haben sich langfristig bewährt. Da gibt es keine Nachfragen, da sind alle zufrieden mit. Deshalb melden wir immer vier Prozent Plus.«

Fluppe wurde noch deutlicher. »Deshalb rechnen wir auch gar nicht mehr nach.«

»Ist eh zu kompliziert«, murmelte Schieli. »Die Grundzahlen aus Kleve ändern sich ja auch jedes Jahr.«

»Und wenn die Messerschmitt die Abrechnungen jetzt nachrechnet, dann kommt die ganz sicher nicht auf vier Prozent Plus.«

»Aha. Auf was für ne Zahl kommt die denn dann?«

»Das wissen wir doch nicht, du Trottel«, maulte Fluppe ungehalten und war froh, dass die Kellnerin die nächsten Kurzen brachte. »Richtig ausgerechnet hat das von uns doch schon seit Jahren keiner mehr.«

»Wozu auch?«, fragte Schieli.

»Der letzte, der das wollte, war der Van den Brandt«, flüsterte Horst Krawelski.

* * *

Lydia Messerschmitt brauchte bis zum Wochenende, ehe sie sich vorsichtig räuspernd und um die Nase blass mitten in den Raum stellte und mit dann aber doch erstaunlich fester Stimme erklärte. »Hören Sie mal, die Zahlen stimmen ja vorne und hinten nicht.«

Fluppe machte einen tiefen Zug. Schieli reagierte wie immer, ich sagte nichts. Horst Krawelski war nicht da und Karl Kamp knurrte: »Die Steigerung liegt bei vier Prozent.«

Sie wedelte mit den Unterlagen. »Tut sie nicht. Tut sie nie. Nicht in einem einzigen Fall. Die Veränderungen liegen zwischen plus 13,4 und minus 24,3 Prozent.«

»Äh, haben Sie genau gerechnet? Da kann man sich auf dem ersten Blick schon mal fies täuschen«, brummte Fluppe hilflos mit brüchiger Stimme.

Schielis Blick schwirrte inzwischen ziellos durchs Büro.

Sie schüttelte ärgerlich den Kopf. »Ich werde zumindest die neuen Zahlen jetzt korrekt erheben, sie aufs Jahresende hochrechnen und sie dann dem Stammhaus melden.«

»Ich weiß nicht, ob das eine gute Idee ist.«

»Das ist keine Idee, sondern unsere Aufgabe.«

»Ach«, wunderte sich Kamp.

»Ich glaube, dass würde die in Kleve nur verwirren«, äußerte ich ernste Bedenken.

Sie machte eine wegwerfende Handbewegung. »Ach was. Wo ist eigentlich der Herr Krawelski? Den habe ich hier noch überhaupt nicht gesehen. Arbeitet der eigentlich auch irgendwann?«

»Immer dann, wenn es wirklich drauf ankommt«, murmelte Fluppe.

»Außenermittlungen«, erklärte ich.

»Aha. Zumindest *der* müsste als Dienstältester ja wissen, was hier in den letzten Jahren eigentlich schiefgelaufen ist.«

Schiefgelaufen war in den letzten Jahren gar nichts, fand ich. Alles war immer glattgelaufen. Schieflaufen, das tat es nur jetzt gerade. Aber ganz gehörig …

Mit dem nur ihm eigenen Sinn für das perfekte Timing meldete sich Kamp jetzt in seiner ganzen, unbedarften Unschuldigkeit. »Wo wir gerade so gemütlich beisammen sind, würde ich gerne die fünfzig Euro für unseren diesjährigen Betriebsausflug einsammeln.«

* * *

Die neue Kollegin kam am nächsten Morgen ein wenig später ins Büro und hatte so was im Blick. In der Zwischenzeit war ich mir sicher. Unsere neue Kollegin war eine Schlange. Giftig wie eine Kobra und gefährlich wie eine Natter.

»Ich komme direkt aus Kleve und habe dort meine neuen Zahlen und die echten Daten aus dem Vorjahr präsentiert.«

Schieli entglitt der Kaffeebecher. Die schwarze Plörre saute ihm das Kreuzworträtsel ein. Kamp hustete, ich blieb stumm und Fluppe fragte: »Und, was sagen sie da?«

»Nun ja. Minus 34,4 Prozent sind da zu erwarten. Was meinen Sie denn, was die dort gesagt haben?«, zischte Lydia Messerschmitt bissig.

»Plus vier Prozent klingt irgendwie besser«, murmelte Fluppe, womit er zweifelsfrei recht hatte.

»Ich habe den Auftrag bekommen, eine Arbeitsgruppe zu gründen und die Zahlen der vergangenen fünf Jahre nachzurechnen. Ich hatte den Eindruck, man nimmt die Sache sehr ernst und ist nicht amüsiert.«

»Wann sollen wir das denn noch machen?«, fragte Kamp.

Es war Montag und er hatte schon seinen Skatabend geplant. Und den Tag danach.

»Keine Sorge, ich mache das ganz alleine. Ich habe da mein ganz eigenes System.«

»Ein ganz eigenes System«, murmelte ich. »Das hatten wir auch.«

* * *

Es wunderte wirklich alle, dass Lydia Messerschmitt am Wochenende darauf tatsächlich unseren Betriebsausflug mitmachte. Horst Krawelski hatte einen Schwippschwager in Duisburg-Binsheim, Marco, und der besaß ein kleines Bötchen, die *Gabi B.* Damit ging es auf dem Rhein von Emmerich aus stromaufwärts Richtung Duisburg und zurück. Das Wetter war perfekt.

Lydia hatte sich von Marco unter Deck den röhrenden 130 PS starken Motor sowie die kleine Kochstelle zeigen lassen und gesellte sich dann mit einem frisch eingeschenkten Gläschen Kribbelwasser bewaffnet zu uns hinten ans Bootsheck. »Ich finde, das ist jetzt genau der richtige Rahmen, um ganz schnell das Allerneuste aus dem Stammhaus zu verkünden.«

Ui, was kam jetzt, ging es mir durch den Kopf. Ich blickte mich um und sah, dass es den anderen genauso ging. Fluppe nahm einen tiefen Zug und versuchte einen Rauchkringel, der nicht gelingen wollte, Schieli kämpfte mit Teilen seiner Gesichtsmuskulatur. Horst Krawelski schaute grimmig, wie er es die ganze Zeit schon tat. Nur Karl Kamp starrte unserer neuen Kollegin entrückt und ungeniert auf die Brüste, denn an exorbitanter Stelle hatte sich bei der Besichtigung des Benzinmotors ein schwarzer Ölfleck mit für Kamp hohem Aufforderungscharakter aufs gelbe T-Shirt geschmiert.

»Drüben in Kleve ist man der Ansicht, dass die seit Langem freie Abteilungsleiterstelle nunmehr zügig besetzt werden soll.«

»Och?«, fragte Fluppe.

»Hmmmm«, brummte Kamp genießerisch.

Lydia fuhr fort. »Aber machen Sie sich keine Gedanken, Sie müssen sich an kein neues Gesicht gewöhnen. Ich war augenscheinlich die einzige Kandidatin und habe schon zugesagt. Ich freue mich auf den neuen Aufgabenbereich. Gemeinsam werden wir mithelfen, in ein paar Jahren tatsächlich und ganz korrekt eine Steigerung von plus vier Prozent melden zu können.«

Der Motor des Bootes tuckerte.

Sie nippte noch mal am Glas. »Und ich kann Sie weiter beruhigen, dass die meisten von Ihnen ihren Job behalten. Oder zumindest in einer anderen Abteilung ihren Fähigkeiten entsprechend eingesetzt werden.«

Kamp riss seinen Blick hoch. »Hä? Verstehe ich nicht.«

Aber der alte Horst Krawelski, der hatte verstanden. Er war ja immer auf Zack, wenn es wirklich drauf ankam. Sein Stoß erfolgte ansatzlos aus der Hüfte, Lydia Messerschmitt hatte keine Chance zu reagieren und stürzte samt Sektglas über die Reling vom Boot in die Fluten des Rheins, der sie gleichgültig verschluckte.

»Hoppla«, entfuhr es Schieli.

»War das nötig?«, fragte Kamp entsetzt.

»Auf jeden Fall«, antwortete ich. »Horst, was sagt dein Schwippschwager?«, fragte ich Krawelski leise.

»Der weiß Bescheid und kann unsere Situation vollkommen verstehen. Er meint, es wäre schade um die schönen Titten und er weiß von nichts. Ich bring ihn mal schnell auf den neusten Stand«, brummte der Alte, drehte sich um und ächzte langsam die schmale Treppe runter unter Deck.

Lydia Messerschmitt tauchte ein paar Meter hinter unserem Boot wieder auf. Vom Heckmotor aufgewirbelte Wellen schwappten ihr ins Gesicht, fahrig winkte sie mit den Händen.

»Sie grüßt«, lachte Fluppe und winkte höflich zurück.

Es wunderte wirklich alle, dass die smarte Lydia Messerschmitt wohl nicht schwimmen konnte. Aber der Rhein mit seinen vielen, kräftigen Strömungen und gefährlichen Strudeln war ja von je her sehr, sehr tückisch.

Nun denn, dachte ich.

In diesem Moment passierte plötzlich viererlei. Lydia Messerschmitt schien hinter uns im Wasser jetzt wohl doch besser zurechtzukommen, denn sie entfernte sich mit energischen Stößen zusehends von der Strommitte.

Krawelski brüllte aus dem Rumpf des Bootes. »Verdammt, jemand hat Marco niedergeschlagen!«

Kamp rümpfte die Nase. »Was riecht denn hier so nach Benzin?«

Und Fluppe Jeuken, der sich neugierig die Treppe runter zu Krawelski herabbeugte, zog kräftig an seiner Zigarette.

* * *

Mit kraftvollen Zügen erreichte Lydia Messerschmitt das Ufer gerade in dem Moment, als hinter ihr das Boot mit einem lauten Krachen und einer riesigen, giftig-gelben Stichflamme in die Luft flog. Zufrieden entstieg sie dem Rhein und wischte sich die Tropfen vom Körper.

Ihr Plan hatte aber so was von funktioniert.

Sie hatte darauf gesetzt, dass keiner der faulen, alten Trottel auf die Idee kommen würde, im Stammhaus bei L&M anzurufen, um sich nach einer Mitarbeiterin namens Lydia Messerschmitt zu erkundigen. Die gab es dort nämlich gar nicht. Vielleicht hätte sich aber der ein und der andere Kollege an die kleine, blonde Lydia Van den Brandt erinnert, die ihren Vater manchmal in der Firma besucht hatte.

Die Unfallflucht, bei der ihr Vater ums Leben gekommen war, hatte man den Galgenvögeln aus der Abteilung *Erhebung und Bilanz* nie nachweisen können. Dabei war doch allen klar gewesen, dass Horst Krawelski den Wagen damals gesteuert hatte.

»Der Mann, der immer da war, wenn es wirklich drauf ankam.«

Die aufgeschlitzten Benzinleitungen der *Gabi B.* würde man nun wiederum ihr niemals nachweisen können.

Made in China

Hartmanns Freund und Lieblingswirt, der einarmige Krake, schob den Autoschlüssel über die Theke. »Tu mir den Gefallen! Nur einmal kurz zum Großmarkt und zurück.«

Hartmann schniefte. »Mein Führerschein macht immer noch Urlaub in Flensburg.«

»Die Autos fahren auch ohne Führerschein. Nur kurz aufn Großmarkt rauf, ganz nach hinten durch, Halle 17. Bloß ein Paket mit Deko-Artikel für eine Hochzeitsfeier. Ist alles schon bezahlt, brauchst du nur noch einzuladen.«

Hartmann musterte den Autoschlüssel. »Ein BMW?«

»Ein weißer X5. Steht vorne auf dem Seitenstreifen.«

»Warum holst du das Paket nicht selbst ab?«

»Mir ist die Servicekraft abgesprungen. Ich muss mich um eine neue Kellnerin kümmern, sonst gibt es übermorgen auf der Hochzeitsfeier nichts zu trinken.«

Hartmann wischte den Schlüssel vom Tresen. Auf der Hochzeitsfeier übermorgen nichts zu trinken? Das kann auch keiner wollen.

* * *

Zwanzig Minuten später bog Hartmann mit dem Wagen von der Ulmenstraße aufs Gelände des Großmarkts. Der BMW ließ sich wirklich super fahren.

»Schick.«

Hartmann passierte große Hallen, kleinere Stände. Menschen wuselten umher, Karren wurden geschoben, Gabelstapler summten. Es roch nach Fleisch, Fisch, Gemüse und

Blumen. Der Düsseldorfer Großmarkt war eine kleine Welt für sich.

»Hoppla.«

Jetzt hatte er die schmale Halle mit der großen, schwarzen Nummer 17 fast übersehen. Er stoppte, ließ den Bayrischen neben dem Eingangstor stehen und trat in die kühle Halle.

Ein wettergegerbter Mann mit blauer, runder Wollmütze winkte ihn vom anderen Ende des Raums heran. »Ich habe das Auto gesehen. Krake hat mich angerufen. Der Karton steht da vorne. Der braune mit den roten, asiatischen Schriftzeichen drauf.«

Hartmann nickte ihm zu, alles klar.

»Mann, ist der Karton schwer«, maulte Hartmann dann, als er den Klotz anhob.

Was waren das denn für Deko-Artikel? Marmorstatuen? Ein Dieselmotor?

»Nimm besser eine Sackkarre, der Karton ist schwer.«

Hartmann verdrehte die Augen. Hatte er auch schon bemerkt.

Eine blaue Sackkarre war schnell untergeschoben, der Karton zügig an den BMW gerollt. Ihn auf den Rücksitz des Wagens zu wuchten, war dann doch wieder ein Angang, klappte aber schließlich doch.

»Okay, ich bin dann wieder weg«, brüllte Hartmann der Wollmütze zu.

Der kratzte sich – gerade über einen Haufen Krimskrams gebeugt – nachdenklich unter der Mütze und grüßte abwesend.

Hartmann stieg in den BMW und fuhr los.

Hätte Hartmann jetzt noch mal in den Rückspiegel geguckt, hätte er gesehen, dass der Mann mit der Wollmütze ihm plötzlich aufgeregt hinterherwinkte. Aber Hartmann blickte nicht in den Rückspiegel. Wieso auch? Er fuhr ja geradeaus. Und er hatte schon wieder ein neues Ziel.

Denn vor dem Ausgang auf der rechten Seite, noch auf dem Gelände, gab es die beste Dönerbude Düsseldorfs, und bis dahin war es nur zweimal nach links und einmal nach rechts gekurbelt.

Deshalb hielt Hartmann nur zwei Minuten später solch ein Prachtteil in seinen schnell fettigen Fingern. Fünf Minuten später war dem Döner der Garaus gemacht, er hatte keine echte Chance.

»Danke, tschüss!«

Hartmann wischte sich die Finger mit der Einwegserviette trocken, entsorgte sie im Abfalleimer und klickte den BMW auf. Zufrieden und gesättigt rutschte er hinters Steuer.

Die Tür hinten rechts wurde plötzlich aufgerissen. Hartmann fuhr erschreckt herum.

»Super Kiste diesmal, nicht der übliche Schrott«, krachte ein grobschlächtiger Mann dumpf, der sich geräuschvoll auf den Rücksitz quetschte.

Gleichzeitig wurde auch die Beifahrertür geöffnet. »Und sogar ein paar Minuten vor der Zeit, das sind ja ganz neue Sitten.«

»Das, das muss ein Irrtum sein«, stammelte Hartmann.

Die beiden Typen sahen nicht aus wie jede Menge Spaß. Eine ausnehmend markante Augenpartie, bei der die dunklen Äpfel fast im Kopf versanken, ließ annehmen, dass es sich bei dem Pärchen um Brüder handelte. Der Typ auf dem Rücksitz war der deutlich breitere, stämmigere der beiden. Dem Gesicht des Neuzugangs auf dem Beifahrersitz gab eine breite Narbe auf der rechten Seite seines Antlitzes die gewinnende Freundlichkeit eines hungrigen Süßwasserkrokodils.

»Ein Irrtum? Scheint mir auch so. Ich hab gedacht, wir stehen uns wieder die Beine in den Bauch.« Er klopfte sich auf die linke Brustseite. »Dabei haben wir es ein bisschen eilig.«

»Ich fahr euch keinen Meter, wenn ...«

Der vom Beifahrersitz schnitt ihm die Worte ab, drehte sich nach hinten und brüllte. »Schnall dich an, du Trottel!«

»Is ja gut.«

Hartmann holte Luft. Zeit, mal was klarzustellen. In diesem Moment bog direkt vor ihnen ein Streifenwagen aufs Gelände.

»Scheiße, Bullen!«, krachte der Dicke vom Rücksitz.

»Sind die dir gefolgt?«, bellte der Narbige neben Hartmann.

»Nein«, versicherte der und bemerkte irritiert, dass sein neuer Nebenmann eine Knarre unter der Jacke hervorzog.

»Scheiße«, grunzte auch der Mann auf dem Rücksitz und hielt plötzlich ebenfalls einen Totmacher in seinen haarigen Fingern.

»Macht keinen Scheiß«, zischte Hartmann.

»Halt die Fresse!«

Tat Hartmann. Und stellte erleichtert fest, dass der Streifenwagen ohne anzuhalten und ohne sie eines Blickes zu würdigen an ihnen vorbeifuhr und links abbog.

Gut.

Aber ...

Was jetzt? In was für einer bekloppten Situation befand er sich denn jetzt wieder? Was waren das für Typen? Wieso hatten die Knarren dabei? Und fuchtelten damit rum?

»Okay. Du kannst losfahren«, forderte ihn der Narbige auf.

Hartmann registrierte erleichtert, dass die beiden ihre Ballermänner zurück unter die Kleidung geparkt hatten. Er startete den Motor und überlegte fieberhaft. Okay, erst mal vom Gelände runter, aber was dann? Links abbiegen, rechts abbiegen? Wo sollte es hingehen? Wenn er das Ziel nicht kannte, würde seine neue, nervöse Fahrgemeinschaft schnell schnallen, dass sie im falschen Auto saßen. Und darauf reagieren. Nur wie?

Hartmann entschied sich für linksrum, was wahrscheinlich richtig war, denn keiner meckerte oder zückte die Knarre.

»Hat das Ding ein Radio?«, fragte der vom Rücksitz und legte einen seiner behaarten Arme auf den Karton links neben sich.

»Jetzt keine Musik!«, kommandierte der Beifahrer.

»Soll ich auf dem direkten Weg …?«, fragte Hartmann und ließ die Frage sicherheitshalber hinten offen.

»Denkst du, wir wollen noch eine Stadtrundfahrt machen? Gib Gummi, du Trottel!«

»Ich bin nur der Fahrer. Und mit Informationen übrigens ziemlich knapp gehalten worden.«

»Ist vermutlich auch besser, du Amateur. Laber jetzt nicht rum, sondern fahr!«

Hartmann versuchte sich auf den Verkehr zu konzentrieren. Das konnte nicht gut gehen. Ging es auch nur zwei Kreuzungen lang …

»Warum biegst du hier nicht ab, Mann?«

Hartmann hatte die Nase voll. »Weil ich nicht weiß, wo es hingeht.«

»Wieso weißt du nicht, wo es hingeht?«, zischte der Beifahrer, die Narbe vibrierte. Sein Partner lehnte sich zwischen die beiden Vordersitze nach vorne.

»Weil ihr im falschen Auto seid.«

Die beiden wechselten einen Blick. Der Beifahrer zückte wieder seine Knarre. »Wieso sind wir im falschen Auto?«

Hartmann verdrehte die Augen. »Weil ich nur den Karton auf dem Rücksitz abholen sollte. Wieso ihr zu mir ins Auto steigt, weiß ich nicht. Ich bin nur losgefahren, weil ihr ausseht, als wolltet ihr keinen Ärger mit den Bullen haben, die da auf dem Gelände vom Großmarkt aufgetaucht sind.«

Der Beifahrer wedelte mit der Knarre. »Du hast gar nicht auf uns gewartet?«

»Ich habe einen Döner gegessen.«

Die beiden wechselten wieder einen Blick.

Der hintere räusperte sich. »Ja, äh … was jetzt?«

»Lass mich überlegen«, brummte der Beifahrer.

Sollten die beiden tatsächlich Brüder sein, legte Hartmann sich fest, dann war der Beifahrer derjenige, dem der liebe Gott ein Gehirn mitgegeben hatte.

»Bieg hier rechts ab«, befahl der schließlich, die Plempe nach wie vor aus der Hüfte heraus auf Hartmann gerichtet.

Der setzte den Blinker und warf einen Blick in den Rückspiegel. Hatte sich da was bewegt? Der ohne Gehirn blickte ihn plötzlich im Spiegel an, Hartmann sah weg und konzentrierte sich scheinbar wieder auf den Fahrzeugverkehr.

Ja, sicher hatte sich da auf dem Rücksitz was bewegt.

»Was jetzt?«, knurrte der Breite und tippte seinem Bruder auf die Schulter.

Hartmann riskierte einen zweiten Blick in den Rückspiegel. Und entdeckte einen Arm. Einen schlanken Arm, der sich oben an der Öffnung zum Karton …

»Guck auf die Straße«, bellte der Narbige. »Und da hinten an der nächsten Kreuzung fährst du links ab.«

Hartmann las auf dem Hinweisschild. »Kalkumer Forst?«

»Wieso denn Kalkumer Forst?«, maulte Herr Rücksitz. »Wir müssen doch zum …«

»Halt die Klappe!«, herrschte ihn sein Partner an.

Hartmann tat wie geheißen und stellte beunruhigt fest, dass der Fahrzeugverkehr rund um seinen BMW immer mehr abnahm, hier war kaum jemand unterwegs. Das war nicht gut. Das war alles andere als das. Sie waren fast alleine auf der Landstraße, links und rechts nur noch Waldbestand.

Ein weiterer, hastiger Blick in den Rückspiegel auf den Karton belehrte ihn, dass er sich den Arm wohl nur eingebildet hatte, denn da war nichts. Nur der klobige, rohe Kerl und ein brauner Karton mit roten, asiatischen Schriftzeichen.

»Da vorne auf den Parkplatz fahren und dann hältst du an!«

Hartmann schluckte. Das war auch nicht gut. Einsam, abgelegen, unbefestigter Waldboden und vor allem: keine Zeugen. Den letzten Radler hatten sie vor gefühlten Ewigkeiten überholt.

Hartmanns Hirn arbeitete auf Hochtouren, aber eine Lösung wollte ihm nicht einfallen.

Eine Vollbremsung? Ja. Vielleicht könnte er die beiden mit einer Vollbremsung durch die Windschutzscheibe jagen. Er blickte unauffällig neben sich an die Mittelkonsole. Das durfte doch nicht wahr sein! Kidnappen schwer bewaffnet ihn und das Auto und sind beide ordnungsgemäß angeschnallt ...

Okay, versuchte Hartmann sich zu beruhigen. Sie würden ihn schon nicht abknallen. Nur weil er ein Zeuge war und die beiden Knallschoten bis ins kleinste Detail würde beschreiben können? Und sie auf Lichtbildern wiedererkennen könnte ... Au Mann.

»Hier anhalten!«, kommandierte der Narbige, als sie das Ende des Parkplatzes erreicht hatten.

Hartmann stoppte den Wagen und drehte den Zündschlüssel, der Motor hustete sich in den Schlaf.

»Und was jetzt?«, fragte Hartmann.

»Knall ihn ab!«, forderte der Breite auf dem Rücksitz.

Der Narbige verzog sein Gesicht, die Narbe glänzte hell. »Gute Idee.«

»Haaaaaaaaaa!«, schrie die Frau, deren Oberkörper jetzt aus der Oberseite des braunen Kartons ins Fahrzeug schoss.

Hartmann reagierte am schnellsten. Fix schnellte seine Hand nach vorne und riss dem überraschten Beifahrer die Knarre aus den Fingern. Der starrte für Sekundenbruchteile entsetzt seiner Knarre hinterher. Genug Zeit für Hartmann, ihm den Pistolenknauf an die Stirn zu knallen. Mehrmals.

»Haaaaaaaaaa!«, schrie die junge Frau immer noch.

Der Mann neben ihr war erschreckt bis ganz auf die rechte Fahrzeugseite gerutscht und versuchte nun seinerseits, die Pistole aus der Innentasche seines Blousons zu ziehen.

Hartmann erklärte ihm, dass das keine gute Idee war, indem er die Mündung der Knarre mitten auf sein Herz richtete. »Keine Bewegung! Finger aus dem Jackett. Ganz langsam.«

Die junge Frau aus dem Karton schrie nicht mehr, sondern schälte sich geschickt komplett ins Freie.

»Hallo«, grüßte Hartmann.

Der Mann auf dem Beifahrersitz röchelte, Hartmann hämmerte ihm ein weiteres Mal den Pistolenknauf gegen die Schläfe. Das Röcheln erstarb.

»Hallo«, grüßte die Frau zurück. »Ich heiße Kim.«

Sie war eine Asiatin. Klein, schlank, drahtig. Hartmann schätzte sie auf knapp über einsfünfzig und ungefähr sechzig Kilo. Sie trug einen eng anliegenden, braungelbschwarz gefleckten Body Suit, der wahlweise an einen Leoparden, einen Fetisch-Shop oder an den Düsseldorfer Karneval erinnerte.

»Sind da noch mehr im Karton?«, fragte Hartmann.

»Ich reise alleine.«

Hartmann beugte sich zwischen die Sitze nach hinten und fingerte dem Breiten eine sehr, sehr große Knarre aus der Jackeninnentasche, mit der man bestimmt sehr, sehr große Löcher machen konnte. »Die nehme ich mal an mich.«

»Die sind sicher hilfreich«, behauptete Kim und präsentierte zwei Hanfstricke, die sie aus dem Karton zog.

Draußen radelte ein Rennradfahrer mit gesenktem Kopf vorbei, von der anderen Seite passierte ein PKW, ohne dem Fahrzeug auf dem Parkplatz Beachtung zu schenken.

»Dann steigen wir mal aus und machen ein paar Knoten«, schlug Hartmann vor.

Wenige Griffe später lagen die beiden Gauner sorgfältig verschnürt und geknebelt im Gebüsch, das an den Parkplatz grenzte, und waren von dort aus nicht mehr zu sehen. Um die beiden Päckchen zu entdecken, musste man schon einen ganz konkreten Hinweis drauf haben.

Hartmann warf das Handy des breiten der beiden Brüder zum Eigentümer ins Gebüsch. Genau diesen ganz konkreten Hinweis hatte Hartmann mit dessen Handy der Polizei soeben gegeben.

»Und wir?«, fragte Kim.

»Wir gucken, dass wir hier wegkommen.«

»Okay. Du fährst?«, fragte sie.

»Natürlich.«

Sie stieg auf den Beifahrersitz. »Im Ernst, du fährst, als hättest du keinen Führerschein.«

»Das behauptet eine Frau in Leopardenleggins, die in einer Pappschachtel durch die Gegend reist«, brummte Hartmann und fuhr zurück auf die Kalkumer Schloßallee.

Schweigend legten sie den ersten Kilometer zurück, Hartmann schniefte. »Wegen des Kartons: Arbeitest du in einem Zirkus?«

Sie hob die Augenbrauen. »Du solltest als Detektiv arbeiten.«

Hartmann grinste. »Wo sind die Dekorationsstücke, die vorher im Karton waren?«

»Die müssen noch in der Halle liegen. Ohne auszuräumen, hätte ich nicht reingepasst.«

»Gut, dass ich den Karton nicht fallen gelassen oder ihn verkehrt herum auf dem Sitz abgestellt habe.«

Sie lächelte, wie nur Asiatinnen lächeln können. »Hast du.«

Ein Streifenwagen mit Blaulicht schoss an ihnen vorbei, vermutlich unterwegs zum Kalkumer Forst …

»Und was ist jetzt mit dir?«, fragte Hartmann.

»Ich bin … abgehauen.«

»Du sprichst sehr gut deutsch.«

»Hab ich ein paar Semester lang studiert. Ich müsste ein paar Tage untertauchen. Kann ich bei dir bleiben? Ohne, dass du mich angrapschst?«

Hartmann runzelte die Stirn. »Das wird schwierig. Ich steh auf Leoparden.«

»Du kannst mir einen Jogginganzug leihen. Vielleicht einen grauen.«

Hartmann führte schnell ein paar Gedanken zu Ende. Jetzt zurück zum Großmarkt zu fahren, um doch noch Krakes Deko-Sachen zu holen, wäre wahrscheinlich nur die zweitbeste Idee gewesen. Sicher kreiste dort ein Auto auf der Suche nach zwei Trotteln mit tief liegenden Augenhöhlen. Und wenn einer aus der Dönerbude Krakes BMW beschreiben könnte, in den die beiden eingestiegen waren, wäre das sehr, sehr unglücklich.

Möglicherweise wurde dort auch schon nach seiner neuen Freundin gesucht.

Nein, er würde jetzt sofort zurück zu Krake ins *Aquarium* fahren. Dann sollte der gucken, wie er an seine Hochzeitssachen käme, das ließe sich bestimmt bis übermorgen noch irgendwie regeln. Krake wäre sicher nicht begeistert, aber vielleicht …

»Hör mal, Kim«, fragte Hartmann. »Hast du eigentlich schon mal gekellnert?«

»Klar. Wieso?«

Nummer Fünf

New York. Broadway. Ich stand auf der ausgelatschten, abgewetzten Holzbühne, das Saxofon lässig an den Lippen. Die Luft war wie Watte. Mit geschlossenen Augen hauchte ich zerbrechliche Noten im Fünfvierteltakt durch den grauen Schleier über den Bühnenrand ins Publikum. *Take Five,* Dave Brubeck. Die coole Jazz-Nummer schwappte als weicher Klangteppich zu ihnen herunter, umgarnte sie sinnlich-sanft, legte sich mildseiden auf ihre Seelen, war Balsam.

»Du bist sicher, dass dir niemand gefolgt ist?«, zerrte mich plötzlich eine harte, unangenehme Stimme gleich neben mir mitten aus der zeitlosen Improvisation.

»K-k-klar bin ich sicher, Mann. Ich bin doch k-k-kein Anfänger«, stotterte ein zweiter Kerl heiser.

Die Bühnenbretter wurden mir unter den Füßen weggezogen und mit einem Mal hockte ich wieder im Düsseldorfer Hauptbahnhof direkt am Aufgang zur S-Bahn nach Essen. Keine Bühne, hartes Pflaster.

»Doch, bist du!«, knurrte der erste. »Und genau das macht mir Sorgen. Das und Dieters Alte.«

»Dieters Alte?«

»Dieter ist in Ordnung, aber seiner Alten trau ich nicht über den Weg, die haut uns in die Pfanne.«

Die Gespräche hier im Bahnhof waren häufig sehr interessant. Vor einem halben Jahr hatte ich sogar mal einen brauchbaren, leise geflüsterten Börsentipp aufgeschnappt.

Die Menschen sind mir gegenüber meistens sehr sorg- und arglos. Das liegt zum großen Teil daran, dass ich blind bin. Blind und nach meinem Unfall vor knapp zwei Jahren mit meinem Äußeren ein wenig nachlässig. Das Äußere verliert für Blinde mit der Zeit sehr deutlich an Bedeutung.

Ich legte daher nun neugierig das Saxofon in meinem Kopf zur Seite.

»Hast du den Schlüssel?«

»K-k-klar, Mann, hier in der ...«

»Scheiße! Die Bullen! Ich denk, dir ist keiner gefolgt, du Idiot!«

Hektisches Rascheln.

»Den Schlüssel ...«

Ich hörte einiges durcheinander und spitzte hastig die Ohren. Eilig näherten sich Schritte. Irgendwo weiter links übergab sich der Junkie, den ich vor ein paar Minuten schon verdächtig intensiv gerochen hatte.

Ins Getrampel mischte sich das scharfe Stakkato zweier Pfennigabsätze.

Der ICE aus München auf Gleis dreizehn wurde in den Lautsprechern knarrend angekündigt.

Ich hörte ein Klirren in meiner Mütze. Ach ja, bliebe anzumerken, dass ich meine Stütze vom Amt mit besagter Kopfbedeckung und einem zerknitterten, grauen Pappschild und der Aufschrift *Bin blind* aufzubessern versuche. Was oft nur leidlich funktioniert. Als Behinderung ist da zum Beispiel ein fehlender Arm deutlich effektiver. Aber: man kann es sich nicht immer aussuchen.

»Halt!«, rief ein Bulle.

Die Cops erkannte man immer am schneidigen Tonfall.

»Was denn?«

»Bleiben Sie stehen!«

»Wir stehen doch. Was? Du?«

Dumpfe, klopfende Geräusche. Die Bullen hatten die beiden Typen grob gegen die Wand gedrückt und tasteten sie ab.

»K-k-kann mir mal jemand sagen, was hier los ist? He, fass mich nich an!«

»Schnauze!«

Ich leerte derweil vorsichtig meine Mütze und schraubte mir das Stoffteil auf den ungekämmten Schädel. Schräg über mir schnappte jemand nach Luft.

Ich ächzte mich in den Stand. Meine Knochen schmerzten. Fast fünf Stunden hatte ich mir im Bahnhof den Hintern platt gesessen. Ich schätzte den Inhalt der Mütze auf lausige sechs oder sieben Euro. Alles zusammen.

Und einen Schlüssel.

Beim Aufstehen geriet ich leicht ins Wanken. Eine Person wich mit klackerndem Schritt aus. Ein feiner, angenehmer Duft aus vergangenen, nie mehr wiederkehrenden Zeiten stieg mir in die Nase und raubte mir für unendlich lange Sekundenbruchteile den Atem.

Ich schlich davon. Hinter mir protestierte einer der beiden Kerle heftig und stotternd, und ich hörte, wie sich der Pulk maulend, stampfend und schiebend Richtung Ausgang entfernte.

Ich ging ein paar Meter und musterte schnell meine Beute. Musterte … Nun ja, ich nahm den Schlüssel in die rechte Hand und fuhr mit einem Finger der linken vorsichtig darüber. Ich hatte zwar das Sinnesorgan *Auge* verloren, aber alle anderen fünf Sinne funktionierten dafür umso besser.

»Schließfachschlüssel. Dachte ich mir.«

Schließfächer sind im Bahnhof weiter hinten durch. Ich rempelte mich durch die lärmende Menschentraube, die der angekündigte ICE aus München in den Bahnhof gespuckt hatte, wich einigen *Fortuna, Fortuna* skandierenden Fußballfans aus und bog wenig später nach links in einen Seitengang. An einem der Stahlfächer auf der rechten Seite ertastete ich die gleiche, eingefräste Nummer, die sie in den Schließfachschlüssel geschlagen hatten.

»Nummer Fünf«, verriet mir der Zeigefinger.

Ich guckte mich um – das tat ich wirklich, aus alter Gewohnheit – und schob den Schlüssel ins Schloss. Eine Drehung nach rechts ... sollte folgen, aber es klackte plötzlich hinter mir und ich spürte einen heftigen Schlag auf meinen Hinterkopf. Ich pfiff Luft, kippte wie in Zeitlupe zur Seite und glitt sofort ins wauschige Land der Träume.

* * *

»Sie wollen den Einsatzleiter sprechen?«, fragte der Beamte am anderen Ende der Telefonleitung. »Welchen Einsatzleiter?«

Ich umklammerte den schmierigen Hörer des Öffentlichen mit der Rechten und strich mir mit der Linken vorsichtig über die deftige Beule unter der Mütze. »Den Beamten, der im Bahnhof die Festnahmen gemacht hat, von der ich Ihnen grad erzählt habe.«

»Wieso?«, fragte der Polizeibeamte am anderen Ende der Leitung.

Ich seufzte. »Geben Sie ihn mir einfach!«

* * *

Der Polizist in Zivil sprach mich eine Viertelstunde später auf dem Bahnhofsvorplatz an. Ich hatte mir bei *Enders* an der Bude einen richtig schön fettigen Reibekuchen gegönnt. Die glitschigen Finger wischte ich etwas ungelenk an der Hose trocken.

»Sie sind blind?«, fragte der Beamte.

»Ja.«

»Sehr blind?«

»Total blind.«

»Auf beiden Augen?«

»Alle blind. Verkehrsunfall.«

»Das haben Sie dem Kollegen der Einsatzleitstelle und mir beim Telefonat nicht verraten«, konnte ich einen leisen Vorwurf und eine gewisse Enttäuschung im Tonfall heraushören.

»Nein.«

»Und Sie wollen den Täter, ähm, wiedererkennen, der Sie im Hauptbahnhof von hinten an einem Schließfach niedergeschlagen haben soll und Ihnen einen Schlüssel abgenommen hat?«

»Ja, klar«, blieb ich locker. »Ich wette, das Schließfach ist inzwischen leer. Aber ich denke, Sie haben eine Idee, was drin gelegen haben könnte. Und ich wiederum bin mir sicher zu wissen, wo sich der Inhalt jetzt befindet «

* * *

Der Bulle hatte einen zweiten dabei, der den Wagen flott Richtung Unterbach steuerte und dann im Mehrfamilienhaus auf der Vennstraße auf einen Klingelknopf drückte. Ungefähr fünf Mal tat er das, dann wurde eine Wohnungstür knarrend geöffnet.

Ich stand um die Ecke rum im Flur. Sie war es. Kein Zweifel! Das war die Frau, die gelegentlich *Dieters Alte* genannt wurde.

»Frau Petra Broich?«

»Herr Kommissar?«, fragte die Frau. »Sie schon wieder? Was kann ich denn noch für Sie tun?«

»Dürfen wir hereinkommen?«

»Wieso?«

»Ähm, sollten wir das nicht lieber drinnen …«

»Was liegt an?«, fragte sie scharf. »Ich habe keine Zeit.«

»Nun, von mir aus. Dann fasse ich mich kurz«, blieb der Cop geschmeidig. »Ich werde Sie vorläufig festnehmen. Sie stehen im dringenden Verdacht, in den Raubüberfall auf die Stadtsparkasse Flingern am 5. Mai verwickelt zu sein.«

»Das ist lächerlich. Ich habe Ihnen vor nicht mal einer Stunde doch ausführlich erklärt, dass ich mich vor einigen Monaten von meinem Mann getrennt habe. Ich habe Ihnen im Bahnhof die beiden Männer gezeigt, die in der vergangenen Woche bei mir vor der Tür standen und nach Dieter gefragt haben. Ich habe doch nichts mit einem Raubüberfall zu tun.«

»Wir haben einen Zeugen.«

Offensichtlich trat sie einen Schritt heraus in den Hausflur, entdeckte mich auf dem Treppenabsatz und musterte mich. »Ich kenne diesen Mann nicht. Ich habe ihn noch nie vorher gesehen.«

»Oh doch. Sie haben ihn nicht nur schon einmal gesehen, Sie haben ihn sogar von hinten zu Boden geschlagen und ihm einen Schließfachschlüssel abgenommen. Der Mann hat Sie erkannt.«

Ich spürte eine Bewegung vorm Gesicht. Die blöde Gans wedelte tatsächlich mit der Hand vor meinen Augen hin und her.

»Lassen Sie das!«, wies der Bulle sie zurecht.

»Er hat mich erkannt, Herr Kommissar? Der Mann ist blind. Ich bitte sie!«

Ein schöner Moment folgte, der mich für Einiges entschädigte und ich klärte Dieters Alte nur zu gerne auf. »Einer der beiden Männer hat unmittelbar vor seiner Festnahme einen Schließfachschlüssel in meine Kleingeldmütze geworfen. Das haben Sie mitbekommen. Gesehen haben Sie auch, dass ich ihn dann zusammen mit dem Kleingeld eingesteckt habe. Sie schnappten nach Luft, sagten aber nichts. Ich bin blind. Sie nahmen an, es wird ein Kinderspiel, mir den geheimnisvollen Schlüssel wieder abzunehmen. Sie folgten mir und ich muss einräumen, dass ich das Klackern Ihrer hochhackigen Schuhe, das mir bei der Festnahme der beiden Herren sehr wohl aufgefallen war, diesmal tatsächlich überhört habe. Bei den Fächern war es dunkel und menschenleer. Sie zogen mir von hinten eins über den Schädel.«

»Das ist doch lächerlich!«

»Find ich nicht.« Ich tippte an meine Mütze. »Da drunter blüht eine riesige Beule. Sie trugen hochhackige Schuhe mit Pfennigabsätzen. Klack, Klack. Ein sehr, sehr individuelles Geräusch übrigens.«

»Das ist immer noch lächerlich!«

»Und Sie trugen Chanel No. 5! Das riecht man nicht oft im Bahnhof. Mir fiel dieser Duft schon auf, als Sie während der Festnahme vor mir standen. Ich roch es, als Sie mich bei den Schließfächern niederschlugen und ich rieche es jetzt.«

»Sind Sie Parfümexperte oder was?«, fragte die Frau bissig.

»Es war das Lieblingsparfüm meiner Frau. Sie trug es, als sie bei einem Verkehrsunfall neben mir im Fahrzeug sitzend ums Leben kam. Ich bin sicher, dass die Beamten in Ihrem Bad diesen Duft finden werden, dass irgendwo die von Ihnen getragen Schuhe mit den hohen Absätzen stehen und auch der Schließfachschlüssel sich sehr schnell finden wird.«

Der Polizist räusperte sich. »Wir werden uns in Ihrer Wohnung umsehen. Wir suchen nämlich außerdem 36.000 Euro, bei denen wir davon ausgehen, dass sie bis vor Kurzem noch in einem Schließfach mit der Nummer Fünf gelegen haben. Müssen meine Kollegen und ich wirklich anfangen zu suchen oder händigen Sie uns die Beute Ihres Mannes freiwillig aus?«

Sie zögerte vielleicht fünf Sekunden, in denen mir nach dem gerade Erlebten knallplötzlich klar wurde, dass es allerhöchste Zeit war, mein Leben nach dem Verkehrsunfall wieder in den Griff zu bekommen.

Ich stelle mir meine Frau manchmal simpel-naiv auf einer himmlischen, weißen Wolke sitzend und wohlwollend zu mir runterblickend vor. Hatte sie mir vorhin höchstpersönlich den süßen Parfümgeruch, die Chanel-Wolke, … *unseren Duft* … zugewedelt?

Ich lächelte.

Und Dieters Alte sagte leise. »Kommen Sie rein!«

Waidmannsheil in Untereyll

Bernd-Bodo Brümmers saß mir im Vernehmungszimmer auf der Gelderner Polizeiwache gegenüber. Bernd-Bodo war 67 Jahre alt, knappe einssiebzig groß und hatte ein fröhliches, rund genährtes Gesicht. Die wenigen, dünnen Haare trug er verwegen über dem Schädel von links nach rechts gekämmt. Sie lagen ein bisschen wild.

Bernd-Bodo sah eigentlich ganz normal aus.

War er aber nicht.

»Herr Kommissar. Ich weiß überhaupt nicht, warum Ihre Kollegen mich festgenommen haben.«

Seine kleinen Äuglein blinzelten.

»Sie brauchen eine Brille?«, fragte ich höflich.

»Eigentlich nicht. Ich sehe nur ohne fast nichts.«

»Ach so«, antwortete ich und ordnete vor mir auf dem Vernehmungstisch meine schnell zusammengestellten Unterlagen.

»Warum Sie mit hierhin auf die Wache gebracht wurden, das erkläre ich Ihnen gleich. Aber erzählen Sie mir doch bitte mal, was Sie heute so gemacht haben.«

»Also«, räusperte sich Bernd-Bodo Brümmers. »Das war heute wirklich ein richtig schöner Tag …«

»Also«, unterbrach ich gleich. »Wenn ich mir hier so meine Unterlagen ansehe …«

»Ja, was?«

»Ach, erzählen Sie erst mal!«

»Herr Kommissar, ich bin heute Morgen schon ganz früh wach geworden. Noch vor der Martha. Die frische Sonne blinzelte ins Fenster hinein und ich dachte, der Tag ist genau richtig, der Tag ist perfekt. Wie geschaffen für so eine kleine Runde auf dem Hochsitz.«

»Aha«, munterte ich ihn auf.

Ich kannte Bernd-Bodo als zweiten Hornisten beim Nieukerker Musikverein, aber ich wusste, dass Bernd-Bodo nicht weniger enthusiastisch einem zweiten Hobby nachging. Bernd-Bodo war leidenschaftlicher Jäger. Mit einem eigenen Revier und der entsprechenden Lizenz zum Töten. Tiere. Tiere natürlich.

»Ich schnappe mir also ganz schnell meine Büchse, ein paar Schuss Munition und mach mich ruck zuck und in ausgezeichneter Stimmung auf die Pirsch. Also, auf den Hochsitz. Hier: den *Slousenweg* runter, am *Aermen Düwel* weiter geradeaus, dann links, da steht der Hochsitz. Nicht ganz durch bis bei Sibben, aber die Richtung. Herrliches Wetter. Perfekt. Leicht nebelig war es, aber die Luft ... Super. Klar. Kalt. Brannte ein bisschen in der Lunge, aber genau so, wie es sein muss. Herr Kommissar, ich hab es mir in der Kanzel, also da im Hochsitz, auch gerade erst so richtig gemütlich gemacht, da denk ich, mich trifft der Schlag!«

Bodo-Bernd Brümmers leckte sich aufgeregt die Lippen.

»Ein Sechsender. In voller Pracht. Ein edles Tier. Den hatte ich schon lange auf meiner Liste. War flott unterwegs, der Bursche. Aus Richtung Wachtendonk. Ich musste schnell sein.«

Bernd-Bodo kniff mir ein Auge.

»War ich! Ich reiß meine Knarre hoch und leg an. Schnell war der, aber auch so richtig schön in einem gleichmäßigen Tempo. Ich drück ab. Blattschuss! Das Vieh kippt um. Volltreffer!«

Bernd-Bodo strahlte.

»Aber es geht gleich weiter. Ich schicke gerade der Jagdgöttin ein kleines Dankeschön gen Himmel, da sehe ich zwei Rehe. Fein und zart, kamen von rechts aus Richtung Eyll. Das eine ein bisschen größer als das andere, ganz elegante Tiere. Waren aber noch weit weg. Die hatten meinen Schuss auf den Sechsender wohl nicht mitgekriegt. Herr Kommissar, ein Glücksfall. Ich leg sofort wieder an und ziele. Zwei Tiere. Immer schwierig, immer schwierig. Aber das erste ballere ich sofort weg. Entsetzt will das zweite in den Busch fliehen. Ich setze nach, geh mit dem Flintenlauf hinterher. Noch hab ich freie Schussbahn. Da war jetzt auch ein bisschen Glück dabei, aber bamm, hab ich auch das zweite Tier erlegt.«

Er wischte sich mit der Hand über den Mund.

»Ich bin noch immer total aufgewühlt. So ein Glück. Das setzt richtige Glücksgefühle frei. Hier: Eukalyptus!«

»Endorphine«, korrigierte ich.

»Ja. Die auch. Und dann. Ehrlich, Herr Kommissar, das tut mir auch leid. Aber das waren noch diese Endodings. Da sehe ich auf dem Weidenpfahl eine Waldohreule sitzen.«

»Eine Waldohreule?«

»Ja, auf ockergelbem Grund schwarzbraun gestrichelt und gefleckt. Ein großes, ausgewachsenes Exemplar. Ich weiß, die darf man gar nicht schießen, die stehen unter Naturschutz. Aber ich hab doch überm Kamin noch eine Ecke frei. Neben dem Dachs, der so überrascht guckt. Und da dachte ich, da passt die Waldohreule super hin. Ich lade schnell nach und reiß die Waffe sofort wieder hoch. Ich muss ein paar Mal ganz ruhig durchatmen, aber der Vogel sitzt da ganz starr und still und ahnt nichts Böses. Sieht glatt so aus, als guckt der zu mir rüber! Ich kann mir ein paar Sekunden Zeit nehmen zum Zielen. Und als ich den Vogel genau hinter Kimme und Korn hab, drück ich ab. Bamm. Getroffen!«

Ich machte mir auf meinem Block eine Notiz.

»Ich war jetzt gerade dabei, wirklich meine Sachen zusammenzupacken, um die Beute einzuholen, da kriege ich einen richtigen Schreck.«

Brümmers riss die Augen auf und erinnerte fast selbst ein bisschen an eine Waldohreule.

»Herr Kommissar, ich hatte was gehört. Auf dem Waldweg unter mir. Und wie ich die Augen zusammenkneife, erkenne ich, dass da ein ausgewachsenes Wildschwein geradewegs auf den Hochsitz zugelaufen kommt. Nichts Weibliches, keine Bache. Auf keinen Fall ein Frischling! Ich denk, ich werd bekloppt. Ein Keiler! Ein richtig fetter Keiler! Wildschweine sind her echt selten. Oben Richtung Kranenburg, im Reichswald, klar, da gibt es die Viecher rottenweise, aber hier bei uns im Eyller Bruch? Ein Keiler! Die Gelegenheit musste ich nutzen. Hektisch lade ich nach, bring die Büchse an den Start. Das Tier kommt immer näher. Und, bamm, hab ich abgedrückt.«

Brümmers atmete tief aus und ein glückliches Glänzen legte sich in seine kleinen Äugelein. »Ein richtig schöner Tag.«

»Tja.« Ich sammelte mich. »Herr Brümmers, der Sechsender. Der Sechsender war gar kein Sechsender.«

»Nicht?«

»Nein. Das war Karl-Heinz Stienen.«

»Was?«

»Der trainiert mit seinem Rennrad für den Triathlon des Aldekerker TV. Karl-Heinz ist immer ziemlich zügig unterwegs.«

»Ach? Das war aber auch nebelig ...«

»Ja. Die beiden feinen, zarten Rehe, das waren Marianne Pasquesi und Matthia Keens.«

»Die kenne ich! Die kommen aus Eyll.«

»Kamen. Kamen aus Eyll. Die treffen sich einmal die Woche zum Nordic Walking. Und bei der Waldohreule, da haben Sie sich auch vertan. Waldohreulen darf man nicht schießen. Die seltene Eulenart steht tatsächlich unter Naturschutz. Aber das war gar keine Waldohreule.«

»Puh«, freute sich Bernd-Bodo Brümmers und wischte sich Schweiß von der Stirn. »Da hab ich ja mal Glück gehabt.«

»Kann man so sagen. Muss man aber nicht. Die Waldohreule auf dem Weidepfahl war Rudi Martens.«

»Rudi? Der Postbote?«

»Genau. Der war auf dem Weg nach Sibben. Hatte wohl die Schüsse gehört, angehalten, den toten Kalle Stienen gesehen und entsetzt zum Hochsitz geguckt.«

Bernd-Bodo Brümmers senkte sein Haupt. »Dann … dann war das Wildschwein sicher auch kein Wildschwein, oder?«

»Nein. Das Wildschwein war kein Wildschwein. Das war Ihre Frau, die Martha. Die wollte Ihnen die Brille hinterherbringen. Die hatten Sie heute Morgen nämlich vergessen!«

Malheur auf Mallorca

Oliver stemmte auf der Promenade zur *Playa de Palma* seine groben, behaarten Hände in die breite Hüfte und seufzte.

»Herrlich. Einfach herrlich!«

»Furchtbar«, bewertete ich das halbnackte Treiben am Ballermann 6 komplett anders als mein Göttergatte.

Wie hatte ich nur so einen Assi heiraten können? Und was machte ich mit dem hier auf Mallorca?

»›Endlich mal normale Leute‹«, zitierte er dann noch einen dumpf-dämlichen Ballonseideklassiker aus den Neunzigern, den ich mir damals noch vor unserer Hochzeit mit ihm im Autokino angeschaut hatte. Das war auch ein großer Fehler. Ich meine jetzt nicht den Film, sondern die Hochzeit …

Demonstrativ legte ich eine Hand über die Augen, so wie die Indianer es tun, und ließ meinen Blick langsam von links nach rechts über das Stranddebakel schweifen.

»Wo? Ich hab sie noch nicht gesehen.«

»Ach du«, knuffte er mir lustig in die Seite.

Ich schüttelte ärgerlich den Kopf. »Als wir vereinbart haben, dass wir auf ein verlängertes Wochenende nach Spanien fliegen, da dachte ich nicht wirklich an Mallorca. Sondern an Sevilla, Picasso oder Gaudi.«

»Gaudi haben wir hier doch auch«, gibbelte Oliver und blickte interessiert einer braungebrannten Strandschönheit hinterher, deren grellgelber Bikini nur aus zwei Stoffstreifen bestand, aus zwei sehr, sehr schmalen Stoffstreifen.

Ich verdrehte die Augen. Die hohle Tussi hätte seine Tochter sein können.

Mallorca … Ich musste allerdings einräumen, dass es mein Fehler war, ich hätte es wissen müssen. Ich war beruflich bis zum letzten Arbeitstag so stark eingebunden, dass ich ihm den Gang zum Reisebüro und das Buchen unserer kurzen Spanienreise überlassen hatte. Ein grober Fehler. Aber ich würde aus dieser leidigen Mallorcasituation das Beste machen.

»Lass uns etwas essen gehen, Schatz. Es ist schon spät, ich habe Hunger«, bat ich.

»Ich hab eben ein *All you can eat Lokal* gesehen. Schnitzel, Pommes, alles für fünf Euro. Der Hammer!«

Na, das fehlte noch. Dass ich mir hier im Urlaub mit dem allgegenwärtigen Touri-Dreck meinen empfindlichen Magen verderben würde.

»Auf keinen Fall!«

Einen letzten Rest Würde zwischen Jürgen Drews, weißen Tennissocken, Dosenbier und geblümten Herrenbadehosen wollte ich mir bewahren. Ich würde ein Mindestmaß an Qualität in diesen Urlaub einbringen.

Erst recht, nachdem sich herausgestellt hatte, dass unser Hotel mit dem klangvollen Namen *Residencia Elegante* nicht einen einzigen seiner vier Sterne auch nur ansatzweise verdiente. Vier Sterne hatten allenfalls die fünf Kakerlaken gesehen, die ich im Bad gleich nach unserer Ankunft mit Olivers Badeschlappen aus dem Leben geklatscht hatte.

Mann, hatten die unter der Sohle geknirscht.

Fast genauso laut wie später dann unser Hotelzimmernachbar zur Rechten mit seinen Zähnen. Die ganze Nacht lang hat der seine Beißer übereinandergeschmirgelt. Dass man mit den beiden Kauleisten so einen Lärm veranstalten konnte! Die Zimmer im Hotel waren so hellhörig, dass sicher auch Olivers trocken-knalliges Einschlaf-Entspannungs-Furzen noch zwei Etagen tiefer zu hören war.

Nein, beim Essen wollte ich jetzt keinen Kompromiss mehr machen.

»Wir suchen uns ein einheimisches Restaurant und werden etwas Landestypisches essen. *La Cuina mallorquina.*«

»Hier gibt es nichts Einheimisches«, protestierte Oliver und deutete die Promenade entlang, auf der uns gerade eine Horde betrunkener, bis zum Hals tätowierter Engländer mit krebsrot verbrannten, nackten Oberkörpern grölend entgegentorkelte.

»Dann versuchen wir es im Stadtinneren«, zog ich Oliver hastig hinter mir her. »Die Einheimischen werden sich nicht nur von Leberkäse, Pizza und Döner ernähren!«

Ich hatte in einer Zeitschrift neulich noch gelesen, dass die mallorquinische Küche als pikante und kräftige Regionalküche durchaus mit warmem, mediterranem Charakter zu gefallen wusste. Dieses feurige, kulinarische Ereignis wollte ich mir auf keinen Fall entgehen lassen.

Wir verließen eilig die *Avinguda Nacional* und ich entdeckte nach kurzer Zeit in einer engen Seitengasse ein für Mallorca typisches Kellerlokal.

»*Del Hombre Mejor*«, las ich rot auf gelb über der Eingangstür. »Das sieht doch gut aus.«

»Sieht aus wie geschlossen«, unkte Oliver.

»Nee, ist offen«, jubelte ich. »Und angenehm leer.«

»Wenn das mal nicht seinen Grund hat«, brummte Oliver.

Wir nahmen an einem Tisch Platz und waren tatsächlich die einzigen Gäste. Über unserem Kopf taumelte ein altersschwacher Ventilator brummend die schwülwarme Luft durcheinander.

»Señor y Señora«, trat ein etwa 55 Jahre alter Kellner mit beeindruckendem Bauchumfang und zwei Speisekarten an unseren Tisch.

Seine fleckige Schürze deutete darauf hin, dass er auch in der Küche aushalf. Ich liebe diese rustikale Ursprünglichkeit. Also, im Urlaub.

»Darf ich schon etwas zu trinken bringen?«

Ich ließ mir einen Weißwein empfehlen, Oliver bestellte ein *St. Miguel*. Später entschieden wir uns für geröstetes Knoblauchbrot und eine Portion *Conill amb ceba*, zart zerlegtes Kaninchen mit Zwiebeln und Kräutern, definitiv ein lukullisches Muss auf Mallorca.

»Phantastisch. Ganz frisches Fleisch. So zart«, schwärmte ich.

»Mir ist das ein bisschen zu viel Olivenöl«, nölte Oliver.

»Das ist typisch Mallorca«, wusste ich.

»Ja. Zu viel Olivenöl. Ich krieg jetzt schon Sodbrennen.« Er rümpfte die Nase. »Und billig ist das hier auch nicht. Die Portionen sind klein.«

Ich kniff meine Augen zusammen und blickte meinen Ehemann verächtlich an. »Du bist so … deutsch.«

»Ich werde halt beim Essen gerne satt.«

»So … typisch deutsch.«

Oliver schnaufte. »Wenn dir das alles nicht passt …«

»Ja, was?«, forderte ich ihn heraus.

»Dann mach deinen tollen Spanienurlaub doch alleine!«

»Eine sehr gute Idee, mein Lieber.«

Mit einem Ruck stand mein Göttergatte auf, warf seine Serviette auf den Teller und zischte. »Dann mache *ich* meinen Urlaub eben *auch* alleine.«

»Gut.«

»Wir sehen uns am Flughafen«, zischte Oliver giftig und schritt entschlossen und zügig aus dem Restaurant.

Der Kellner sprang entsetzt an unseren Tisch. »War etwas nicht in Ordnung? Hat es nicht geschmeckt?«

»Was ist?«, fragte der Koch, der seinen wuscheligen Kopf aus der Küche in den Raum streckte.

Er war deutlich jünger, drahtig und eine frappierende Ähnlichkeit deutete an, dass es sich um den Sohn des Kellners handelte.

»Das Essen ist nicht sein Ding gewesen«, erklärte ich vorsichtig.

»Nicht sein … Ding?«, fragte der Kellner und hob seine buschigen, schwarzen Augenbrauen.

»Was ist *Ding*?«, fragte der Koch.

Ich winkte ab.

Der Kellner drückte sein Kreuz durch. »Ich hole den Señor zurück.«

»Nein, nein.«

»Bei meiner Ehre!«

Ich blinzelte. »Das ist nicht nötig.«

Der Kellner schüttelte unwillig den Kopf und entledigte sich hektisch seiner Schürze. Der Koch stürmte aus der Küche hinzu. Hielt der ein Fleischermesser hinter seinem Rücken versteckt? Es entstand ein hitziges Wortgefecht, dem ich trotz einiger Spanischkenntnisse aus meiner Schulzeit nicht folgen konnte. Ich vermutete einen mallorquinischen Dialekt. Vielleicht katalanisch. Schließlich lehnte sich der Kellner heftig atmend an den Tresen und der junge Koch lief eilig aus dem Restaurant. Er wird doch wohl nicht …

»Ist er jetzt meinem Mann hinterher?«, fragte ich irritiert.

»Nein, nein. Er hat einen … Termin.« Der Kellner strich sich durchs Haar. »Haben Sie noch einen Wunsch, Señora?«

Ich entschied, mir durch Olivers peinlichen, theatralischen Abgang das wirklich schmackhafte Essen nicht im Nachhinein noch verderben zu lassen und rundete das Menü mit einem leckeren Mandeleis und einem Espresso ab.

Als ich eine halbe Stunde später zufrieden die Lokalität verließ, konnte ich beobachten, wie der junge Koch einem rostigen Klein-LKW einen weißen Sack entnahm und ihn durch einen Seiteneingang ins Gebäude trug. Der weiße Sack war blutverschmiert. Das sah nicht gerade appetitlich aus, bedeutete aber doch nur, dass in diesem Restaurant frisches Fleisch verarbeitet wurde. Hatte ich mir ja gleich gedacht!

* * *

Ich verbrachte einen schönen, entspannenden Nachmittag auf der Baleareninsel, die sich abseits von Radau und Rummel in ihren kleinen Gassen bei prächtigem Wetter von ihrer allerschönsten Seite zeigte.

Tatsächlich kam Oliver abends nicht nach Hause.

Im Bad plättete ich vier weitere Tierchen und verbrachte die Nacht eben alleine im Hotelzimmer. Etwa einsam fühlte ich mich allerdings nicht, denn wie in der Nacht zuvor wurde im Zimmer nebenan geschmirgelt und geknirscht. Immerhin blähte im Bett unmittelbar neben mir niemand, was ja auch schon eine leichte Verbesserung der Gesamtsituation bedeutete. Ich schlief überraschend gut.

* * *

Durch ein ausgiebiges Frühstück gestärkt, begab ich mich am nächsten Morgen gut gelaunt auf einen ausgedehnten Spaziergang durch die historische Altstadt. Im engen Gassengewirr pulsierte das Leben. Ich entdeckte altertümliche Kräuterläden, bummelte ausgiebig durch schicke Modegeschäfte und bewunderte die prächtigen Patrizierhäuser. Höhepunkt des Tages war die Besichtigung der beeindruckenden Kathedrale, die im Licht der untergehenden Abendsonne mächtig und trutzig die Stadtsilhouette beherrschte.

Zufällig befand ich mich danach in der Nähe des Restaurants vom gestrigen Tag. Ich hatte Appetit, wozu ein anderes Lokal ausprobieren? Ich stieg die drei Steinstufen zum Eingang hinab und trat zügig ein.

»Sehr schön, dass Señora uns wieder beehrt«, freute sich der aufmerksame Kellner aufrichtig.

Der Gute schien nicht wirklich verwundert, dass ich diesmal ohne Begleitung gekommen war. Ich bestellte vorab einen süßen, sämigen, dunklen Kräuterlikör, einen *Palo,* und genoss anschließend eine extrem köstliche Truthahnpfanne mit Artischocken und Champignons. Ich war begeistert. Die Portion war genauso köstlich wie reichlich.

»Das Fleisch?«, fragte ich den Kellner, als er mir die Rechnung präsentierte. »Wo bekommen Sie das her?«

»War etwas nicht in Ordnung?«

»Doch, doch. Aber es schmeckt bei Ihnen alles so … frisch.«

Seine dunkelbraunen Augen strahlten. »Das Fleisch stammt aus hiesigen Schlachtungen. Definitiv. Der … Schlächter ist ein Verwandter von mir.«

Ich stellte dann noch erfreut fest, dass das Restaurant die Preise deutlich gesenkt hatte. Dieses kulinarische Kleinod entdeckt zu haben, war ein Glücksfall. Ich gab reichlich Trinkgeld.

* * *

Abends semmelte ich im Bad drei weitere Schabentiere ins Jenseits. Mein Blick fiel auf Olivers Kulturbeutel. Nicht mal seinen Rasierer hatte Oliver zwischenzeitlich abgeholt. Dabei wusste er genau, wie ich es hasste, wenn er unrasiert war.

Ich ließ mich ins Bett fallen. Natürlich hobelte mein Nachbar zur Rechten noch mit seiner Gesichtskeramik, aber ich glaubte in seinem Zähneknirschen einen Rhythmus zu entdecken. Dreivierteltakt. Walzer. Irgendwas von Johann Strauss. Vater oder Sohn, ich bringe die beiden leider immer durcheinander. Ich grübelte noch ein bisschen darüber nach und schlief wenig später ein.

Der Dreivierteltakt kann so entspannend sein.

* * *

Am nächsten Morgen gönnte ich mir noch einmal die einzigartige Atmosphäre der prächtigen Kathedrale. Die helle Sonne tauchte den Dom in geheimnisvolles Licht und befahl dem stolzen Gemäuer, bizarre Schatten über den gepflasterten Vorplatz zu werfen. Ich labte mich im schattigen Königsgarten und ließ mich auf dem Dach des *Castell de Bellver* vom Panoramablick über die Stadt beeindrucken. In einer gemütlich-altmodischen Hafenbar erfreute ich mich während des Sonnenuntergangs am maritimen Ambiente dieser beeindruckenden Stadt.

»Del Hombre Mejor«, summte ich, als ich abends mein Restaurant wieder betrat.

Ich hatte im Laufe des Tages in Erfahrung gebracht, was der Name des Restaurants bedeutete.

Des Menschen Bestes.

Was für ein Name. Was für ein Genitiv! Ich liebe den Genitiv.

Ich hatte mich nach einem kleinen Sommersalat mit frischen Tomaten und scharfen Ölsardinen an ein mallorquinisches Putengericht mit Paprikawurst, Knoblauch und Mandeln gewagt. Mein Mut wurde belohnt, das Essen war wieder köstlich. Ich musste einmal sogar kurz an Oliver denken und lachen. Als ich die großen Wurststücke des Gerichts zerschnitt, klang das genauso fleischig wie wenn Oliver furzt.

Sicher, ein solch unpassender Zusammenhang verbietet sich normalerweise beim Essen, aber ich musste albern einräumen, dass es mir wirklich richtig gut ging. Mein erster Urlaub so ganz für mich alleine.

»Traumhaft.«

Ich genoss es! Nach dem zweiten *vi de la casa* im urigen Tonkrug blickte ich mich um. Ich war hier im Restaurant nicht immer der einzige Gast, aber mir fiel doch auf, dass offensichtlich keine Einheimischen hier einkehrten. Obwohl das Restaurant die Preise noch einmal gesenkt hatte.

Ich hatte meinen Teller fast leer, da fiel mir plötzlich auf, dass der hinter seinem Tresen stehende Kellner mich beim Essen heimlich beobachtete. Und er hatte so was im Blick. So etwas Starrendes, Lauerndes. Etwas, das mir einen Schauer über den Rücken jagte. Ob hier irgendetwas nicht stimmte?

Ich überlegte, kaute aufmerksam weiter und ... Natürlich! Konnte es sein, dass der charmante, aufmerksame Kellner sich in mich verguckt hatte? Ein aufregender Gedanke! Aber diese ausgesuchte Höflichkeit mir gegenüber ließ doch nur diesen Schluss zu! Ich blickte ihn mit einem Mal offen an und lächelte.

Er wendete sich ertappt ab und verschwand in die Küche. Sieh an! Die so heißblütigen Spanier waren scheinbar doch schüchterner, als man landläufig meinte. Ich musste einräumen, dass ich mich ein wenig geschmeichelt fühlte. Mir war später sogar nach einem dritten Krug Wein.

* * *

Es war der Donauwalzer vom Johann Strauss. Definitiv. An der schönen blauen Donau. Vom Sohn, dem Walzerkönig.

Da-da-da-da-dah – knirschknirsch, knirschknirsch.

Kennt man, hat man im Ohr, richtig schön!

Im Hotel angekommen hatte ich vorher an der Rezeption schnell nachgefragt, ob Oliver sich zwischenzeitlich irgendwie gemeldet oder eine Nachricht hinterlassen hatte. Nein, hatte er nicht.

»Auch gut.«

Nur eine einzelne Kakerlake musste im Bad dran glauben, ich schien das krabbelige Problem in den Griff geklatscht zu haben.

Da-da-da-da-dah – knirschknirsch, knirschknirsch.

Ich summte ein paar Walzertakte mit und schlief wie ein Baby.

* * *

Für den letzten Urlaubstag buchte ich im Hotel eine Busfahrt durch den Südwesten der Insel. Während des zweiten Stopps in *Santa Ponca* lernte ich Rainer kennen, einen aufmerksamen, eloquenten Herrn aus Geislingen an der Steige, der über beeindruckende Mallorcakenntnisse und einen herrlichen Akzent verfügte.

»Ich komme regelmäßig hierher«, erklärte er. »Mallorca ist fast meine zweite Heimat geworden. Wäre ich kein Schwabe, würde ich auswandern.«

Gemeinsam flanierten wir über die Promenade, bewunderten schnittige Autos und teure Superjachten. Wieder im Bus passierten wir schöne, verschwiegene Badebuchten, stoppten in *Peguera*, einem ehemaligen Fischerdorf und machten uns in *Galilea* über allzu eifrige Radfahrer lustig, die sich auf ihren Mountainbikes die Serpentinen zu einem der höchstgelegenen Orte der Insel hochquälten. Über *Port d'Andratx, Camp de Mar und S'Arraco* ging die wunderschöne Tour viel zu früh zu Ende.

Rainers sprachgewandte Gesellschaft war so angenehm. Wie hatte ich nur auf diesen dumpfen, sich niemals weiterentwickelnden und sich für gar nichts außer Fußball und Bruce Willis interessierenden Oliver hereinfallen können?

»Komm doch noch mit in dieses kleine Restaurant«, wollte ich deshalb diese interessante Begegnung nicht schon am frühen Abend ausklingen lassen.

»Würde ich gerne«, druckste Rainer gedehnt. »Aber ich habe Vollpension gebucht. Du weißt schon ...«

»Du bist Schwabe«, lachte ich.

»Genau, meine Liebe. Unnötige Geldausgaben würde ich mir nie verzeihen. Seien sie auch in noch so angenehmer Gesellschaft angefallen.«

Er blinzelte mir verwegen zu. Er flirtete mit mir. Dieser Urlaub, diese Auszeit ... Sicher strahlte ich eine zufriedene Gelassenheit aus, die auf Männer einfach anziehend wirken musste. Flirten? Warum nicht? Wer wusste schon, in welchen billigen Nachtclubs Oliver sich rumtrieb.

»Wie heißt denn dieses Restaurant?«, fragte Rainer höflich.

»*Del Hombre Mejor*«, flüsterte ich.

»Oh«, hatte der Name eine ungewohnte Reaktion zur Folge, denn ein Schatten huschte über des Schwaben Gesicht.

»Kennst du das Lokal?«, fragte ich überrascht.

»Ich habe davon gelesen«, wich er leise aus.

»Nichts Gutes?«, fragte ich.

Er zuckte mit den Schultern. »Im letzten Jahr hat der Wirt seine Frau vermisst gemeldet. Die beiden haben sich immer gestritten. Die Frau blieb verschwunden. Dann wurden die Portionen größer, die Preise günstiger und ...«

Ich schnappte nach Luft.

Er winkte ab. »Sicher nur Gerüchte. Ich habe nie geglaubt, dass er seine Ehefrau an die Touristen verfüttert hat.«

Ich schien etwas blass geworden zu sein.

Drum beeilte er sich hinzuzufügen. »Die Frau wird einfach abgehauen sein. So was kommt vor. Auch auf Mallorca. Wenn du hier in *Palma de Mallorca* ein angenehmes Restaurant gefunden hast, dann ist das ein Glücksfall. Lass dir den Appetit nicht verderben!«

Mit einem frechen Augenzwinkern fegte mein Schwabe den gemeinen Schatten beiseite.

* * *

Ich hatte überhaupt keine Lust, mir ausgerechnet am letzten Mallorcaabend noch ein neues Restaurant zu suchen. Die Ehefrau verfüttert? So ein Quatsch.

Ich war an diesem Abend ganz alleine im Restaurant.

»Heute ist mein letzter Urlaubstag«, erklärte ich.

»Das ist schade. Morgen gibt es ganz frischen Tintenfisch. Mit Pinienkernen und Rosinen«, lockte der Kellner verheißungsvoll.

»Ich reise leider morgen Vormittag ab.«

»Ich werde Sie vermissen, Señora«, erklärte der Gute und servierte eine riesengroße Portion *Arros brut* mit feurigen Teilen von Schwein, Huhn und Kaninchen an Safran mit einer winzigen Spur Fenchel.

Das Gericht war eine Offenbarung, aber mengenmäßig nicht zu schaffen, so sehr ich mich auch mühte. Das Essen war eine kulinarische Glanzleistung, die vehement und unverzüglich einen ehrlichen Dank an ihren *Creador* einforderte. Ich blickte mich im leeren Restaurant um, aber der Kellner hatte sich zwischenzeitlich nach nebenan in die Küche begeben. Nach einem kurzen Zögern erhob ich mich und folgte ihm, mein Dank forderte dringend nach einem sofortigen Ausdruck. Ich trat in die Küche und …

»Oh.«

Mir stockte der Atem. Die beiden Männer standen mit dem Rücken zu mir an einem Tisch in der Mitte des Raumes. War das, was da blutig und fransig vom Tisch herab baumelte, ein Tintenfischarm? Ich hielt die Luft an. Oder war das …?

Um Himmels willen! Was hatte Rainer noch gesagt? Sie sollen die Ehefrau …

Nein, nein, dachte ich entsetzt und schlug mir eine Hand vor den Mund. Das durfte doch nicht wahr sein! Das war ein Arm, aber … Tintenfisch? Hatte ich etwa die ganze Zeit …?

Es passte alles zusammen.

»Oliver.«

Mir wurde schwarz vor den Augen, ich schwankte. Der blutige Sack, der unmittelbar, nachdem Oliver das Restaurant verlassen hatte, aus dem Auto ins Haus getragen wurde. Die sinkenden Preise, die größeren Portionen! Keine Einheimischen im Lokal, der mich heimlich beobachtende Wirt, diese Blicke! Der Wirt war nicht verliebt in mich. Er war krank, er hatte mir zugesehen, wie ich …

»Del Hombre Mejor?«, flüsterte ich.

Des Menschen Bestes? Ich trat auf die beiden Männer zu, die erschreckt aufblickten. Es war nicht zu erkennen, was sie mehr entsetzte, meine weit aufgerissenen Augen oder das große Messer, das ich auf der Anrichte entdeckt und im Vorbeigehen ergriffen hatte. Mit einem Satz war ich bei den beiden. Zuerst rammte ich das Messer dem drahtigen Jungen in die Brust.

»Oh Dios!«, schrie der Kellner und wich zurück.

Ich gab ihm *Dios*! Das Messer war scharf, beidseitig geschliffen. Es glitt in seinen Körper wie durch Butter. Wie im

Rausch stach ich zu. Einmal, zweimal, dreimal. Er stürzte vornüber auf den gefliesten Küchenboden. Wie in Trance legte ich das Messer zurück auf die Anrichte, blickte auf meine blutüberströmten Hände und wankte in den Gastraum.

»Die Polizei.«

Natürlich, ich musste die *policia* rufen. Ich musste ihnen erklären, was hier Furchtbares passiert war. Musste ihnen erklären, dass man mir in den vergangenen Tagen meinen Mann zum ...

Mir wurde schlecht. Ich taumelte zur Theke, beugte mich über das Waschbecken. Ich musste mich übergeben, jetzt gleich, gleich hier!

Ein Geräusch. Ich blickte erschreckt auf.

Er stand plötzlich direkt vor mir. »Hab mir schon gedacht, dass ich dich hier finde. Mir vorwerfen, dass ich typisch deutsch bin, aber dann jeden Abend ins gleiche Restaurant rennen. Das nenn *ich* typisch deutsch!«

Ich blinzelte entsetzt. »Oliver?«

»Ja. Immer noch. Ich brauch mein Flugticket. Das ist in deiner Handtasche. Ich möchte heute Abend schon einchecken!«

»Oliver, ich dachte ...«

»Ich habe mich einem Doppelkopfclub aus Haan angeschlossen und konnte bei denen pennen, aber ... Sag mal, was hast du denn für blutverschmierte Hände?«

Haken dran!

Es sollte Liebe, und sie sollte für immer sein.
Doch hemmungslos
wollte er sie stemmen bloß.
Sie griff zum Messer, er sich ans blutgetränkte Hemd
Ausgestemmt!

Alles Mist

Mein Blick fiel durchs Küchenfenster über die frühlingsfrischen Felder des linken Niederrheins. Mitten auf einem der taufrischen Äcker entdeckte ich ein fröhlich tobendes Rudel Kaninchen. Ich seufzte zufrieden. Schön war es hier. Richtig schön.

Im gleichen Moment flog mit einem kräftigen Ruck die Tür auf. »Susanne, ich hab es geahnt. Schon immer. Und jetzt bin ich mir sicher!«

Werner stürmte in die Küche. Seine langen, dünnen Haare hingen wild, verschwitzt und fettig, an seinem Hals baumelte ein schweres, Nato-grünes Fernglas. Ich blickte meinen Göttergatten fragend an, denn ich hatte keinen blassen Schimmer, was so überaus Entsetzliches anlag.

»Zehn Nächte lang habe ich ihn beobachtet. Bis jetzt gerade. Ich habe alles aufgeschrieben.« Er blickte triumphierend. »Ein Güllefass fasst 26 Kubikliter. Ha!«

»Aha«, kommentierte ich die Information gelassen, Güllefässer oder auch Miststreuer waren nicht meine Leidenschaft. »Aber was baumelt da um deinen Hals?«

»Ein Nachtsichtgerät.«

»Wozu brauchst du ein Nachtsichtgerät?«

Er blickte irritiert. »Für den Ludwig. Damit ich nachts den Ludwig beobachten kann.«

Ludwig und seine Frau Monika waren unsere Nachbarn. Ludwig war Landwirt. Hundertsiebzig Kühe, sechstausend Schweine.

»In den vergangenen zehn Nächten sind siebenundzwanzig Güllewagen an den Jauchebottich gefahren. Alle Fahrzeuge mit holländischen Kennzeichen. Dreiachser. Mit Zapfwelle und Drehschieberpumpe. Merkst du was? Merkst du was?«

Ich hatte *schon* was gemerkt. Nämlich, dass Werner nicht im Ehebett geschlafen hatte. Das war mir allerdings nur recht gewesen, denn Werner schnarchte. Sehr laut. Wie ein Norweger. Ich hatte ihn allerdings auf dem Sofa im Gästezimmer vermutet.

»Und dafür hast du extra das Fernglas gekauft?«, bohrte ich nach.

Werner richtete sich auf. »Es ist ein Nachtsichtgerät. Für unsere Gesundheit sollte nichts zu teuer sein.«

Meine Augen huschten zur Decke. Sein Lieblingsspruch.

Werner schnalzte aufgeregt mit der Zunge. »Ich hab dir doch erklärt, dass in den Grundwasserproben, die ich ans Veterinäramt geschickt habe, deutlich erhöhte Nitratkonzentrationen nachgewiesen wurden.«

Ich nickte, denn ich erinnerte mich nur zu gut. Schweineteuer waren die Untersuchungen gewesen. Ganz zu schweigen von dem ganzen Equipment, das er kaufen musste, um die Proben auch beweiskräftig abfüllen zu können.

»Die Holländer dürfen den größten Teil ihrer Jauche nicht ausfahren. Das hängt mit dem hohen Grundwasserspiegel bei denen zusammen. Rammst du in Holland einen Spaten in den Boden, kriegst du sofort nasse Füße. Deshalb landet achtzig Prozent von deren Gülle bei uns in Deutschland. Zum Beispiel bei Ludwig im Bottich. Unter der Hand natürlich, heimlich. Deshalb pumpen die auch immer nachts um. Und tags drauf fährt der Ludwig das Zeug auf die Felder und vergiftet unser Grundwasser.«

»Ach?«

»Deshalb stinkt das auch so!«

Ich fand, dass ein bisschen herb-scharfe Würze in der Luft zum Niederrhein dazugehörte. So wie Kopfweiden.

Werner rupfte ein Foto aus seiner Jeanshose. »Aber jetzt habe ich Fotos gemacht.« Er schnippte nacheinander mehrere Fotos auf den Tisch. »Hier und hier und hier!«

Ich ahnte Übles. »Das sind tolle Fotos. Mit was für einer Kamera hast du die denn gemacht?«

»Mit meiner neuen.«

»Du hast eine neue Kamera?«, fragte ich leise.

»So teuer war die gar nicht«, murmelte Werner vorsichtig. »Gut, das nachttaugliche Teleobjektiv war nicht ganz so preiswert, aber ich brauchte ja eines mit Restlichtverstärker.«

»Du weiß, dass wir für unseren Urlaub sparen wollten!«

»Urlaub, ja. Das ist dann noch die andere Sache.«

»Was?«

»Hängt alles zusammen!«

»Was hängt zusammen, Werner?«, verlor ich langsam die Geduld mit diesem Trottel.

»Na, die Sache mit der Gülle und warum wir den Urlaub verschieben müssen. Also … Du. Deinen.«

»Äh …«

»Ich habe mich erkundigt und bin auf eine ganz besondere Sorte Mangrovenbäume gestoßen.«

Ich schnappte nach Luft. »Mangrovenbäume?«

»Eine ganz bestimmte, brasilianische Pflanzenart entzieht dem Boden in großen Mengen Nitrat. Der Baum gedeiht und unser Grundwasser wird gereinigt. Ich werde für zwei Wochen nach Brasilien fliegen, einige dieser Bäume kaufen und sie bei uns in den Garten pflanzen.«

»Einige Bäume?«, fragte ich entsetzt.

»Ja. Nicht mehr als vielleicht fünfzig. Erst mal.« Er schürzte die Lippen. »Billig ist das nicht. Aber für unsere Gesundheit sollte nichts zu teuer sein.«

Mir wurde schwindelig. »Ich halte das für keine gute Idee, Werner.«

»Wir müssen auch an kommende Generationen denken. Das Flugticket habe ich schon bestellt. Der Flug geht in drei Wochen.« Er klatschte entschlossen in die Hände. »Und wenn die Bäume gepflanzt sind, nehme ich mir den Ludwig mit seiner Gülle vor!«

»Mist«, murmelte ich.

* * *

Mangrovenbäume aus Brasilien? Ich fuhr mir durch meine peppige Kurzhaarfrisur. Der war irre! Im Grunde genommen blieb mir jetzt gar nichts anderes übrig. Als Werner und ich heirateten, war mein Gatte noch halbwegs klar bei Verstand und hatte auf einen Ehevertrag bestanden. Werner hatte das Geld in die Ehe eingebracht und ihm würde es bei einer Scheidung auch wieder zustehen. Eine ordentliche Trennung kam also nicht infrage. Auf einen tödlichen Unfall hoffte ich seit ein paar Jahren vergeblich. Wenn man sich *einmal* was so richtig doll wünscht …

Aber mit dieser Mangrovenbaumaktion war das Maß jetzt voll. Der würde mit seinem wirren Öko-Kopf das ganze Geld durchbringen. Werner gehörte entsorgt. Von mir aus auch biologisch korrekt.

Zuerst hatte ich spontan daran gedacht, ihn im Schlaf mit dem neuen Nachtsichtgerät zu erschlagen. Aber das wollte geschickter eingefädelt sein. Irgendwie, fand ich, hatte Werner die passende Idee gleich mitgeliefert.

»Mangrovenbäume, Brasilien. Ja. War nicht schön. Aber sollte klappen.«

* * *

Ich brauchte allerdings professionelle Hilfe, einen Experten. Der Basar am kommenden Sonntag im Pfarrhaus war wie immer gut besucht. Aber ich war nicht wegen der selbst gemachten Kuchen oder wegen des Trödels hier. Ich ruckelte lächelnd meine bunte Sommerbluse zu Recht. »Hallo Ricardo.«

»Hallo« grüßte mich der junge, schlanke Pastoralassistent aus Sao Paulo zurück.

»Kannst du mir die Erdbeertorte empfehlen?«, fragte ich und knabberte wie unschlüssig auf der Unterlippe.

»Ja«, hauchte Ricardo.

»Na dann, gib mir was du hast!«, forderte ich ihn auf und er schob mit geröteten Wangen ein Stück Kuchen auf meinen Teller.

Ich hatte den kleinen Brasilianer in den letzten Wochen ein paar Mal beim Einkaufen getroffen und seine neugierigen, forschenden Blicke auf meinen immer noch frischen und festen Rundungen gespürt. Ricardo war für meine Zwecke perfekt.

»Ich backe für mein Leben gerne«, flüsterte ich. »Willst du mich mal besuchen, damit ich für *dich* etwas backen kann?«

Als er mir wenig später heimlich seine Handynummer zusteckte, blitzte es frech und heiß in seinen dunklen Augen und ich wusste, dass ich den richtigen Fisch an der Angel hatte.

Wieder zu Hause freute ich mich über dieses schöne Wortspiel …

* * *

Am Tag nach Werners Abreise lud ich Ricardo zu mir ein. Ich ging scharf ran, schließlich hatte ich für die Vorbereitungen nur schlappe zwei Wochen Zeit, das war nicht viel. Für einen Pastoralassistenten ließ sich Ricardo dann erstaunlich schnell nachhaltig beeindrucken.

Schließlich zog ich ihn an der Hand hinter mir her in den Keller und öffnete die eiserne Tür zum ehemaligen Heizungsraum. Muffige, abgestandene Luft schlug uns entgegen. Von der Decke baumelnd tauchte eine matte Glühbirne den kargen Ort in trübes Licht. Ich deutete auf den großen, rechteckigen Plastikbehälter, der – durch eine einen Meter hohe Steinmauer eingefasst – den hinteren Teil des tristen, niedrigen Raumes einnahm.

»Das ist der alte Öltank, von dem ich dir erzählt habe. Dann hat Werner ökologisch korrekt die Sonnenpaneele aufs Dach schrauben lassen.«

»Hm«, meinte Ricardo skeptisch. »Wenn in dem Tank mal Öl drin gewesen ist …«

»Werner hat den Tank von einer Spezialfirma reinigen lassen.«

Ricardo nickte nachdenklich. »Wenn der Tank richtig sauber ist, könnte das funktionieren. Man muss den Deckel abschneiden, also, aus dem Tank ein Becken machen. Aber wo willst du …?«

Ich legte ihm schnell den Zeigefinger auf die Lippen. »Das lass mal meine Sorge sein.«

* * *

Ich erstand die Tiere und ein bisschen erforderliches Zubehör in Holland. In Holland konnte man alles kaufen. Nicht nur Gülle. Auch Kaffee. Oder Holzschuhe.

Oder eben Piranhas.

Für die bissigen Biester hätte ich sogar eine Quittung bekommen können, aber ich wollte die Sache aus nahe liegenden Gründen möglichst inoffiziell halten.

Ich durfte mir keine Fehler erlauben, die kleinen Viecher sollten hübsch kräftig zubeißen. Wie hätte ich ohne fachmännischen Rat als braves Mädchen vom Niederrhein wissen sollen, wie man Piranhas hält? Süßwasser, Salzwasser, Schwarmverhalten, Wassertemperatur? Konnte ich doch alles gar nicht wissen.

Ricardo konnte das!

»Die Tiere sind hungrig«, murmelte er ein paar Tage später mit einem vorsichtigen Blick über den Rand des Beckens. »Und wenn sie hungrig sind, sind sie gefährlich. Dann fressen sie alles, was sie zwischen die scharfen Zähne kriegen. Bis auf die Knochen.«

»Aufregend.«

Ich warf ein Stück mitgebrachtes Fleisch ins Becken. Wie wild stürzten sich die kleinen, schwarzen Burschen auf das Kotelett, das Wasser spritzte.

»Ich weiß nicht, ob das eine gute Idee ist«, unkte Ricardo.

Ich legte beruhigend eine Hand auf seine Schulter. »Werner wird sich riesig über die Tiere freuen. Er ist ein richtiger Brasilien-Fan. Ich werde ihn bei seiner Rückkehr mit diesem Aquarium überraschen.«

»Ich weiß nicht«, flüsterte Ricardo.

»Ach, sicher.« Ich zögerte und lehnte mich über die Mauer Richtung Becken. »Schwimmt da eines der Tiere mit dem Bauch nach oben?«

»Wo?«, fragte Ricardo.

»Da vorne. Ist es tot?«

Ich deutete in den Behälter. Ricardo beugte sich über den Mauerrand weit nach vorne.

Unauffällig trat ich einen Schritt zurück. Jetzt brauchte ich mich nur noch zu bücken, die beiden Hosenbeine zu packen und den schlanken Brasilianer vornüber ins Wasser zu hebeln. Das Wasser würde brodeln, Ricardo wild mit seinen Armen rudern. Er würde immer wieder versuchen, sich aufzurichten, mich entsetzt anblicken, verzweifelt schreien und schließlich im aufgewühlten Wasser versinken. Das Wasser würde sich blutrot färben und wenige Minuten später würde ein erster, blanker Knochen an die Wasseroberfläche schwippen.

»Ich sehe nichts«, sagte Ricardo.

»Gut«, lächelte ich zufrieden und trat wieder an seine Seite.

Meinen braven, katholischen Ricardo hatte ich unter Kontrolle. Er würde kein Sterbenswörtchen über seine heimliche Affäre mit einer verheirateten Frau verlieren, denn das würde das Ende seiner Pastoralzeit bedeuten. Nein, kein Grund aus ihm Fischfutter zu machen.

Bei Werner sah die Lage natürlich anders aus.

* * *

In der Gartenabteilung des größten Baumarktes der Umgebung erstand ich eine Stunde später ein massives Metallsieb und bei einem freundlichen Mitarbeiter der Elektroabteilung einen PS-starken Winkelschleifer.

»Jetzt brauche ich noch eine Trennscheibe, oder?«, fragte ich.

»Da gibt es verschiedene. Was soll es denn für eine Scheibe sein?«, fragte der junge Mann.

Ich grinste. »Scharf muss sie sein. Ich brauche es … scharf.«

Er grinste zurück. »Was soll denn durchtrennt werden?«

»Dies und das«, blieb ich verständlicherweise vage.

Er griff hinter sich in ein Regal. »Dann empfehle ich eine Scheibe mit Diamantüberzug. Schärfer geht es nicht.«

Ich nahm das Teil entgegen. »Wenn ich es noch schärfer brauche, darf ich dann auf Sie zurückkommen?«

Der süße Bursche wurde tatsächlich rot. »Aber sicher.«

Ich merkte mir seinen Namen und verabschiedete mich.

Draußen auf dem Parkplatz warf ich Sieb, Schleifer und Scheibe auf den Rücksitz. Ich kannte eine fantastische Goldschmiedin in Mülheim an der Ruhr. Martina. Wenn alles vorbei war, würde ich mir zur Belohnung aus der Diamantscheibe eine schicke Brosche machen lassen. Auf der Rückfahrt überlegte ich mir die Gesprächsstrategie für den nächsten Teil meines Entsorgungsplans.

Die Frau im Rückspiegel lächelte. Das fing an, richtig Spaß zu machen.

* * *

Am nächsten Vormittag sprach ich Bauer Ludwig in einem seiner Schweineställe an und eröffnete ihm, dass Werner seinen üblen Gülletricks auf die Spur gekommen war.

»Mit einem Nachtsichtgerät hat er mich beobachtet?«, konnte es Ludwig nicht fassen. »Und hat Fotos gemacht? Das ist doch krank!«

Ich wollte nicht widersprechen.

Auf einmal grinste er verschlagen. »Ach so. Da läuft der Hase lang. Jetzt willst *du* mich erpressen?«

Ich lachte und schüttelte den Kopf. »Nein, mein Guter. Ich habe ein Entsorgungsproblem und bräuchte deine Unterstützung.«

»Ein Entsorgungsproblem?«

Ich erklärte es ihm.

Er schnappte nach Luft. »Du willst den Werner in ein Becken voller Piranhas schubsen, seine Knochen raussieben und ihn mit einem Winkelschneider zersägen?«

»Genau. Dann werfe ich die Knochenstücke wieder ins Becken. Du fährst mit deinen Güllegeräten vor, saugst Wasser, Werner und Piranhas ab und verteilst alles zusammen mit dem Miststreuer auf einem deiner Felder.«

»Das ist nicht dein Ernst?«

»Aber sicher!«

Ludwig kniff seine kleinen Schweinsäuglein zusammen. »Und was, wenn ich nein sage und zur Polizei renne?«

»Dann werde ich die Beamten umfassend über deine nächtlichen Zusatzgeschäfte informieren und ihnen ein paar aussagekräftige Fotos zukommen lassen. Ludwig, du bist keinen Deut besser! Nitrat steht im Verdacht, krebserregend zu sein.«

Er zuckte mit den Schultern und grinste. »Du bist ein Biest!«

»Kann schon sein.«

»Gefällt mir aber«, lachte Ludwig, trat einen Schritt zurück und öffnete grinsend den Reißverschluss seiner Hose. »Monika ist ein paar Wochen in Kur, die Gelegenheit ist günstig. Lass uns die frische Geschäftsbeziehung am besten gleich partnerschaftlich besiegeln.«

Ich lächelte. »Aber nur, wenn du dich in den letzten drei Tagen geduscht hast.«

Ludwig schloss nachdenklich den Reißverschluss. »Na gut. Dann heute Abend um sieben bei den Kühen im Melkstall.«

Melkstall klang gut. Und so passend.

* * *

Ein paar Tage darauf kehrte Werner aus Brasilien zurück, nur einen Koffer in der Hand.

»Keine Bäume?«, fragte ich.

»Die brauchen bei der Bank erst ein paar Unterschriften.«

»Was für Unterschriften?«

»Wegen der Hypothek. Für das Haus.«

Mir klappte der Mund auf. Aber ich blieb erstaunlich gelassen. Alles richtig entschieden, lobte ich mich innerlich für die knochenrichtige Entscheidung. Werner war im Öko-Wahn und hatte inzwischen voll einen an der Klatsche.

Ich nahm ihn an die Hand. »Werner, komm mit, ich habe eine tolle Überraschung für dich.«

»Äh ... Was denn?«

»Was Brasilianisches!«

Schnell zog ich ihn in den Keller, riss die Eisentür auf und führte ihn an das Becken. »Tadaa!«

Werner hob die Augenbrauen. »Du hast den Plastiktank kaputt geschnitten.« Er beugte sich über die Steinmauer. »Und Wasser reingefüllt. Soll das ein Whirlpool werden?«

Ich musste heftig lachen, Tränen schossen mir in die Augen. Whirlpool? Da lag er ja gar nicht so falsch.

»Knapp daneben«, hustete ich. »In dem Becken befinden sich dreihundert brasilianische Piranhas.«

»Was?« Werner trat erschrocken einen Schritt zurück. »Die Tiere sind gefährlich!«

»Nur, wenn sie hungrig sind. Glaub mir, ich habe vor, sie sehr, sehr regelmäßig zu füttern.«

Werner wagte sich an den Beckenrand.

Ich legte behutsam eine Hand auf seine Schulter. »Ich dachte, die würden doch gut zu den Mangrovenbäumen passen.«

Werner strich sich nachdenklich übers Kinn. »Ein Piranhabecken! Gar keine üble Idee.«

Ich beugte mich über die Steinmauer. »Guck mal schnell. Der Fisch da, schwimmt der Fisch mit dem Bauch nach oben? Ob der was hat?«

Werner ... duckte sich und ergriff blitzschnell meine Beine. Mit einem Ruck wuchtete er mich kopfüber ins Becken.

»Wieso ...?«

Aber als der erste Fisch seine scharfen Zähne in mein Fleisch schlug und bei seinen Artgenossen den typischen

Fressrausch auslöste, da ahnte ich, dass es kein Zufall war, dass Ludwigs Monika genau zu der Zeit in Kur war, als Werner nach Brasilien aufbrach.

Beim zweiten Biss und nach einem letzten Blick in Werners zufrieden-glückliches Gesicht war ich mir sicher.

Bestimmt wusste Monika auch, wie man ein Fischbecken leer pumpt und einen Miststreuer fährt.

Ästhetische Herren und zarte Gefühle

Ich hatte ja gar nicht viel mit Onkel Enno und Tante Hilka zu tun gehabt. Die wohnten ja auch weit weg, ganz oben in Ostfriesland. Moormerland-Warsingsfehn, gleich an der Ems im Landkreis Leer.

Onkel Enno war Elektriker. Jetzt hatte ihn vor drei Monaten plötzlich der Schlag getroffen.

Tante Hilka kannte ich nur als sehr, sehr schweigsam. Selbst für ostfriesische Verhältnisse. Ich glaube, sie hat *gar nicht* gesprochen. Tante Hilka ist ihrem Enno nur wenige Tage später gefolgt. Einfach so. Wie es ihre Art war. Man möchte sagen: still entschlafen.

Tja, Nordlicht bleibt Nordlicht.

Ich war deshalb auch richtig überrascht, als ich von den beiden Post bekam. Onkel Enno und Tante Hilka hatten mir was vererbt.

Deshalb brachte ein paar Wochen später der Postbote ächzend und mit hochrotem Kopf zwei riesige Pakete. »Ist da eine Couchgarnitur drin?«

»Ein Crosstrainer mit Schwungscheibe«, kicherte ich und schloss schnell die Tür.

War das spannend. Ich kriegte doch so selten Post.

Mit meinen dreiundsechzig munteren Jährchen lebte ich ausgesprochen zurückgezogen. Schon, weil ich sehr außerhalb wohnte. In Kerken. Im Eyller Bruch. Wenn man die Eyller Straße von Aldekerk nach Nieukerk fährt, dann an der *St. Antoniuskapelle* gegenüber links rein, Richtung Bruch. Direkt hinter der *Landwehr* rechts führt ein schmaler, unscheinbarer Feldweg erst am Bach entlang und dann in den

Wald hinein. Anfangs asphaltiert, später nicht mehr. An der folgenden Gabelung aufpassen, rechts halten! Bis an einen kleinen Weiher, ab da dann zu Fuß drum herum. Gleich am Ufer gegenüber, wenn man denkt, man ist falsch, da steht mein kleines, gemütliches Knusperhäuschen.

Zugegeben, das letzte Stück war ein bisschen kompliziert. Selbst den Zeugen Jehovas war das irgendwann zu mühsam. Dabei war ich zu denen immer freundlich gewesen, die meinten es ja nur gut.

Ich trug die beiden schweren Pakete ganz, ganz schnell in die Küche und packte sie aus.

»Hoppla!«

Von Onkel Enno hatte ich ja gewusst, dass er ein leidenschaftlicher Jäger war. Im ersten Paket befanden sich eine schwere, doppelläufige Büchse mit verziertem Holzgriff und ein grauer Karton mit passender Munition. Ich kannte mich da ein wenig aus, das war schon ein ziemlich dickes Gewehr. Da konnte man Wildschweine mit töten. Wobei ich mich sofort gefragt habe, ob es oben in Ostfriesland am Deich Wildschweine gab. Aber vielleicht wollte Onkel Enno einfach nur vorbereitet sein. Er war ja überhaupt der vorsichtige Typ. Brachte so ein Beruf sehr wahrscheinlich mit sich.

Das gefährliche Ding samt Munition würde erst einmal im Keller landen. Ich machte eher selten Jagd auf Wildschweine.

Auf dem zweiten, neutral-braunen Paket stand: »Vorsicht! Zerbrechlich!«

Ganz behutsam öffnete ich die Verpackung und war dann wirklich freudig überrascht. Tante Hilka hatte mir ihr feines, edles Teeservice vererbt. Original Meißen. Mit den blauen Schwertern, einer gelben Rose, bunten Knospen und geschwungenem Goldrand. Wunderschön, sicher ein kleines Vermögen wert.

Nicht, dass ich jetzt die begeisterte Teetrinkerin war, aber ich hatte immer einen Karton Beutelkamille im Schrank.

Und wie ich das feine Geschirr so ins Licht hielt und der Goldrand funkelnd glänzte, da kam mir mit einem Mal die Idee. Weil ich doch diese Sendung regelmäßig im Fernsehen verfolgt hatte. Nicht *Bauer sucht Frau*, die andere. *Promidinner*! Da, wo einer sich Gäste einlädt und dann für sie kocht. Ja, und mit dem neuen Teeservice, da könnte ich doch jetzt auch wen einladen und einen leckeren Tee zubreiten. Oder gleich mehrere.

Genau so würde ich ein paar liebe Gäste in meine schnuckelige Bleibe locken.

Eine super Idee!

* * *

Ich hatte mir dann im Internet ein Buch bestellt. Über Tee. Von einem Herrn Schmidt, der wirklich alles über Tee wusste. Für Anfänger, Profis und Freaks. Also auch für mich.

Da stand so viel Interessantes drin. Auch, dass Teeverkostung an manchen japanischen Schulen offiziell gelehrt wurde. An Privatschulen gehörte das Zubereiten und Anbieten von Tee sogar fest zur Ausbildung. Da kann man mal sehen. Und in Deutschland wird Algebra unterrichtet …

Und so schöne Sachen hab ich dann noch über Tee gelesen. Sogar was von Heinrich Heine.

Sie saßen und tranken am Teetisch
Und sprachen von Liebe viel.
Die Herren, die waren ästhetisch,
die Damen von zartem Gefühl.

»So was Liebreizendes!«

Derartig jetzt auch lyrisch inspiriert, startete ich noch in der gleichen Woche voller Enthusiasmus die Stufe zwei. Ich inserierte in unserem lokalen Wochenblättchen, in den *Niederrhein Nachrichten.*

Begeisterte Teekennerin lädt zu sich ein.
Niveauvolle Teeverkostung.
Kleiner Kreis, nur Teedurst mitbringen!

Ich hing Adresse und Telefonnummer an. Und ein Foto von meinem kleinen, abgelegenen Häuschen, denn der Herr Schmidt hatte in seinem Buch geschrieben, dass beim Teetrinken das Ambiente sehr, sehr wichtig ist. Und Ambiente hatte ich hier mitten im Wald im Eyller Bruch ja genug!

* * *

Und dann, dann kam endlich der Abend. Ich hatte es voller Vorfreude kaum erwarten können. Nervös strich ich mir über die klein geblümte Schürze.

Ich hatte mir vorgenommen, meinen Gästen ein gewisses, gehobenes Niveau zu bieten. Wie es zum Heinrich Heine gepasst hätte. Bei einer Teeverkostung war es üblich, den Tee nicht zu trinken, sondern ihn lautstark zu schlürfen, damit man ihn mit allen Sinnen genießen konnte. Das Schlürfen würde ich aber weglassen.

Später wird der Tee nicht runtergeschluckt, sondern wieder ausgespuckt. In ein Spittoon. Das ist eine Art Spucknapf. Bitte? Das würden wir auch nicht machen. Schlürfen und Ausspucken hatte der berühmte Dichter bestimmt nicht mit ästhetisch und zart gemeint.

Ich blickte durch das kleine Fensterchen meiner Haustüre nach draußen, wo ein milder, früher Herbstabend zu Ende ging. Den unbefestigten Weg um den Weiher herum hatte ich mit bunten Wachskerzen ausgeleuchtet. Damit keiner hineinfiel, ins Wasser. Wäre ja dann auch doof gewesen.

Plötzlich schob sich direkt vor mir ein Männergesicht vor das kleine Ausstellfenster. Ich sprang zurück. Mann, hatte der Kerl mich erschreckt. Wo kam der denn her? Neben ihm trat jetzt noch eine Frau vor die Haustür.

Ich riss die Tür auf.

»Hallo?«, fragte ich mit zusammengezogenen Augenbrauen.

»Petkens. Torsten Petkens«, stellt sich der schlanke, junge Mann vor, der zum hellen Hemd einen gelben, sportlichen Sakko trug.

»Meike Vogt«, sagte die Frau im blauen Kostüm neben ihm. »Wir kommen zum Tee.«

»Ach«, entgegnete ich erfreut und trat zur Seite. »Die ersten Gäste!«

Sie nickten. »Ja, wir sind mal kurz ums Haus gegangen. Sie sind aber schwer zu finden«, summte Frau Vogt mit geschürzten Lippen.

»Äh ...«

»Ganz schön einsam. Haben Sie nachts keine Angst?«, legte ihr Begleiter nach.

»Nein ...«

»Sie sind doch auch schon … wie alt?«

»Ja, schon, aber …«

»Es passiert ja so viel«, erinnerte die Frau.

»Außerdem können fünf, sechs Minuten, die man auf einen suchend durch die Gegend irrenden Krankenwagen wartet, schon verdammt lange werden.«

»Ich bin eigentlich kerngesund«, stammelte ich hilflos.

Vogt und Petkens warfen sich abschätzige Blicke zu, denen jede Sorge fehlte.

»Ich wohne gerne ein wenig abseits«, flüsterte ich und führte die beiden an den festlich eingedeckten Wohnzimmertisch. »Nehmen Sie doch bitte Platz!«

»Na dann«, schniefte die Vogt und strich sich den Rock glatt, bevor sie sich mit spitzen Knien an den Tisch setzte.

Irritiert stellte ich fest, dass die beiden meinen mit ganz, ganz viel Liebe eingedeckten Tisch keines Blickes würdigten. Tante Hilkas Ensemble strahlte frisch geputzt und kam im eher rustikalen Ambiente des Wohnzimmers außerordentlich beeindruckend zur Geltung. Stövchen, Sahnekännchen, Zuckerdose und gleich drei Probiertässchen für jeden meiner Gäste buhlten gleichzeitig um die Gunst, aufrichtig bewundert zu werden.

Torsten Petkens musterte stattdessen mit skeptischem Blick die freie Balkenlage meiner bescheidenen Bleibe. »Ist da der Wurm drin?«

»Wer?«

»Der Holzwurm?«

Das Klingeln an der Haustür stoppte mich, bevor ich etwas entgegnen konnte. Zum Holzwurm wäre mir schon eine passende Bemerkung eingefallen. Was war das denn für einer? Der Kerl hatte ja wohl Holzwurm im Kopf!

Ich eilte zur Tür.

»Halloho«, grüßte Frau Dr. Lydia Baumgarten.

Sie trug ein rotes, eng anliegendes Abendkleid. Ihr Mann grüßte lässig mit einer winkenden Handbewegung. Dabei verlor er leicht das Gleichgewicht, konnte sich aber mit einem erstaunlich flotten Ausfallschritt in der Senkrechten halten. Heinz Baumgarten war hackenstramm. Blau wie der fröhliche Julihimmel.

»Sind wir die ersten?«, drängelte sich Frau Doktor an mir vorbei in den Flur.

Heinz knipste mir ein Auge. »Meine Frau kommt immer gerne als erste.«

Ich schnappte nach Luft. Vielleicht hatte ich ja auch was falsch verstanden.

»Halloho«, grüßte Frau Dr. Lydia Baumgarten das Pärchen am Wohnzimmertisch und verzog das Gesicht. »Gibt es keine Platzkarten?«

»Äh, nein. Ich ...«

Es klingelte erneut an der Tür.

»Na, dann stellen wir uns eben selbst schnell vor. Ungewöhnlich, geht aber zur Not natürlich auch.«

»Hörgs«, schluckaufte ihr Gatte.

Ich zog die Augenbrauen zusammen, hastete dann aber schnell an die Tür.

Frau Elisabeth Schröder, die mich dort erwartete und mit einer hochgesteckten Turmfrisur aussah wie Marge Simpson aus dieser schrillen, amerikanischen Zeichentrick-Serie, grüßte mich. »Du miese Flachpfeife!«

»Hallo?«

»Mit dir bin ich fertig!«, keifte Marge-Elisabeth.

Ich war mir keiner Schuld bewusst. Was hatte ich denn falsch gemacht?

»Das ist das allerletzte Mal, dass du mich versetzt, du erbärmliches Weichei!«, brüllte sie mit hochrotem Kopf, wie ich dann feststellte, in ihr Mobiltelefon.

»Ich meine nicht Sie«, erklärte Marge-Elisabeth dann auch aufgewühlt. »Sondern diesen jämmerlichen, erbärmlichen Schlappschwanz!«

»Aha.«

»Mein Verlobter zieht es vor, sich von Mutti Bratkartoffeln mit Spiegelei machen zu lassen. Soll er danach doch auch noch mit seiner Mutter ein bisschen vorm Fernseher kuscheln, der Hosenscheißer!«

Sie rammte sich mit wogender Brust an mir vorbei nach innen. Ich blickte ihr fassungslos hinterher. Marge-Elisabeth verströmte eindeutig schlechtes Karma.

Ich folgte ihr ins Wohnzimmer und schlug in die Hände. »Wir wären dann vollzählig.«

Meike Vogt räusperte sich. »Könnten Sie das Fenster schließen?«

»Welches Fenster?«

»Das, was offen steht. Es zieht!«

Ich blinzelte irritiert. »Da steht kein Fenster offen.«

Sie wechselte mit ihrem Begleiter einen Blick. »Nun denn. Dann zieht es wohl durch die Ritze im Holz.«

Der angetrunkene Baumgarten räusperte sich. »R-Ritze? Da fällt mir ein Witz ein. Kommt eine Blondine zum Frauenarzt und sagt …«

»Äh«, unterbrach ich hastig. »Ich habe da für uns etwas vorbereitet.«

Dr. Lydia Baumgarten stupste ihren Mann an. »Heinz, reiß dich zusammen!«

Schnell lief ich in die Küche und entnahm dem Backofen die Schale mit den weißen Handtüchern. Dann rauschte ich zurück ins Wohnzimmer und reichte die heißwarmen Tücher mit einer Zange. »Hier, zum Entspannen!«

»Entspannung? Kann ich gebrauchen!«, maulte Marge-Elisabeth. »Da versetzt mich dieses Arschloch einfach!«

Dr. Lydia Baumgarten links neben ihr rückte unauffällig ein Stück zur Seite.

Ihr Gatte lallte. »Kann ich vor der Teeverkostung bitte einen Sespresso haben?«

»Äh … Nein«, entschied ich, sammelte mit der Zange die Tücher wieder ein und brachte sie nachdenklich zurück in die Küche.

Meine stilvolle Teeverkostung ging sich ein wenig holpriger an, als ich es mir vorgestellt hatte. Irgendwie fehlte das niveauvoll Ästhetische. Und das Zarte musste sich seinen Weg auch erst noch bahnen. Ich hatte mich so sehr auf diesen feinen Abend gefreut.

Ich schritt zurück ins Wohnzimmer. »Meine lieben Gäste! Ich begrüße Sie ganz herzlich zur fröhlichen Teereichung und …«

»Verkostung!«, meldete sich Dr. Lydia Baumgarten. »Es heißt Verkostung!«

»Äh, ja. Dazu begrüße ich Sie alle recht herzlich. Wie sprach einst Shen Nung, der kluge, chinesische Kaiser? Möge der Tee den guten Geist und weise Gedanken wecken!«

»Oder wie die Sschirurgen sagen: Aufm Tisch gehen se kaputt!«, grölte Heinz Baumgarten.

»Heinz!«, mahnte ihn seine Frau.

»Arsch!«, maulte Marge-Elisabeth, die unterm Tisch augenscheinlich eine SMS vom elenden Waschlappen gelesen hatte.

»Wer? Ich?«, fragte Heinz.

»Nein, mein Ex-Verlobter.«

»Ach? Ex?«, fragte Heinz und schraubte sich ein wenig in die Höhe, um der Ex in den Ausschnitt schielen zu können.

Dr. Lydia Baumgarten beugte sich über den Tisch. »Männer sind wie Tee. Manchmal muss man sie ziehen lassen.«

Ich fuhr fort. »Äh, genau. Ich hatte vor, Ihnen einen ganz leckeren Tee nach niederrheinischer Art anzubieten, aber der …«

»Riecht der Tee dann nach Gülle? Am Niederrhein riecht alles nach Gülle«, witzelte Heinz Baumgarten.

»Jetzt halten Sie bitte die Klappe, damit das hier vorangehen kann!«, wies ihn Torsten Petkens zurecht, wobei ich die Wortwahl – jetzt mit *es muss vorangehen* – doch unglücklich fand, weil der Herr Schmidt in seinem Buch ja auch geschrieben hatte, dass man sich fürs Teetrinken Zeit nehmen sollte.

»Nun, ich fahre fort. In unserer Region gibt es leider keine klassische Teekultur …«

»Was verstehen Sie unter *Teekultur*?«, unterbrach mich Dr. Lydia Baumgarten.

»Äh, also. Tee mit Rum ist eher britisch, der Grüne Tee eher asiatisch und wir am Niederrhein …«

»Sie wollen doch nicht wirklich behaupten …«

»Ich hab gar nichts behauptet, ich habe den Satz doch noch gar nicht zu Ende ausgesprochen«, wurde ich jetzt doch ein bisschen sauer.

Ich musste mir eingestehen, dass die merkwürdige Bande mir allmählich tierisch auf den Wecker fiel. Das … hatte ich mir anders vorgestellt.

»Bitte«, pfiff Dr. Lydia Baumgarten pikiert. »Ich wollte mir doch nur die Freiheit rausnehmen …«

»Freiheit?«, johlte ihr Gatte dazwischen. »Oder wie der französische Kämpfer sagt: Lieber Tee!«

»Ich brauche dringend einen Schnaps«, summte Marge-Elisabeth, ihre Turmfrisur wackelte.

»Hui«, nahm ich die Bemerkung erfreut auf. »Das trifft sich. Der dritte Tee, die dritte Probe, ist ein Tee mit Rum. Wenn Sie ein bisschen Geduld haben …«

»Können wir den Tee mit Rum nicht vorziehen?«

»Ich hätte sowieso lieber einen Sespresso«, lallte Heinz Baumgarten.

Meike Vogt blickte auf die Uhr, Torsten Petkens fragte: »Ihr Haus, ist das eigentlich feucht?«

»Wie bitte?«

»Wegen des nahe gelegenen Tümpels. Werden die Außenwände da feucht?«

»Also ...«

»Bei feucht fällt mir ein Witz ein. Treffen sich zwei Jungfrauen auf Mallorca, sagt die eine ...«

Dr. Lydia Baumgarten reagierte am flottesten und legte ihrem Gatten blitzschnell eine Hand auf den Mund. »Vielleicht haben Sie doch einen Espresso für meinen Mann.«

Ich blähte meine Nasenflügel. Das sah sicher nicht schön aus. Befreite aber sehr. »Nein, habe ich nicht. Als erstes stelle ich Ihnen einen Ostfriesischen Tee vor. Dazu gebe ich zunächst einen Klumpen Kandiszucker in jede Tasse, einen Kluntje. So. Und wenn ich jetzt den Tee einschütte, hören sie genau hin. Dann zerknackt ganz leise der Kandis. Achtung, hinhören!«

»Hörgs«, machte Heinz Baumgarten. »Hörgs-hörgs.«

»Ich habe kein Knacken gehört«, meckerte Meike Vogt. »War zu laut.«

»Der Tee dampft nicht«, monierte Torsten Petkens.

Oh. Ich hatte vergessen, das Stövchen anzuzünden.

»Nicht schlimm, dann trinkt es sich schneller«, summte die Vogt und kippte den Tee in einen Zug runter.

Dann verzog sie ihr Gesicht. »Der ist aber bitter.«

»Bevor man den Ostfriesischen Tee trinkt, gibt man mit diesem flachen Löffel ein feines Tee-Sahne-Gemisch hinzu, ein Wulkje. Eigentlich ... eine schöne Zeremonie. Na ja, zu spät.«

»Mit welcher Hand rührt man den Tee um? Mit links oder mit rechts? Na? Na? Na?«, bölkte Heinz Baumgarten. »Gar nicht mit der Hand. Mit dem Löffel!«

»Halten Sie doch einfach mal die Klappe!«, maulte Petkens.

»Womit macht sich der Vampir seinen Tee?«

Petkens sprang auf. »Ich knall Ihnen gleich eine!«

»Meine Herren, bleiben Sie ästhetisch! Als zweites habe ich zum Vergleich einen Grünen Tee aus Japan, der in seiner …«

»Der japanische Tee muss mit Ehrfurcht zubereitet sein«, erklärte Frau Dr. Lydia Baumgarten mit getragener Stimme.

»War ja klar, dass Sie wieder Ihren Senf dazu geben müssen. Wie mein Ex!«, knirschte Marge-Elisabeth. »Typisch Niederrhein. Von nichts eine Ahnung haben, aber alles erklären können!«

Dr. Lydia Baumgarten rümpfte verschnupft die Nase. »Im Gegensatz zu Ihnen habe ich mich auf diese Verkostung vorbereitet. Ich trinke seit meinem 18. Lebensjahr. Tee natürlich.«

Ich hatte derweil die zweite Runde der Probiertässchen gefüllt und verzichtete auf eine Entgegnung. Und auf Ehrfurcht. »Los, trinken!«

Das taten dann auch alle. Bis auf Heinz Baumgarten. Dessen Kopf hing schräg, er war eingeschlafen.

Meike Vogt war am schnellsten und knallte ihre Tasse auf die Untertasse zurück. »Für eine vierköpfige Familie ist die Hütte hier zu klein.«

»Es muss ja auch keine vierköpfige Familie drin wohnen«, gab ich zurück.

»Das wird für Sie ja auch schwer, jetzt, mit der Treppe nach oben«, gab Torsten Petkens zu bedenken.

»Die vielen Stufen. In Ihrem Alter.«

Es mochten ein paar gefährlich glitzernde Eiszapfen an den folgenden Worten gehangen haben. »Ich bin erst dreiundsechzig.«

Torsten Petkens zuckte wie unschuldig mit der Schulter. »Ja, aber das geht jetzt schnell.«

»Schnell ist ein gutes Stichwort. Was kommt nun?«, fragte Meike Vogt.

»Der Tee mit Rum.«

Ich warf einen vorsichtigen Blick auf Heinz Baumgarten und fürchtete, dass *Rum* als Schlüsselreizwort ihn womöglich aufgeweckt hätte. Hatte es aber nicht. Ein langes Speichelfädchen hatte sich in seinem rechten Mundwinkel gebildet und schleimte glibberig-eklig das feine, weiße Strickdeckchen auf dem Tisch ein.

»Kann ich den Rum bitte ohne Tee haben?«, fragte Marge-Elisabeth.

Ich wollte ihr gerade was ins Gesicht schleudern, – eine feiste Antwort ... erst mal –, aber ihr Smartphone lärmte und mit einer heftigen Wischbewegung würgte sie mich ab. Dann ging sie ran. »Jetzt nicht, du armes, widerliches Würstchen. So langweilig kann das hier gar nicht werden, als dass ich mich mit dir treffe, du Lurch!«

»Tee mit Rum«, flüsterte ich gepresst.

»Welchen Rum haben Sie genommen?«, fragte Dr. Lydia Baumgarten.

»Flüssig. Er war flüssig.«

Sie krauste ärgerlich das Näschen. »Wie bitte?«

Während ich allen ohne weitere Worte und mit inzwischen zittriger Hand einschenkte, referierte Torsten Petkens mit samtweicher Stimme. »Ihnen ist schon bewusst, dass hier am Holz sicher mit inzwischen verbotenen, hochgiftigen Stoffen versiegelt worden ist.«

»Was?«, fragte ich verwirrt.

Meike Vogt griff in ihre Jackentasche und reichte mir eine Visitenkarte. »P&V Immobilien. Wir sind an Ihrem Haus interessiert.«

Jetzt kapierte ich. »Sie haben mich letzten Monat angerufen. Ich habe Ihnen doch gesagt, dass ich nicht verkaufen möchte. Dass ich an keinem Gespräch interessiert bin, dass ich Sie hier nicht sehen möchte.«

»Deshalb haben wir die Einladung via Zeitungsinserat ja auch zum freundlichen Anlass genommen, die Teeverkostung für ein unverbindliches Angebotsgespräch zu nutzen.«

Die Portionen Rum wurden aus Versehen ein wenig größer als gedacht. »Sie haben sich hier eingeschlichen!«

Meike Vogt lächelte, Torten Petkens zuckte mit den Schultern.

»Das ist ein wenig viel Alkohol. Für gewöhnlich nimmt man eher ein bisschen weniger. Der Kenner empfiehlt zwei Zentiliter«, klugscheißerte die Baumgarten und ruckelte neben sich ihren körperschlaffen Ehemann ein wenig in die Senkrechte, was dieser mit einem klebrigen Schmatzen quittierte.

»Ich darf mal kurz«, summte Marge-Elisabeth und betätigte ein paar Tasten. »Geht ganz schnell. Ich muss was checken.«

Tja. Das war sie also, meine Runde mit ästhetischen Herren und Damen von zartem Gefühl.

»Pass mal auf, du mieser, kleiner Scheißer. Den Schmuck, den du mir geschenkt hast, den werde ich auf jeden Fall behalten, damit das mal klar is!«

»Wenn es um Rum geht, nimmt man am besten einen braunen. Aus Puerto Rico. Und nichts Billiges.«

»Überlegen Sie sich das mit dem Häuschen. In Ihrem fortgeschrittenen Alter sollten Sie an etwas Ebenerdiges denken«, summte Meike Vogt.

»Wir wollen Ihnen keine Angst machen, aber *Betreutes Wohnen*, sage ich da mal als Stichwort«, ergänzte ihr Partner.

»Hörg!«

Ich erhob mich. Ganz ruhig. Ganz langsam. Voller Ehrfurcht. Und schnippte mit den Fingern. »Wenn mich die Herrschaften für einen klitzekleinen Moment entschuldigen wollen.«

Ich hatte vor, meiner illustren Runde zum Abschluss noch eine knallige Spezialität des Hauses zu servieren. Und ging in den Keller. Onkel Ennos Büchse war schnell und unkompliziert geladen.

»Wildschweine«, murmelte ich.

Ruckzuck war ich wieder im Wohnzimmer. Es krachte. Zweimal. Der Donnerbalken hätte tatsächlich eine ganze Rotte Wildschweine weggepustet. Für die Teefreunde reichte es allemal.

Erfreut stellte ich fest, dass eher wenig von Tante Hilkas hinreißendem Porzellan kaputt gegangen war. Nur die Probiertässchen. Aber die brauchte ich sowieso nicht mehr, denn das war heute definitiv meine erste und letzte Teeverkostung!

Und als ich mich ganz spontan entschied, meine Gäste und ihre Fahrzeuge im Weiher zu versenken, fiel mir in einem Anflug geistigen Friedens und in aller Gelassenheit noch ein ganz feiner Teespruch aus China ein.

»Der Weg in den Himmel führt an einer Teekanne vorbei.«

Wie passend!

Hartmann und der Kolibri

»Der Job ist vollkommen ungefährlich.«

Rainer Rattkamp beugte sich über den Schreibtisch und drückte die Taste der Gegensprechanlage. »Nadine? Bring uns noch eine Tasse Kaffee!«

Hartmann runzelte die Stirn. Mit ähnlich harmlos klingenden Sätzen hatten ihm in der jüngeren Vergangenheit gleich mehrere Klienten extrem üble Fälle aufs Auge gedrückt.

»Wenn das alles so vollkommen ungefährlich ist, wozu brauchst du dann einen Privatdetektiv?«

Rattkamp bleckte kurz auf. »Weil ich nicht ausschließen kann, dass die ganze Sache ein linkes Ding ist. Das Risiko, dann auf die Sache angesprungen zu sein, will ich nicht eingehen.«

»Es kann also so ein Filmchen von dir geben?«

»Na klar! Ich war regelmäßig in diesem Saunaclub. Und ich geh da nicht hin, um mal in Ruhe ein Buch zu lesen. Ob mich dabei jemand gefilmt hat, weiß ich natürlich nicht. Ich weiß nur, dass ich erpresst werde.«

»Aha.«

Rattkamp strich über seine grell-bunte Seidenkrawatte. »Ich kann mir fünf Wochen vor der Bürgermeisterwahl keine schlechten Schlagzeilen leisten. Ich werde zahlen.«

Hartmann musterte die 20.000 munteren Gesellen, die sich auf dem Schreibtisch zwischen ihnen eng aneinanderdrückten. »Die Übergabe soll in dem Saunaclub stattfinden. Wie heißt der?«

»*Kolibri*.«

»*Kolibri*? Okay. Und wie sollen die mich da im Club erkennen? Soll ich eine rote Rose tragen? Und wenn ja, wo soll ich sie mir hinstecken?«

Rattkamp verdrehte die Augen. »Ich gebe dir das Geld. Du wickelst es in ein Handtuch. Dann setzt du dich an die Theke, man wird dich ansprechen. Du heißt Robin.«

Die Bürotür wurde geöffnet und Nadine brachte den Kaffee. Hartmann hielt die Luft an. Meine Hacke, da ging Mitte Februar aber die Sommersonne auf. Lange blonde Haare, noch längere Beine. Ein blonder Scheidungsgrund. Eine Frau, die einen dazu brachte, mehrmals am Tag kalt zu duschen.

Hartmann seufzte innerlich. Seine und Rattkamps Karrieren hatten sich sehr unterschiedlich entwickelt, seit sie beide gemeinsam für Fortuna Düsseldorf über die Fußballplätze der Zweiten Bundesliga gestürmt waren.

Nadine stellte ein Tablett ab und glitt wortlos hinaus ins Vorzimmer.

Rattkamp grinste. »Super Schlitten, oder? Die Zettelschubse kannste aber gleich wieder vergessen! Ist eine Lesbe. Eine überzeugte, ich hab alles probiert. Eine meiner wenigen Fehlbesetzungen.«

Er schwang sich aus dem Ledersessel, schritt ans Fenster, drehte Hartmann den Rücken zu und nickte nach draußen auf den historischen Marktplatz und das Rathaus. »Eine Fehlbesetzung, die ich in fünf Wochen korrigieren werde, wenn ich diese öde Kanzlei dicht mache und nach gegenüber ziehe.«

Hartmann beäugte mit einem abschätzenden Blick nach unten seine fleckige Jeans, deren saubere Zeiten schon einige Tage zurück lagen. Und seine abgelatschten Turnschuhe … Er musste dringend etwas an seinem äußeren Erscheinungsbild tun. »Okay, ich übernehme den Job. Ich bekomme 500 Euro am Tag.«

Und als ihm einfiel, in welchem Milieu er tätig werden sollte, fügte er hastig hinzu: »Plus Spesen.«

* * *

Um nicht seinen potentiellen Wählern über den Weg zu laufen, hatte Rattkamp die für seine konservative Wählerschaft möglicherweise anstößigen, sexuellen Aktivitäten aufs flache Land verlegt. Genauer gesagt, in einen idyllischen Ort nahe der niederländischen Grenze mit Namen Leuth, der entweder zu Kaldenkirchen oder zu Nettetal gehörte. Über die A 40 Richtung Venlo, Ausfahrt Straelen, dann nach links auf die B 221.

Er passierte das Naherholungsgebiet Blaue Lagune und ein hell angestrahltes Hinweisschild:

Bunter Faschingsball
Akademie Schloss Krickenbeck

Einen knappen Kilometer weiter entdeckte er an einem umgebauten Bauernhof den leuchtend-roten Schriftzug, der ihm verriet, dass der dortige Club *Kolibri* der letzte Saunaclub vor der Autobahn war. Hartmann fuhr direkt auf einen Parkplatz neben dem Gebäude.

Zwanzig Minuten später saß er in roter Unterhose, dunkelgrauem Satinunterhemd und weißen Badeschlappen am Tresen. Zufrieden nippte Hartmann an seiner Apfelschorle. Das Getränk war kühl, die Musik klasse. Eine sich glitzernd unter der Decke drehende Discokugel funkelte flackernde Lichtsplitter über eine kleine, verspiegelte Tanzfläche. Hartmann erkannte einen frühen, schwül-heißen Disco-Klassiker von Rod Stewart, den er viel zu lange nicht gehört hatte.

»Hallo, Fremder«, schob sich plötzlich eine vollschlanke Frau in schwarz-roter Spitzenkorsage auf den Barhocker rechts neben ihn.

Hartmann zuckte zusammen, denn das frivole Kleidungsstück saß obenrum ein wenig spack. Glänzend-silberne Häkchenverschlüsse hatten Mühe, alles verpackt zu halten. Und das war eine Menge.

»Och, hab ich dich erschreckt? Das wollte ich aber nicht. Wie kann ich das nur wieder gut machen?«

Sie hatte augenscheinlich klare Vorstellungen, wie das zu bewerkstelligen sein könnte, denn sie schob eine Hand hinten unter Hartmanns Shirt. »Ich bin die wilde Hildegard.«

»Ich heiße Robin.«

»Robin?«

»Wie der Gehilfe von Batman«, erklärte Hartmann.

»Batman?«

»Schon gut.«

»Bist du das erste Mal hier, Schatz?«

Hartmann beugte sich ihr entgegen. »Äh, ja. Und du? Bist du für … alles offen?«

»Das will ich meinen«, schnurrte Hildegard, klimperte wild mit den Wimpern und legte Hartmann die andere Hand auf einen der blanken Oberschenkel, knapp unterm roten Hosensaum.

»Das ist ja super«, flüsterte Hartmann. »Ich war ein paar Jährchen weg. Im Knast. Ich kam irgendwie mit meiner damaligen Freundin nicht klar. Ein Wort gab das andere. Dann die unglückliche Sache mit dem Hammer.«

»Mit dem Hammer?«, fragte Hildegard, plötzlich mit einem leichten, unsicheren Zittern in der Stimme.

»Nur einmal. Ganz kurz. Weil ich mich doch immer so schnell aufrege.«

»Oh …«

»Na ja, fünf Jahre hab ich gekriegt. Und im Knast …« Hartmann hob vielsagend die Augenbrauen. »Da gab es ja nur Männer. Alles ein bisschen grob. Und behaart.«

»Grob? Und behaart?«

»Ja. Fünf Jahre können ganz schön lang werden. Seit gestern bin ich wieder draußen und hab gedacht, heute, heute is' genau der Tag, um mit einer rundum aufgeschlossenen Partnerin aber mal so richtig …«

Hildegard zog hastig ihre Hände zurück, blinzelte heftig und entdeckte am anderen Ende der Theke einen alten Bekannten. »Ich muss mal ganz schnell weg, äh … Schatz.«

Hartmann grinste ihr hinterher. Wohl doch nicht so ganz offen.

Im gleichen Moment spürte er auf der anderen Seite eine weitere Dame, die sich an ihn schmiegte. Hartmann drehte sich ihr zu und erschrak erneut, denn diese Frau trug eine dunkelblaue Maske. Mit Fransen. Sonst trug sie nicht viel. Hui. Granate! Die hatte der liebe Gott nicht an einem Montagmorgen geknetet.

Das fand auch der kleine Hartmann. Eilig zog Hartmann deshalb das Handtuch samt Inhalt vom Hocker und raubte dem kleinen, neugierigen Kerl die Sicht.

»Du bist neu hier, oder?«, fragte die Gefranste mit angenehm tiefer, rauchiger Stimme.

Außer ihrer blauen Maske trug sie ihre pechschwarzen Haare kurz geschnitten und einen nahezu durchsichtigen Hauch von sündig-schwarzem Nichts. Unten. Oben trug sie noch nicht mal das.

»Ja«, flüsterte Hartmann mit trockenen Lippen und spürte nervösen Herzschlag.

»Wie heißt du, Süßer?«

Ein knalliger Tusch verschluckte Hartmanns Antwort. Mehrere helle Strahler wurden auf eine dunkelhäutige Tänzerin gerichtet, die sich zu plötzlich einsetzenden, brasilianischen Sambatrommeln schlangengleich um eine glänzende Eisenstange aalte.

»Hart..., äh, Robin!«, rief Hartmann.

Seine Gesprächspartnerin stand auf. »Okay. Ich denke, wir haben was Besseres vor, als uns die Show anzutun.«

»Äh, ich bin quasi verabredet und warte ...«

Sie beugte sich rüber und drückte eine ihrer beiden Brüste gegen Hartmanns Oberarm. »Relax, Baby, hast du die Kohle dabei?«

Ach so. Hartmann verstand, nickte und klemmte sich das wertvolle Handtuch unter die Achsel.

»Gut. Komm mit!«

Sie nahm Hartmann an die Hand, zog ihn durch einen schweren, roten Vorhang in einen mit Wandkerzen ausgeleuchteten Flur und dann in einen Raum im hinteren Teil des Gebäudes. Hartmann strich sich eine verschwitzte Strähne hinters Ohr. Saunaclub hin oder her, hier wurde eindeutig zu kräftig geheizt! Sonst gefiel ihm das Zimmer. Richtig gemütlich, mediterran, auf Strand gemacht. Statt eines Bettes bot sich ein breiter, blau-weiß gestreifter Strandkorb zum lustvollen Verweilen an.

Seine maskierte Bekannte schien deutlich weniger beeindruckt und interessierte sich schon wieder für einen Vorhang. Diesmal war er orange und dahinter verbarg sich eine Notausgangstür, die sie vorsichtig einen Spalt weit öffnete.

»Du willst nach draußen, in die Kälte? Ich hab fast nichts an«, protestierte Hartmann.

»Mein Wagen hat eine Standheizung.«

Sie schlüpften nach draußen und dort in einen kleinen, dunklen Audi mit Münchener Kennzeichen. Hartmann drückte beim Einsteigen das Frotteehandtuch samt Inhalt fester an sich.

Sie bog mit ihrem Wagen zügig rechts auf eine Straße, die in den Ort hinein führte, dann ging es an einer Kirche links ab. Sie hoppelten einen mit laublosen Kopfweiden gesäumten, asphaltierten Feldweg entlang, der in der Hauptsache aus Schlaglöchern bestand, überquerten eine Brücke über die Nette und passierten ein Hinweisschild: *Achtung Viehtrieb.*

Hartmann musterte seine Fahrerin. »Du kennst dich hier aus.«

»Keine Sorge, ich schaffe es, auf der Fahrbahn zu bleiben.«

»Ich liebe Frauen, die wissen, wo es langgeht.«

Einen knappen Kilometer weiter bog sie plötzlich nach rechts in einen finsteren, unbefestigten Waldweg und stoppte vor einer mit Brettern vernagelten Holzhütte.

»Noch ein Club?«, fragte Hartmann.

Und stockte. Seine immer noch maskierte Fahrerin hatte von irgendwo her einen kleinen Revolver hervorgezaubert. Das unangenehme Ende der Knarre deutete auf seine Brust.

»Aussteigen! Raus! In die Hütte!«

Hartmann befolgte hastig die klare Anweisung. Die Wumme war klein, sah aber echt aus. Auch mit einer kleinen Waffe kann man fiese Löcher machen, die wehtun.

Sie dirigierte Hartmann drei morsche Holzstufen hoch. Er spürte etwas Hartes, Rundes hinten auf seinem Unterhemd. Die Holztür war unverschlossen, die Hütte verlassen und ungeheizt. Sie stieß Hartmann hinein, der sich umdrehte. Die Mündung zeigte jetzt wieder vorne auf sein dunkelgraues Unterhemd.

»Das Geld steckt im Handtuch?«

»Erst den Film«, forderte Hartmann.

Unter der Maske schien sie zu grinsen. Jedenfalls verzog sich ihr Kinn. »Mach keine Witze und leg das Handtuch da vorne auf den Tisch! Genau so ist gut. Und jetzt vier Schritte zurück an die Wand!«

Hartmann machte sogar fünf.

»Und nun ausziehen!«

»Bitte?«, fragte Hartmann ungläubig.

»Ausziehen!«

Hartmann schüttelte den Kopf. »Das hättest du im Club einfacher haben können!«

»Du schätzt mich vollkommen falsch ein, Süßer.«

»Sicher. Vorspiel wird überbewertet. Wann kriege ich den Film?«

»Du bleibst am Leben, das sollte reichen.«

Hartmann schlüpfte eilig aus Shirt und Retro, schob seine Hände vorne vor und versuchte Haltung zu bewahren. »Er ist sonst größer, aber die Aufregung ...«

»Schieb die Klamotten rüber! Gut. Jetzt noch die Schlappen!«

»Aber ...«

Sie wedelte mit der Knarre. Hartmann flappte die Gummidinger von den Füßen und kickte sie nach vorn. Die Maskierte kramte alles zusammen, die Mündung der Plempe blieb starr auf Hartmanns Brust gerichtet.

Der speicherte derweil jede ihrer Bewegungen ab. Das Gesicht hatte er unter der blauen Maske nicht erkennen können, aber ihren Körper würde er unter Tausenden wiedererkennen. Jeden Leberfleck prägte er sich ein, das Pflaster am Knöchel, das vermutlich eine Tätowierung verbarg und die kleine, für eine Meniskusoperation typische Narbe am rechten Knie.

»Du zählst bis 20.000, bevor du die Hütte verlässt!«

»Rattkamp wird mächtig sauer sein, wenn ich ohne den Film und ohne das Geld wieder bei ihm auftauche.«

»Das ist dein Problem, Schnüffler!«

Da hatte sie recht, fand Hartmann.

Sie zog die Hüttentür hinter sich zu. Hartmann sprang ans zugenagelte Fenster und sah durch einen schmalen Spalt schemenhaft, wie sie ihre Beute auf den Beifahrersitz warf, filigran in den Audi glitt und mit durchdrehenden Reifen in der Dunkelheit verschwand.

»Mist!«

Er musste hier weg. Und sah an sich runter. Seinem kleinen Freund war die Kälte da draußen unverhüllt nicht zuzumuten. Seinen Zehen auch nicht. In dieser Reihenfolge.

Er blickte sich in der spärlich eingerichteten Hütte um. Es roch staubig und muffig. Er befand sich in der Hütte eines passionierten Jägers. Ausgestopfte Tiere beobachteten ihn mit glasigem Blick, Geweihe hingen an den Wänden, historische Jagdutensilien, vor dem Kamin lag ein Wildschweinfell. Unterm hölzernen Ecktisch entdeckte er ein Paar dunkelgrüner Gummistiefel.

Ein Kleiderschrank. Leer geräumt.

»Verdammt.«

Hartmann seufzte … und bückte sich nach den Stiefeln.

* * *

Fluchend stolperte Hartmann ein paar Minuten später in viel zu großen Gummistiefeln mit schwappendem Schritt durch die Dunkelheit. Vielleicht wäre es doch besser gewesen, in der Hütte zu bleiben, denn seit einigen Metern spürte er seine Nase nicht mehr.

Plötzlich tauchten auf dem Waldweg zwei Lichtkegel auf. Er schob eine Keule hinter seinen Rücken. Sollte es ein Kleinwagen aus München sein, brauchte die maskierte Fahrerin nicht sofort zu wissen, dass er willens war, ihr – Knarre hin, Knarre her – eine Jagdkeule aus dem vorletzten Jahrhundert über die Rübe zu ziehen!

Breitbeinig stellte er sich auf die Landstraße. Der Wagen verlangsamte das Tempo. Das war kein Audi. Gut. Aber …

Plötzlich heulte der Motor des Fahrzeugs auf, der Wagen beschleunigte!

Die Keule schwingend sprang Hartmann ein paar Zentimeter vor dem rechten Kotflügel keine Sekunde zu früh in den Graben neben der Fahrbahn. Die Kiste rauschte vorbei, die Rücklichter verschwanden in der Dunkelheit.

Hartmann rappelte sich hoch. Er zog das um seinen Körper geschlungene, mit einer Kordel befestigte, braune, borstige Wildschweinfell wieder gerade, bedeckte alles, was wichtig war und klopfte sich den Dreck ab.

Dann sah er das Schild.

Club *Kolibri*
Let's spend the Night together !
1500 Meter links

Kolibri bedeutete Auto. Sein Auto. 1500 Meter sollten so gerade eben noch zu schaffen sein. Rod Stewarts treibenden Disco-Rhythmus im Ohr, nahm er entschlossen Takt und Schritt auf.

»Da ya think I'm sexy?«

Er strich übers stachelige Schweinefell. Aber sicher, alles wird gut!

* * *

Rattkamp hämmerte die flache Hand auf den Schreibtisch. Zum achten Mal in Folge. »Die Kohle ist weg! Und den Film hast du auch nicht!«

Hartmann ging dieser Typ mächtig auf den immer noch kalten Sack. »Sie hatte eine Knarre dabei. Einen Revolver, Rainer. Damit kann man Menschen tot machen.«

»Du bist Privatdetektiv!«

»Aber nicht unsterblich.«

»Eine reife Leistung, Hartmann! Eine ganz reife Leistung!«, bellte Rattkamp, und kleine Speicheltröpfchen flogen an seinen Hauern vorbei in Hartmanns Richtung.

Krach! Das neunte Mal.

»20.000 Schleifen! Weg! Für nix!«

Hartmann hatte sich auf der Rückfahrt ein paar Gedanken gemacht. Mit durchaus interessanten Erkenntnissen. »Ich sollte mich in die Sache noch mal reinhängen.«

Rattkamp wischte mit der Hand durch die Luft. »In die Sache hängst du dich bestimmt nicht mehr rein! Du bist gefeuert! Vollkommen unbrauchbar! Kein Wunder, dass du als jämmerlicher Schnüffler gerade mal ...«

Weiter kam Rattkamp nicht. Hartmann war's leid. Seine Rechte schnellte nach vorn. Er zog Rattkamp mit festem Griff über den Schreibtisch. So, wie Rattkamp es mit seiner Sekretärin vorgehabt und nicht gedurft hatte.

»Noch ein Satz, Rattkamp, und ich haue dir die fiesen Zähne ein!« Er drückte ein bisschen fester zu. »Ich schick dir eine Rechnung. Das Geld überweist du zügig und vollständig, klar? Einschließlich Spesen und Trinkgeld!«

Er stieß den Bürgermeister in spe über den Schreibtisch zurück in seinen protzigen Ledersessel, der nach hinten kippte. Die Tür wurde aufgerissen. Die vom Tumult aufgeschreckte Nadine starrte Hartmann erschrocken an.

Der schob sie zur Seite und knurrte. »Für mich heute keinen Kaffee.«

* * *

Hartmann drückte seinen dritten Hamburger zwischen die Zähne. Der schmeckte nicht besser, als die beiden davor, aber hier in der Hamburgerbude hatte er den Eingang zum Bürogebäude auf der anderen Seite des Rathausplatzes prima im Auge.

Eine knappe Viertelstunde später kam sie mit lockerem Hüftschwung durch die Drehtür, ihre langen, blonden Haare wehten im Wind. Hartmann entsorgte den Burgerrest in einem Abfalleimer und startete den Japaner. 16 Uhr. Berufsverkehr. Er folgte ihr problemlos bis in eine kleine Seitenstraße, fuhr ein paar Häuser weiter rechts ran und beobachtete im Rückspiegel, wie sie im hellblauen Kostüm elegant ihrem Wagen entstieg und zügig zur Haustür ging.

Er gab ihr fünf Minuten.

Dann fischte Hartmann seine Smith & Wesson aus dem Handschuhfach und schob sie hinten in den Gürtel. Langsam stieg er aus, warf die Tür hinter sich zu, überquerte die Straße und beugte sich über das Türschild unter der Hausnummer 16:

N. Salm / M. Waerder

Hartmann klingelte. Nein, er würde die beiden nicht erschießen. Natürlich nicht. Wenngleich M. nicht wirklich nett zu ihm gewesen war. Da, in der Hütte, als sie ihn einen Schnüffler nannte, obwohl die gefranste Unbekannte gar nicht wissen konnte, dass Rattkamp ausgerechnet einen Privatdetektiv mit der Geldübergabe beauftragt hatte.

»Erschießen wäre übertrieben.«

Die beiden hatten immerhin einen triftigen Grund, Rattkamp um ein paar Mäuse zu erleichtern. Na, zumindest Nadine hatte einen, denn für sie war beim Bürgermeister Rattkamp im Vorzimmer kein Platz. Und das hatte nicht unwesentlich mit ihrer sexuellen Ausrichtung zu tun und einer respektablen Einstellung was Rattkamps Schreibtisch anging.

Das waren eindeutig mildernde Umstände! Deshalb durften sie die 20.000 Mücken auch behalten, hatte Hartmann entschieden. Quasi als Schmerzensgeld.

Er drückte voller Vorfreude auf die Klingel. Nein, erschießen würde er die beiden Mädels ganz sicher nicht. Er hatte etwas viel Besseres mit ihnen vor.

* * *

»Streife Viktor 13/45 für Leitstelle.«

Der kleinere der beiden Streifenbeamten, der auf dem Beifahrersitz saß, griff zum Funkgerät. »Viktor 13/45 hört.«

»13/45, ich hab hier was Merkwürdiges. Fahrt mal nach Leuth, B 221, am *Kolibri* auf die B 509 bis nach Hombergen. Dann links ab. Da muss irgendwo weiter durch am Wittsee eine Jagdhütte sein. Mich ruft einer an, der angibt, dass man zwei Frauen in der Hütte eingesperrt und deren Auto entwendet hat. In dem Wagen befand sich deren Kleidung. Die Frauen in der Hütte sind also nackt. Fahrt trotzdem langsam und vorsichtig! Ich weiß nicht, ob an der Sache was dran ist. Hatte den Eindruck, der Melder platzt gleich vor Lachen. Ach ja, ich hab nach seinem Namen gefragt. Der Anrufer heißt Robin.«

Bleibachs Handicap

Manchmal ist es besser, das Telefon einfach mal klingeln zu lassen. Ignorieren. Gar nicht abheben. Kaum hatte ich nämlich den Hörer am Ohr, wurde ich mit kräftiger Stimme scharf angebellt. »Hansen? Ich muss Sie sprechen. Wir treffen uns um 14.00 Uhr auf dem Golfplatz. Ziehen Sie was Vernünftiges an, seien Sie pünktlich und reservieren Sie einen Golfcart.«

Ich, Helge Hansen, Marketing-Chef bei *Bleibachsteiner,* kratzte mich verärgert am Kopf. Na klasse! Das sah diesem aufgeblasenen Fatzke mal wieder ähnlich. Seinen Namen nicht zu nennen, weil man ihn ja schon an der Stimme erkennen musste, gar nicht mal in Betracht zu ziehen, dass ich vielleicht um 14.00 Uhr einen anderen, dringenden Termin hätte haben können, und dann natürlich wieder überhaupt nicht zu sagen, um was es geht.

Ich seufzte.

Der blasierte Spinner würde mich wieder einmal hinter sich her über den Hillesheimer Golfplatz ziehen, damit ich das neuste Handicap meines selbstgefälligen Firmeninhabers würde bewundern können. Schließlich wird er mir zwischen Loch Neun und Zehn irgendeine Belanglosigkeit zur Kenntnis geben.

Golf ist der größte Spaß, den man mit angezogenen Hosen haben kann ... Is klar! Für mich war Golf ein Spaziergang mit Hindernissen. Und wenn ich spazieren gehen möchte, dann geh ich mit dem Hund raus. Echt nervend.

»Mist!«

Natürlich hatte ich was Wichtiges vor. Was junges Blondes aus der Buchhaltung. Die süße Simone aus Steffeln war der hochgewachsene, schlanke, fleischgewordene Nachweis, dass der liebe Gott sich auch in der Vulkaneifel richtig Mühe gab. Der bezaubernde Sonnenschein war aus optischen Gründen für die staubtrockene Buchhaltung aber so was von überqualifiziert.

Außerdem hatten die im Radio für den späten Nachmittag ein mittelschweres Unwetter angekündigt. Golf im Regen, das machte nicht nur wenig, sondern überhaupt keinen Sinn.

»Mann!«

Aber ich konnte mir zurzeit keinen Widerspruch erlauben. In einer Woche würde sich mein Arbeitsvertrag bei einem der größten Mineralwasserproduzenten der Eifel automatisch um zwei weitere, gut bezahlte Jahre verlängern. Diese Woche musste ich also noch rumbekommen, ohne bei 18-Loch-Bleibach in Ungnade zu fallen. Seine Unterschrift unter meine Entlassungspapiere würde bedeuten, dass ich wieder für irgendwelche Versicherungen Klinken putzen könnte.

Niemals!

Also: Blondie absagen und Cart reservieren!

Drei Stunden später blickte ich zum wiederholten Male leicht angesägt auf meine Armbanduhr. Der große Meister des gepflegten Ballspiels ließ auf sich warten. Endlich bog Berthold Bleibach mit einer halben Stunde Verspätung in seinem Porsche Cayenne Turbo auf den Parkplatz.

Einige der anwesenden Altvorderen des Clubs rümpften pikiert die Nase, als Bleibach in eleganten, lässigen Bermudas von Bogner dem Fahrzeug entstieg und sportiv den noblen Salsa Golf-Bag mit den protzigen Graphit Premium Eisen aus dem Kofferraum hievte. Die halblangen Shorts waren neongrün-pink kariert und sahen aus wie ein Schachbrett auf Extasy.

Der sonnenbankbraune Bleibach bestätigte eindrucksvoll alle Klischees, die der Golfsport zu bieten hatte.

Ich blickte – scheinbar beiläufig – auf mein Zeiteisen.

»Hansen«, summte Bleibach munter. »Pünktlichkeit ist die Zier des kleinen Mannes. Es kann losgehen!«

Ich startete den Elektromotor des Golf-Carts, wir schnurrten los und erreichten wenige Meter weiter die Bahn Eins.

»Ich hab heute ein gutes Gefühl, Hansen«, dröhnte Bleibach und rammte den spitzen Holzstift in den Boden. »Jetzt mal ehrlich: Gibt es was Geileres als Golf?«

Ja, dachte ich. Die Simone aus Steffeln zum Beispiel. Ich hielt mich aber zurück.

Bleibach holte Schwung und rief. »Flieg, du kleine, weiße Sau!«

Fliegen tat der weiße Bridgestone dann auch. Nur nicht ganz so wie vorgesehen. Als der Ball nach links abdriftete und am Ende der Bahn – tückisch, tückisch – im Wasserhindernis landete, hatte ich zum ersten Mal die vage Hoffnung, dass das doch noch ein angenehmer Nachmittag werden könnte.

»Es ist nicht alles Golf, was glänzt«, kalauerte ich fröhlich.

»Hindernisse sind dazu da, um überwunden zu werden«, hatte Bleibach natürlich einen passenden Spruch zur Hand.

Von mir aus.

Auf den Bahnen Fünf und Sieben gingen zwei weitere Golfbälle im dichten Gestrüpp der Anlage für immer verloren. Der Sandbunker der Bahn Elf verhinderte ein akzeptables Gesamtergebnis. Bleibach brauchte fünf Versuche, die weiße Kugel mit dem Sandwedge aus der Kuhle zu chippen.

Schließlich stand ich zwei Bahnen weiter mit Bertold Bleibach am Loch Dreizehn und blinzelte in den dunkelgrauen Himmel. Wir befanden uns am vom Clubhaus entferntesten Loch der Achtzehner-Golfanlage und dieser Blick versprach nichts Gutes. In Kürze würde das in den Nachrichten angekündigte Unwetter mit Blitz und Donner und einer ganzen Menge Regen über uns hereinbrechen und Bleibach hatte sich noch nicht mal zum Thema geräuspert.

Er legte einen Golfball auf die hölzerne Abschlaghilfe und knurrte entschlossen. »Los! Jetzt aber!«

Weit ausgeholt – und mit Schmackes zischte die Kugel durch die gewitterschwüle Luft. Sie geriet aber wieder zu weit nach links und landete in einem ungemähten Seitenstreifen.

Ich unterdrückte ein Grinsen.

Bleibach fluchte grob, rupfte energisch die elegante Sonnenbrille von Oakley vom Nasenrücken und schob sie ins dichte, schwarz getönte Haar. »Kommen wir zur Sache, Hansen. Ich habe mich entschlossen, die Firma zum nächsten Ersten zu verkaufen. Mir wurde ein gutes Angebot unterbreitet. Ich habe angenommen und werde mich in Zukunft darauf konzentrieren, hier auf dem Golfplatz mein Handicap zu verbessern.«

Mir fiel die Kinnlade runter. Was sollte das denn jetzt?

»Zum nächsten Ersten?«, fragte ich entsetzt. Mir schwante Übles. »Jawohl.«

Er schob lässig seinen Schläger in den teuren Golfsack und zupfte einen Fussel vom Polohemd. »Beim neuen Arbeitgeber wird kein Platz für Sie sein. Sie sind also hiermit entlassen. Ich habe meiner Sekretärin aufgetragen, Ihre Papiere fertig zu machen. Die werde ich heute Abend unterschreiben und die können Sie sich morgen Vormittag im Büro abholen, wenn Sie Ihre Sachen zusammenpacken!«

Gar nicht weit weg krachte ein erster Donner.

Das durfte doch nicht wahr sein! Ich versuchte, das Zittern in meiner Stimme zu unterdrücken. »In der kommenden Woche hätte sich mein Arbeitsvertrag um zwei Jahre verlängert. Jetzt stehe ich komplett ohne Job da.«

Bleibach lächelte selbstgefällig, sein teures, goldenes Halskettchen glänzte. »Ich weiß. Deshalb bekommen Sie auch keine Abfindung. Mit meinen letzten Schlägen war ich auch nicht zufrieden, aber so ist nun mal die Situation. Mir gerät der Abschlag zu weit nach links, der Ball landet im Sand und Sie sind plötzlich arbeitslos.«

Wie benommen stieg in den Cart. Damit hatte ich jetzt … überhaupt nicht gerechnet.

Bertold Bleibach schulterte seinen teuren, protzigen Golfersack.

Ein Blitz zuckte. Den kommenden Regenguss konnte man praktisch schon riechen. Es wurde Zeit, von diesem baumfreien Abschlaghügel und vom Golfplatz runterzukommen.

Ich konnte es noch immer nicht fassen. »Wenn die Entscheidung schon gefallen ist, wozu bestellen Sie mich dann noch hierhin auf den Golfplatz? Da hätte doch auch ein Telefonanruf genügt?«

Er grinste mich in seiner ganzen selbstgefälligen Herrlichkeit breit an, seine strahlend weiß gebleachten Zähne funkelten. »Ich brauchte jemanden, der den Golf-Cart fährt.«

Das … Das war demütigender als eine Ohrfeige. Giftig startete ich den Elektrokarren und trat kräftig das Pedal durch.

»Heh!«, rief Bleibach. »Was soll der Quatsch? Sind Sie …?«

Den Rest verschluckte ein mächtiger Donner, dem der erwartete Platzregen folgte. Petrus hatte alle seine himmlischen Schleusen weit geöffnet.

»Dieses arrogante Arschloch«, murmelte ich und erkannte im Rückspiegel des kleinen Wagens, dass Bleibach im Regen wütend auf und ab hüpfte, wie ein wild gewordener Bergtroll. Ich fand, dass dabei sein fröhlich-buntes Outfit bestens zur Geltung kam.

»Blödmann!«

Sollte er doch durch den Regen zum Clubhaus zurücklatschen, in seinen feinen, handgefertigten Lederschuhen aus Italien. Ein bisschen Bewegung konnte nicht schaden, schließlich wollte er ja sein Handicap verbessern ...

Es blitzte und dem grellen Zickzack folgte sofort der Donner. Das Gewitter hing jetzt rabenschwarz und schwer direkt über uns.

Bleibach stand noch immer am Loch Dreizehn und schimpfte. Die Schläger in seinem Golfsack glitzerten vor dem dunklen Wolkenhintergrund.

Plötzlich zuckte der nächste Blitz grell vom Himmel. Funken sprühten. Und ich konnte Bleibach nicht mehr sehen.

Mir glitt entsetzt der Fuß vom Pedal. Der Wagen ruckelte. Langsam schob sich ein Grinsen in meine Mundwinkel. Denn ich bezweifelte ernsthaft, dass Bleibach heute Abend noch meine Entlassungspapiere würde unterschreiben können.

Ich trat das Pedal durch.

Und sein Handicap würde er auch nicht mehr verbessern.

Blau schillernder Feuerfalter

Harry hockte sich neben mich an die Theke und beugte sich zu mir rüber. »Ich hab was. Ein heißes Eisen.«

Harry und ich hatten in der Vergangenheit bereits drei oder vier Mal sehr erfolgreich zusammengearbeitet. Tankstellen, ein Baumarkt, ein Discounter, so was. Deshalb zeigte ich mich interessiert und hob fragend eine Augenbraue.

»Ein *ganz* heißes Eisen«, flüsterte Harry. »Kennst du Stadtkyll?«

Ich nickte. Stadtkyll kannte ich. Ich hatte beruflich mal in der Nähe zu tun gehabt. Irgendeine Bank in Prüm. Ein schöner, alter Ort. Vulkaneifel, um die 1500 Einwohner. An eine Sparkasse konnte ich mich allerdings nicht erinnern.

»Gibt es da eine Bank?«, fragte ich deshalb nach.

»Keine Bank.« Er rutschte noch ein bisschen näher heran. »Aber eine Hutmacherei.«

»Eine Hutmacherei?«

»Richtig.«

»Warum sollen wir in eine Hutmacherei einbrechen? Da ist doch nichts zu holen. Außer Hüte.«

»Wir wollen da nichts klauen. Pass auf! Wenn die Frau vom Prinz William in England demnächst zusammen mit der Queen ihrem Volk den frischen Nachwuchs präsentiert, dann machen die da im Buckingham Palast immer ein offizielles Foto. Die Königin von England wird einen Hut tragen. Sie trägt immer einen Hut. Und auf die Farbe des Hutes kann man wetten. Die Engländer wetten auf alles. Die Queen hat einen eigenen Hutmacher. Und das ist ein Deutscher. Ich hab jetzt den heißen, den *ganz* heißen Tipp bekommen, dass sich dieser Hut aus irgendeinem Grund in Stadtkyll und dort in der Hutmacherei befindet. Wir brechen dort ein, gucken welche Farbe der Hut hat und wetten eine fette Summe Geld drauf. Und zack, haben wir mehr Kohle in der Kasse, als ne Tankstelle am späten Pfingstmontag.«

Ich blickte meinen Kollegen nachdenklich an. Harry war schon ein wenig merkwürdig. In seinen Cowboystiefeln mit Absatz und Eisenspitze brachte er es auf bestialische Einmetersechzig. Sein ansonsten fein geschnittenes, puppenhaftes Gesicht zierte völlig unpassend ein übergroßer Zinken aus der gleichen Baureihe, aus der der liebe Gott auch Mike Krüger und Thomas Gottschalk einen mitgegeben hatte. Harry war ein schräger Typ, manchmal ein bisschen verrückt. Spontan ist vielleicht das schönere Wort, musste man mit umgehen können.

Andererseits war Harry in der Eigentumsbranche ein begehrter Partner. Harry war so einer, der sich ein Haus von außen ansah und dann wusste, welche Alarmanlage drinnen eingebaut war und wie sie schnell ausgeschaltet werden konnte. So einen hält man sich warm. Aber eine Hutmacherei? Wetten in England?

»Und?«, keuchte Harry heiser. »Bist du dabei?«

Ich zog die Nase hoch. »Stadtkyll ist immer einen Ausflug wert.«

* * *

Bis in die Eifel war es nicht weit. Ich gab meiner getunten Sportschleuder auf der A 1 fett die Sporen. Harry nutzte die Zeit, um mich über die englische Königsfamilie einerseits und den Luftkurort an der Kyll mit seinen Sehenswürdigkeiten und Highlights andererseits umfassend zu informieren. Er hatte sich mehrere Faltflyer, einen Eifelführer und die neue *Gala* besorgt.

Wir trafen zeitig ein und gönnten uns am Raiffeisen-Platz bei *Doppelfeld* einen leckeren Käsekuchen und zwei Kännchen Kaffee.

Anschließend überlegte Harry, sich im Friseursalon *Schmitz* einen feschen Kurzhaarschnitt verpassen zu lassen, was ich ihm aber ausreden konnte. Friseure sind sehr aufmerksame Zeitgenossen und Harrys beeindruckender Gesichtserker hatte einen höheren Wiedererkennungswert als die Hupen von Daniela Katzenberger. Ich bin da vorsichtig.

Stattdessen schraubte ich meine Karre den *Hasenberg* hoch, damit wir uns das begehrte Objekt unseres Einschreitens vorab bei Tageslicht anschauen konnten.

Die Hutmacherei befand sich in einem Wohngebiet, das flache, längliche Gebäude lag direkt an der Straße. Im rechten Teil des Hauses befand sich die Fabrik, im linken schienen die Inhaber zu wohnen. Ich wendete am Ende der Straße.

Nach dem zweiten Passieren rupfte Harry seine dunkle Sonnenbrille von der riesigen Nase. »Alles klar, kein Problem.«

Sehr gut. Ich lenkte unsere Kiste zurück Richtung Ortszentrum. In *Hildes Futterhäuschen* genossen wir zwei hervorragende Currywürstchen mit Pommes und Majo, für die alleine sich der Ausflug nach Stadtkyll schon gelohnt hatte.

Draußen dämmerte es inzwischen. Ich warf einen Blick auf meine Armbanduhr und mahnte zum Aufbruch. »Wir müssen los.«

Harry nickte und zahlte.

* * *

Wir hatten uns entschieden, zum eigentlichen, beruflichen Tätigwerden nicht mit meinem eigenen, auffälligen Sportwagen vorzufahren. Man kann nie ausschließen, dass ein

Nachbar mit Durchschlafstörungen zufällig aus dem Fenster guckte und sich einfach mal so ein Kennzeichen merken würde.

Muss nicht sein, kein Risiko!

Deshalb parkten wir meine Kiste abgesetzt, ich würde sie später wieder abholen kommen. Ein neuer, entsprechend geeigneter, fahrbarer Untersatz war im nahe gelegenen *Landal Green Ferienpark* schnell gefunden. Ich nickte rüber zu einem neutral-dunkelblauen Daimler, der ein wenig abseits auf dem Parkplatz stand und unter dessen Motorhaube sich ausreichend viele Pferdchen aneinander drückten.

»Der ist optimal.«

»Holländisches Kennzeichen?«, fragte Harry.

»Super. Holländische Kennzeichen kann sich keine Sau merken.«

Der Wagen war schnell klar gemacht. Nicht nur Harry hat seine bemerkenswerten Fähigkeiten.

* * *

Knappe zwanzig Minuten später sprang auch die Hintertür der Hutfabrik mit einem leisen Klicken auf. Harry drückte sich an mir vorbei nach drinnen, schritt im sich anschließenden Flur zielsicher auf einen hellgrauen Metallkasten zu, den er mit spitzen Fingern öffnete. Schnell drückte er ein paar Tasten und reckte mir mit triumphierendem Blick einen aufgerichteten Daumen entgegen.

Alles klar!

Der Rest war erst mal ein Kinderspiel. Ich war noch nie in einer Hutmacherei und hatte im Groben keinen Schimmer, was die ganzen Geräte, Maschinen und Schneidewerkzeuge zu bedeuten hatten. Ich erkannte verschieden grün, braun und grau durchgefärbte Filzarten. Ein riesiger Karton war beschriftet mit dem Wort *Stumpen*. Rohlinge schien man in Portugal zu ordern. Alles sah nach hochwertiger Handarbeit aus.

Es roch nach einer Mischung aus Tier und Kleber. In den Regalen und auf den Werktischen lagen mehrere Hüte. Aber woran erkennt man nun das royale Exemplar, das für die Queen zurechtgestrickt wurde?

Der fahle Lichtkegel meiner schmalen Taschenlampe fiel auf ein blaues Teil, das auf den ersten Blick ein wenig altmodisch daher kam. Sah aus, wie ein Fußball ohne Luft. Halt nur blau. Ich legte den Kopf schief. Neben der Kopfbedeckung lag ein großes Farbfoto, das einen Schmetterling zeigte.

»Blau schillernder Feuerfalter«, las ich die Bildunterschrift.

Harry nickte plötzlich heftig, leckte sich die Lippen und zückte eine kleine Digitalkamera. Er war ganz aufgeregt, knipste mehrere Fotos vom Hut und vom Schmetterling und winkte mich mit weit aufgerissenen Augen Sekunden später hektisch hinter sich her wieder nach draußen. Mir blieb kaum Zeit, vorm Rausgehen die Umgebung zu sondieren. Vorsichtig und leise schloss ich hinter uns die Eingangstür der Hutmacherei.

»Volltreffer«, jubelte Harry, nachdem er die Tür des Daimlers leise zugezogen hatte.

»Bist du sicher?«, fragte ich zweifelnd und startete den Wagen.

»Hundertprozent. *Deshalb* Stadtkyll: der Schmetterling. Das stand in einem dieser Faltflyer. Wo hab ich den? Die Tierwelt der Arnikawiesen. Borstgrasrasen, hab ich noch auf der Hinfahrt gelesen. Dieser blau schillernde Schmetterlingsdingsbums lebt nur in kleinen Populationen. Unter anderem in einer südlich von Stadtkyll. Und ganz klar: genau *den* Blauton wollen die Queen und ihr Hutmacher für die königliche

Kopfbedeckung haben. Herrlich. Wir sind so gut wie steinreich, mein Junge.«

Ich sagte erst mal nichts. Klang aber logisch. Ich hatte ein richtig gutes Gefühl, als ich den holländischen Daimler auf der B 51 raus aus Stadtkyll lenkte.

»Verdammt«, zischte Harry plötzlich.

Und dann sah ich es auch. Zwei Streifenwagen mit eingeschaltetem Blaulicht flogen auf uns zu.

»Die Alarmanlage«, maulte ich und spürte Blutdruck.

»Auf keinen Fall!«

Die Martinshörner jaulten uns entgegen, kamen näher … und passierten uns. Ich sah den beiden Copskarren im Rückspiegel hinterher, bis sie die Abfahrt Richtung Stadtkyll genommen hatten und hörte plötzlich einen dumpfen Schlag, hinten am Fahrzeug.

»Die Reifen?«, fragte Harry mit hochgezogenen Augenbrauen.

Ich fluchte in die frische Eifeler Luft. Das fehlte gerade, dass ich mit einem gestohlenen Wagen in der Pampa liegen blieb, gerade jetzt, wo es hier scheinbar von Streifenwagen nur so wimmelte. Rechts vor uns entdeckte ich eine Ausfahrt mit Hinweisschild.

»Arenbergisches Forsthaus«, las ich, trat volle Pulle die Bremse und quietschte den holländischen Daimler in die Ausfahrt.

»Was …?«

»Ich such ein stilles Plätzchen und guck mal eben schnell nach.«

Ich folgte dem schmalen, asphaltierten Waldweg, ließ links eine Wiese mit Schafen und rechts einen kleinen Wald liegen, bis ich an einem dunklen, unbeleuchteten Gebäude auf einen unbefestigten Wendeplatz stieß. Fluchend drückte ich mich aus dem Fahrersitz, stieg aus und trat hinten ans Fahrzeug. Bloß jetzt keine Reifenpanne. Ich bückte mich. Der linke Reifen war in Ordnung. Das Profil vom rechten: okay.

Es pockte.

»Was?«

Das kam aus dem Kofferraum.

Pock!

Ich schluckte, ertastete Übles ahnend den Metallgriff und riss mit einem Ruck die Blechklappe auf. »Verdammt!«

Da lag eine Frau im Kofferraum. Um die zwanzig Jahre alt. Lange blonde Haare, schlank, Joggingklamotten, teure Laufschuhe an den Füßen. Ein Klebestreifen pappte ihr überm Mund. Kreppband an den Fuß- und Handgelenken.

»Kacke«, flüsterte ich.

Weit aufgerissene Augen.

Harry trat plötzlich neben mich. »Scheiße!«

Er warf die Klappe zu.

Ich blickte ihn an. »Das ist unser Reifenschaden!«

»Das ist kein verfickter Reifenschaden. Das ist Scheiße!«

»Die müssen wir da rausholen«, nestelte ich wieder am Griff rum.

»Bist du irre?«, fragte Harry.

»Harry, die ist entführt worden. Das riecht da im Kofferraum nach Chloroform oder Äther. Die ist erst gerade wach geworden und hat von innen gegen den Kofferraumdeckel getreten. Wir müssen was tun.«

Harry griff sich hinten in den Gürtel. »Richtig, Kollege. Umlegen werden wir die!«

»Umlegen?«

»Natürlich!«

Ich verstand nicht. »Bist du bekloppt? Du kannst die doch nicht umlegen!«

Harry zog eine Pistole nach vorne. »Doch sicher. Ich habe eine Knarre.«

»Du kannst das Mädel nicht erschießen!«

»Klar, die Waffe ist geladen.«

Ich fuhr mir durchs Haar. Was lief denn hier falsch? »Wieso hast du überhaupt eine Knarre dabei?«

»Falls ich schießen muss«, flüsterte Harry genervt und blickte mich ungeduldig an. »Die Kleine ist offensichtlich entführt worden. Jetzt machen wir den Kofferraum auf und sie sieht uns. Sie wird denken, wir hätten sie entführt. Das erzählt sie der Polizei und wir zwei unschuldigen Burschen gehen in den Bau.«

»Das kann man ihr doch erklären, dass wir nichts mit der Entführung zu tun haben.«

»Nicht nötig. Ich leg sie um!«

»Harry!«

»Kerl, ich geh nicht wieder in den Knast. Selbst wenn sie uns aus der Entführung raus lässt, bleibt die Tatsache, dass wir den Wagen, in dem sie liegt, gestohlen haben. Die erkennt mich und meine Nase auf irgendeinem polizeilichen Lichtbild und ich fahr locker in den Knast. Kein Bock! Ich hab Bewährung! Ich leg sie um!«

Harry riss die Klappe auf und beugte sich über das Mädchen. Ehe ich reagieren konnte, wuchtete die drahtige Blonde ihre zusammengeknoteten Sportschuhe mit Schmackes mitten in Harrys Gesicht. Voll auf die Zwölf, mitten auf den riesigen Schnorchel. Ich nutzte blitzschnell die Gelegenheit und riss Harry die Knarre aus seinen Fingern. Sicher ist sicher. Hier musste niemand umgelegt werden.

»Knall sie ab, verflucht!«, rief Harry.

»Auf keinen Fall! Ich bin Einbrecher und kein Killer.«

»Du bringst uns in den Knast, Kerl!«

Aus dem Augenwinkel heraus sah ich plötzlich einen Schatten, am Gartentürchen links neben uns.

Eine tiefe, männliche Stimme donnerte: »He! Was ist da los?«

Harry und ich fuhren herum. An einem Türchen auf dem Gelände neben uns stand ein Mann. Breiter Brustkorb, mächtiger Vollbart. Durch die Gitter der Eisenpforte erkannte ich, dass er etwas in der Hand hielt. Eine Leine.

»Oha.«

Am anderen Ende der Leine fletschte ein fetter, großer, schwarzer Köter mit blutunterlaufenen Augen die Zähne und schnappte in Tötungsabsicht heiser und hungrig nach Luft.

»Nichts ist hier los«, murmelte ich fröhlich und schlug eilig den Kofferraum zu.

»Liegt da eine Frau drin?«

»Nein«, erklärte Harry.

Pock, krachte es im Kofferraum.

»Hab ich doch gesehen«, blieb der Alte hartnäckig.

»Dreharbeiten. Wir drehen einen Film. Eine neue Folge. *Mord mit Aussicht.*«

Der Alte vermisste wohl die Kameras. »Erzähl keinen Quatsch! Ist das eine Pistole? Ich hab die Bullen angerufen. Die kommen gleich!«

»Hör mal, du Einwegflasche«, knurrte Harry und machte entschlossen einen Schritt auf den Mann zu.

Der ruckelte an der Leine. Der Köter zu seinen Füßen grollte wie ein Erdbeben. Harry blieb sicherheitshalber sofort stehen.

Pock, krachte es wieder!

Ich tippte Harry an den Arm. »Los, lass uns abhauen!«

»Ihr wartet gefälligst, bis die Bullen da sind!«, kommandierte der Alte.

Äh … Taten wir nicht. Harry und ich wirbelten herum, rissen die Fahrzeugtüren auf und schwangen uns in den Wagen. Ich hatte den Daimler gerade gestartet, als ich das Paar Scheinwerfer bemerkte, das mit hoher Geschwindigkeit auf uns zuschoss.

»Verdammt«, knurrte Harry. »Die Bullen. Verflucht, sind die schnell. Gib mir die Knarre!«

»Du willst auf die Bullen schießen?«, rief ich entsetzt.

»Dazu sind Knarren da. Damit man damit schießt!«

Aber doch nicht auf Bullen, dachte ich, fuhr die Seitenscheibe runter und schleuderte die Pistole im hohen Bogen in den Wald.

»Was machst du?«, kreischte Harry.

»Die Bullen brauchen die Waffe nicht bei uns zu finden.«

»Womit soll ich uns jetzt den Weg freischießen?«

Ich antwortete gar nicht, sondern würgte den Wagen ab.

Es war ein alter Opel, den die Jungs zehn Meter vor uns knirschend in den Stand bremsten. Beide Türen flogen auf, zwei Zivilbullen in schwarzen Lederblousons sprangen heraus.

»Überlass mir das Reden«, brummte ich.

Harry wischte sich ein dünnes Blutfädchen von der Nase und ruckelte vorsichtig am Zinken. »Die hat mir die Nase gebrochen. Wir hätten die Blonde umlegen sollen.«

Ich war irgendwie froh, es *nicht* getan zu haben, denn sonst hätten wir den Bullen keine blonde, sondern eine tote Frau im Kofferraum anbieten dürfen. Das *ist* ein Unterschied.

Ich würde den Cops jetzt die Sache mit dem Einbruch in die Hutfabrik verklickern und das irgendwie als groben Scherz darstellen. Man würde uns schon nicht den Kopf abreißen und …

Die Kugel schlug genau zwischen Harry und mir durch die Windschutzscheibe.

»Himmel!«

Eine zweite Kugel ließ die Scheibe knirschend in sich zusammenrieseln.

»Die schießen auf uns!«, kommentierte ich das Offensichtliche.

»Was sind das denn für Bullen?«, bellte Harry.

»Gar keine!«, brüllte ich und startete den Wagen.

Gleichzeitig duckte ich mich tief in den Sitz. Es krachte wieder. Auch Harry ließ sich im Sitz zusammensinken. Ich trat den rechten Fuß direkt bis in die Ölwanne und gab Gas.

Der Motor heulte. Der schmale Weg war allerdings nicht breit genug für zwei Autos. Fast blind raste ich trotzdem auf die Kiste vor uns zu. Ohne erkennen zu können, ob einer der beiden Kerle vor uns im Weg stand.

Es rummste dumpf.

Einer der beiden Typen hatte *tatsächlich* im Weg gestanden. Die Karre rammte ihn hoch und hebelte ihn durch die Luft. Der Kerl krachte über die Motorhaube und blieb da liegen, wo mal eine Windschutzscheibe den Wind hätte abhalten können. Für Sekundenbruchteile trafen sich mein Blick und der sehr überraschte seine. Ich hämmerte ihm mit meiner Faust ein freundliches Hallo mitten in die Fresse. Der Hieb schubste ihn nach links von der Motorhaube.

Nochmals wurde geballert. Mehrmals. Es schepperte und zischte. Ich gab wieder Vollgas und rammte unseren Daimler schrammend am Wagen der Kerle vorbei. Blökend flüchteten ein paar Schafe.

Der Kerl hinter uns ballerte derweil die Heckscheibe in Splitter. Meine Ohren pfiffen. Ich brachte Meter zwischen uns und hörte durchs Ohrenpfeifen ein Martinshorn.

»Das werden die echten Bullen sein!«

Ich hielt mich rechts. Neben der eigentlichen Bundesstraße war eine Nebenfahrbahn aus Sand. Ich löschte das Licht und gab Vollgas. Im Rückspiegel entdeckte ich einen Streifenwagen mit Blaulicht, der hinter mir nach rechts Richtung *Forsthaus* abbog. Die Cops würden sich jetzt dieser beiden Typen annehmen.

Ich war mir inzwischen sicher, dass die beiden Pistolenmänner mit unserer weiblichen, gefesselten Kofferraumladung in unmittelbarem, ursächlichem Zusammenhang standen. Aber wieso hatten die zwei Knallschoten gewusst, dass wir auf der Ausfahrt zum *Forsthaus* eine Pause eingelegt hatten.

Befand sich ein Peilsender am Wagen?

Harry hockte immer noch stumm und in sich zusammengesunken im Beifahrersitz. Immer besser, als wenn er mir mit mörderischen Vorschlägen in den Ohren liegen würde. Zum Beispiel anzuhalten, um die Blonde im Kofferraum in Ermangelung einer Schusswaffe zu Tode zu würgen. Oder ähnliches.

»Die Blonde«, durchfuhr es mich plötzlich.

Ich bremste, die Reifen kratzten in den Stand. Kein Peilsender! Aber vielleicht hatte das Mädchen ein Handy in der Tasche. So eines mit GPS, das geortet werden konnte. Deshalb hatten die Gauner uns sofort gefunden. Und deshalb würden uns auch die Bullen finden, wenn sie erst mal nach uns suchten. Um uns zu orten, brauchten sie nur die Telefonnummer der Kleinen und die dürften sie schon lange haben.

»Kacke!«

Auf jeden Fall: Das Ding würde uns ein zweites Mal verraten und musste unverzüglich verschwinden. Ich sprang aus dem Sitz und hastete hinten an den Kofferraum, um …

»Mist!«

Ein paar Mal hatte der Typ mit der Knarre hinter uns her geballert. Ein paar Mal hatte er das Fahrzeug getroffen. In feinen Abständen erkannte ich drei Einschusslöcher im Kofferraumdeckel.

»Scheiße!«

Ich schluckte. Die Abstände lagen nebeneinander und waren so platziert, dass sie die Blonde im Inneren des Kofferraumes kaum verfehlt haben konnten. Mir fiel auf, dass es im Kofferraum nicht pockte. Ich strich mir durchs schweißnasse Haar und öffnete mit zittrigen Fingern den Kofferraum, bereit, in ein lebloses Paar weit aufgerissener Augen zu starren.

Und sie waren weit aufgerissen, die Augen.

»Mach mir die Fesseln ab«, zischte sie mit einem leichten Akzent in der überraschend festen Stimme.

Die Blonde hatte den Klebestreifen vom Mund gestreift. Blut und dazugehörige Löcher konnte ich an und in ihrem schlanken Körper nicht ausmachen. Gut. Ihre Sportklamotten saßen eng, die rechteckige Beule in ihrer Jogginghose vorne rechts war deutlich zu sehen. Ich passte auf, dass ich mir keinen Tritt einfing und griff zu.

»Fass mich nicht an, du Schwein!«, deutete sie mein zudringliches Ruckeln falsch, aber ich fischte nur schnell ein teures iPhone ans Licht, grunzte zufrieden und warf das Teil im hohen Bogen davon.

»He! Was soll das?«, rief sie.

Ich klärte sie umfassend auf, indem ich die Klappe mit Schmackes wieder zuschlug. Zügig flutschte ich wieder zurück auf den Fahrersitz.

»Mann, der Kofferraum ist ein Sieb, aber die Kleine ist unverletzt«, flüsterte ich Harry zu.

Der antwortete nicht und ich fand, dass mein Kollege für seine Verhältnisse schon außergewöhnlich lange nichts mehr gesagt hatte. Im fahlen Licht der schnell angeknipsten Deckenbeleuchtung musterte ich besorgt meinen Beifahrer. Harry hatte sich gar nicht tiefer in den Sitz geruckelt. Er war in sich zusammengesackt. Schlapp und kraftlos. Das hatte ganz, ganz sicher mit dem roten, immer größer werdenden Blutfleck vorne in seinem Hemd zu tun.

»Harry!«

Ich sprang wieder aus dem Wagen und riss erneut die Klappe auf.

»Wo ist hier das nächste Krankenhaus?«, herrschte ich die Blonde an.

»Erst will ich hier raus!«

»Wo ist hier das nächste Krankenhaus?«, fragte ich noch mal, in gesenkter Stimmlage und mit zusammengezogenen Augenbrauen, die milde andeuteten, was geschehen würde, wenn ich nicht zügig eine brauchbare Antwort bekäme.

»In Prüm«, antwortete Blondie.

Ich schlug den Deckel wieder zu. Prüm kannte ich. Da hatte ich mal beruflich zu tun …

* * *

Drei Tage später saß ich mit aufgeschlagener Zeitung am Frühstückstisch. Die Blonde aus dem Kofferraum war aus den Schlagzeilen raus und brachte es nur noch auf die dritte Seite. Sie war die Tochter eines niederländischen Industriellen. Amsterdamer Unterweltgrößen hatten ihre Entführung in Auftrag gegeben, die Eifeler Polizei hatte die beiden Burschen am *Forsthaus* dingfest gemacht.

Ich hatte der Blonden noch im Kofferraum liegend und mit energischen Worten erklären können, dass Harry und ich mit ihrer Entführung nichts zu tun hatten. Nachdem sie mir das endlich abgenommen hatte und ich ein wenig verdiente Dankbarkeit einfordern konnte, war ich aus dem Schneider.

Harry wäre auch aus dem Schneider gewesen.

Immerhin hatten die Ärzte ihm im Krankenhaus mit einer Notoperation das Leben retten können. Jetzt saß er ein, weil er in einem gestohlenen Wagen unterwegs gewesen war und somit gegen Bewährungsauflagen verstoßen hatte.

Nun ja. Ich konnte ihn trösten und blätterte noch mal auf die Erste Seite. Es waren Neuigkeiten aus England, die unsere blonde Holländerin mit dem lockeren Tritt von der ersten Seite verdrängt hatten. Die königliche Familie aus England strahlte auf dem offiziellen Präsentationsfoto mit dem frischen, männlichen Thronfolger um die Wette. Ich fand die Ohren des kleinen George ein wenig groß. Lag aber wohl in der Familie.

Die Queen sah blendend aus und trug einen blauen Hut passend zum Kostüm. Den Ton würde ich als Blau schillernder Feuerfalter-Blau bezeichnen.

Und Harry und ich, wir hatten in England verdammt viel Geld genau auf diese Farbe gesetzt.

Feine Spitze

Hartmann lugte vorsichtig um die Häuserecke. Vor ihm ruhte still der Düsseldorfer Weihnachtsmarkt.

Hinter ihm knurrte Angie: »Zwei Uhr nachts. Was für eine Schnapsidee!«

Auf der gegenüberliegenden Seite des Rathausplatzes klackerten plötzlich Pfennigabsätze über das Kopfsteinpflaster. Eine Frau lachte hell.

»Es geht los«, zischte Hartmann.

Geduckt huschten die beiden an die Rückseite des Standes mit den Weihnachtsbäumen. Im Laufen friemelte Angie einen Seitenschneider aus der Jacke. Sie erreichten einen Maschendraht, der die Tannen vor Diebstahl sichern sollte. Es aber nicht tat. Denn wie ein heißes Messer durch Butter, glitt Angies scharfer Kneifer durchs Metall.

Hartmanns Einbrecherkumpel deutete auf den erstbesten Baum, der wie alle anderen in einer hellen Netzpelle steckte. »Nimm den!«

»Nee«, zögerte Hartmann. »Die Spitze ist nicht schön. Und die Krone braucht fünf Zacken, sonst sieht es nicht aus.«

Angie drohte mit dem Seitenschneider. »Ich kann dir auch fünf Zacken in die Krone ritzen! Mach hin!«

Hartmann sondierte, Angie schwoll der Kamm. »Den da vorn!«

»Nee, der sieht so verwachsen aus.«

»Du siehst auch verwachsen aus!«

Hartmann rupfte eine Tanne aus der Halterung. Und geriet ins Trudeln. Der Weihnachtsbaum schwankte von links nach rechts und drohte jeden Moment zu Boden zu krachen. Angie sprang eilig hinzu und schenkte Hartmann einen zornigen Blödmannsblick.

»Der hier, der ist perfekt«, freute sich Hartmann.

»Ich vorne, du hinten!«, kommandierte Angie.

Auf der anderen Seite des Weihnachtsmarktes wurde immer noch frech gekichert.

Hastig eilten sie zurück um die Häuserecke und wurden dort von Hartmanns altem Schulfreund Schotter erwartet, der die Tür zu einem Kastenwagen geöffnet hielt.

»Fein aufgepasst«, lobte Hartmann, als Angie und er den Baum auf die Ladenfläche schoben.

»Fein aufgepasst?«, meckerte Schotter, in seinem Gesicht leuchteten hellrote Panikflecken. »Du hast gesagt, du brauchst mich und einen Firmen-Sprinter ganz dringend für einen Umzug.«

»Der Weihnachtsbaum zieht um.«

»Steigt ein!«, maulte Angie. »Wenn ich von den Bullen beim Weihnachtsbaumklauen erwischt werde, is mein Ruf in der Branche auf ewig ruiniert.«

Schotter kletterte auf den Fahrersitz, Hartmann quetschte sich zu Angie auf die Beifahrerbank. Im gleichen Moment näherten sich eilig stöckelnde Schritte. Regenrinnen-Rita drängte sich mit vor Aufregung geröteten Wangen zu ihnen ins Fahrerhaus. »Junge, war das spannend. Ich lenk den Sicherheitsdienst ab, ihr klaut die Ware und der Fluchtwagen wartet um die Ecke. Wie bei *Mission Impossible.*«

»Mission *Plem-Plem*!«, grantelte Angie.

Schotter fuhr ruckelnd los. Regenrinnen-Rita summte. »Ich find das toll von dir, Chrissie!«

»Krake hat so traurig geguckt«, erklärte Hartmann. »Er wünscht sich einen ordentlichen Baum, um Heiligabend drunter singen zu können. Aber so richtig schön, sagte er, singt es sich nur unter einem Baum, der geklaut is. Selber kann er mit seinem einen Arm ja wohl keinen Baum klauen gehen.«

Regenrinnen-Rita nickte zustimmend. Angie verdrehte die Augen, Schotter schaltete das Autoradio ein.

Last Christmas von *Wham*.

Hartmann warf einen Blick auf die Ladefläche. Fünf Zacken und eine feine Spitze.

»Weihnachten kann kommen!«

Fünftausendvierhundertzweiundzwanzig Pflastersteine

Klack. Klack. Klack.

»Pit?«

»Ich bin hier draußen.«

Tante Irmgard, im geblümten Kittel, trat neben mich auf die Terrasse und drückte mir einen warmen, dampfenden Becher mit frischem Kaffee in die Finger.

»Schön, dass du endlich mal wieder Zeit für deine alte Tante hast«, seufzte sie, ohne einen leichten Vorwurf gänzlich im freundlichen Tonfall verstecken zu können.

Was sie wahrscheinlich auch gar nicht vorhatte.

Ich lachte meine Lieblingsverwandte an. »Es ist immer was zu tun. Aber heute habe ich Rufbereitschaft, da kann ich zu Hause sowieso nichts Gescheites anfangen. Und da dachte ich mir, fahr ins gemütliche Kevelaer und guck mal nach deiner lieben Patentante. Und ihrem Erbe.«

»Sehr charmant, Junge, sehr charmant«, lobte Tante Irmgard.

»Wie sie auch geraten – sie kommen auf die Paten. Weißt du doch.«

Ich nickte in Richtung des dunkelbraun gestrichenen Bretterzauns, der ihr Grundstück vom Garten der Nachbarn trennte. »Was ist das denn für ein komisches Klackern?«

»Och, wahrscheinlich schichtet er im Garten wieder einen Haufen Pflastersteine um. Die neuen Nachbarn sind erst vor zwei Monaten eingezogen, aber den Steinhaufen hat er schon dreimal von links nach rechts gestapelt. Vermutlich sitzt seine Frau derweil wie immer in ihrer schicken, gelben Hollywoodschaukel, lackiert sich die Fingernägel und guckt ihm dabei zu.« Tante Irmgard schüttelte unwillig den Kopf. »Die bleiben da nicht lange wohnen.«

»Aha«, sagte ich.

Und wunderte mich. Denn der besagte, braune Lattenzaun war gute ein Meter achtzig hoch und Tante Irmgard brachte es selbst auf Zehenspitzen nur auf die Größe von Inge Meysel.

»Woher weißt du überhaupt, wo die Frau sitzt, wenn der Mann die Pflastersteine durch den Garten schleppt?«

Das hatte sie *ganz genau* verstanden.

Ihre hellwachen Augen funkelten gefährlich. »Weiß ich gar nicht. Was meine Nachbarn in ihrem Garten machen, geht mich doch gar nichts an. Es interessiert mich auch nicht. Aber in dem Zaun, links neben der Birke, ist ein kleines Loch. Das ist mir irgendwie mal aufgefallen, als ich, äh, da am Baum irgendwas gemacht habe. Da habe ich zufällig durchgeguckt und gesehen, dass sie in der Schaukel sitzt, während er die doofen Steine von links nach rechts trägt. Zumindest jedes Mal, äh, wenn ich geguckt habe.«

Ich unterdrückte ein Grinsen und nippte am Kaffee, der wie immer köstlich schmeckte. »Ich gehe mal rüber und stell mich vor.«

»Wieso das denn?«

»Das sind schließlich deine Nachbarn. Vielleicht finden die dich als Erste. Ich meine, im Falle eines Falles. Und dann will ich zügig informiert werden. Also, im Falle eines Falles.«

Sie stach mir zankend einen ihrer spitzen Zeigefinger in die Seite. Ich folgte dem Klackern bis in die Mitte des Gartens und reckte meine Nase über den braunen Lattenzaun.

»Guten Tag«, rief ich rüber. »Ich bin der Neffe Ihrer Nachbarin und wollte kurz Hallo sagen.«

Der Mann auf der anderen Seite des Zauns war genauso alt wie ich, also um die fünfundvierzig, und hatte einen Oberkörper, wie ihn sich sportliche Kanadier beim Bäumefällen antrainieren. Er trug ein dazu passendes blau-weiß kariertes Flanellhemd, dessen aufgekrempelte Ärmel zwei kräftige Unterarme freilegten, die in etwa den Umfang meiner Waden hatten.

Und ich spiele regelmäßig Fußball.

»Hallo«, grüßte der Bass zum kanadischen Brustkorb zurück.

Der Mann stoppte das Klackern.

Ich musterte einen prächtigen Haufen bunter Pflastersteine. »Da ist ja noch einiges zu tun. Das sind ja mindestens acht Kubikmeter.«

»Insgesamt sind es zehn. Das sind exakt 5422 Steine. Das weiß ich genau, denn beim zweiten Mal Umschichten habe ich mitgezählt.«

Er schniefte, griff nach unten und öffnete zischend eine Dose Bier. »Auch eine?«

»Danke, ich habe Rufbereitschaft und muss vielleicht noch Auto fahren.«

Er zuckte mit den Achseln und kippte den Inhalt der Dose in einem Zug gluckernd in den Hals. Pflastersteine in eine Schubkarre zu stapeln und sie bei sengender Hitze durch den Garten zu fuhrwerken, machte offensichtlich sehr, sehr durstig.

»So ein großer Garten ist viel Arbeit«, behauptete ich mitfühlend, ohne es eigentlich ganz genau zu wissen, nur um etwas Freundliches zu sagen.

Er schnippte die leere Dose unter einen Rhododendron und zog eine Grimasse. »Ich wollte keinen Garten. Mir hat der kleine Balkon in unserer Wohnung in Krefeld vollkommen gereicht. Der war groß genug, dass man einen Kasten Bier draußen kühlen konnte. Hat mir gereicht, aber …« Er warf einen Blick Richtung Hollywoodschaukel, die leer vor sich hindöste. »Nicht alle sind so leicht zufriedenzustellen wie ich. Und da muss es schon mal ein kleines Häuschen auf dem Land sein.«

Ich nickte auf ein paar Tomatenstauden, die vor dem Steinstapel zwischen uns auf dem Rasen lagen. »Mit Tomaten aus dem eigenen Garten.«

Er verdrehte genervt die Augen. »Die pflanze ich jetzt schon das dritte Mal ein. Erst standen die da vorne an der Terrasse, aber da ist zu viel Schatten.«

»Tomaten brauchen eine ganze Menge Sonne, sonst werden die nichts.«

»Ach ja?«, knurrte er in einer gefährlichen Tonlage, die geeignet war, mir sämtliche Nackenhaare in die Senkrechte zu kommandieren. Ich nahm mir vor, nicht mehr zu klugscheißern.

»Dann habe ich sie ganz hinten am Ende des Gartens eingepflanzt. Da scheint die Sonne so schön. Genau dahin, wohin ich vorher die Steine geschleppt hatte. Die hatte ich ja extra dorthin getragen, damit sie da liegen bleiben können und in den nächsten zehn Jahren niemanden stören. Dort kriegen die Tomaten jetzt genug Sonne, aber sie stehen sehr weit vom Haus weg. Das ist schlecht. Weges des Wässerns.«

Tomaten brauchen viel Wasser, dachte ich, behielt es aber vorsichtshalber für mich.

»Am besten, meint meine Frau, passen sie doch hierhin. In die sonnige Südseite des Gartens. Sonnig und nah am Haus. Hierhin, wo die Steine liegen, weil sie ja hinten weg mussten. Wegen der schisseligen Tomaten.«

Drei mal 5422 Steine rechnete ich im Kopf kurz nach.

»Na ja«, zischte er und packte einen der Pflastersteine. »Mittlerweile kann ich mit den Dingern ganz gut umgehen.«

Er schleuderte den Stein aus dem Handgelenk heraus Richtung Rhododendron und traf exakt die leere Bierdose, die scheppernd ein Stück zur Seite sprang.

»Na?«

»Treffsicher wie Robin Hood«, lobte ich und verabschiedete mich kurz darauf.

»Bis dahin«, brummte er mir noch zu.

Tante Irmgard erwartete mich auf der Terrasse mit einem neuen Becher Kaffee. »Und?«

»Er versteht nichts von Tomaten und kann ganz gut mit Steinen schmeißen«, sagte ich.

Bis dahin, hatte er gesagt. *Bis dahin* war drei Wochen später.

Ich passierte das Kevelaerer Marienhospital, überquerte den Bahnübergang, bog mit meinem Dienstwagen von der Bahnstraße nach rechts in die Marienstraße und grüßte im Vorbeifahren den Betreiber des dortigen Kunstcafés, der gerade dabei war, sein Geschäft zu öffnen. Ins Café ARTig könnte ich demnächst mal Tante Irmgard auf eine leckere Crêpe einladen.

»Eins nach dem anderen.«

Zunächst stellte ich den Wagen ein paar Meter weiter am Fahrbahnrand ab. Tante Irmgard war nicht zu sehen. Ich ging gleich nach nebenan. Nachher würde ich ihr ohnehin alles brühwarm erzählen müssen. Natürlich. Vermutlich lugte sie sowieso gerade rein zufällig durchs Loch im Lattenzaun.

Ich ging rechts am Haus vorbei gleich in den Garten, wo mich zwei uniformierte Kollegen erwarteten.

»Morgen!«, grüßten beide gleichzeitig.

»Morgen!«

»Die Spurensicherung ist links um die Ecke auf der Terrasse.«

»Danke.«

Spurensicherung war heute Wolfgang, ein vollschlanker Kollege, der sich bei den gut und gerne dreißig Grad im Schatten einige seiner 260 Pfund durch die Poren schwitzte.

Neben ihm stand der muskulöse Holzfäller, der, als er mich sah und erkannte, seine buschigen Augenbrauen verärgert hochzog. »Was wollen Sie denn hier?«

Ich schob ihm die rechte Hand entgegen. »Pit van Arcen, Kripo Krefeld«, erklärte ich.

»Sie sind bei der Kripo?«

»Deshalb seinerzeit die Rufbereitschaft«, erklärte ich und knetete mir unauffällig die schmerzenden Finger wieder gerade. Mann, hatte der Kerl einen Griff!

Wolfgang räusperte sich. »Übersichtliche Sache hier. Das ist Herr Dieter Krawczyck. Er hat dort …« Wolfgang deutete auf den Steinhaufen, der auf der linken Seite des Gartens lag. » … mit seiner Frau, Marita Krawczyck, Pflastersteine umgestapelt. Die beiden haben sich die Steine aus geringer Entfernung zugeworfen. Dabei ist ihm ein Stein aus der Hand gerutscht. Der hat seine Frau ganz unglücklich an der Schläfe getroffen. Sie klappte auf der Stelle zusammen und zwar dort.«

Er deutete auf eine braune Wolldecke, die ausgebeult auf dem Rasen lag. An einem Ende der Decke guckten zwei schlanke Beine hervor. Modische Slipper. Mit Strasssteinchen.

»Der Notarzt ist schon weg. Frau Krawczyck ist tot.«

»Hm«, sagte ich. »Irgendwelche Spuren?«

»Was denn für Spuren? Der Stein liegt da, die Tote dort und der Verursacher steht neben dir. Was denn für Spuren?«

Ich ließ ihn einfach stehen und ging rüber zum Stein. Ein quadratischer, acht Zentimeter dicker Cobblestone. An einer Ecke klebte ein wenig rote Flüssigkeit.

»Das Rote an dem Stein ist Blut, Kollege.«

Ich seufzte. Wenn es heiß wurde, war Wolfgang schwierig. Das hatte was mit seinem Wasserhaushalt zu tun. Der lief ihm dann nämlich gleich literweise den massigen Rücken runter und bildete zu seinen breiten Füßen Lachen erheblichen Ausmaßes.

Sonst war er eigentlich ein Netter.

Ich ging rüber zur ehemaligen Nachbarin meiner Tante, lupfte die Decke und sah in ein blasses, aber hübsches Gesicht. Mit einer kleinen Macke an der Schläfe.

»Kleine Macke, große Wirkung«, murmelte ich und lüftete die Decke ein bisschen weiter. Sie hatte Arbeitshandschuhe drüber gezogen.

Bestimmt wegen der Fingernägel!

Krawczyck murmelte: »Ich habe schon den ganzen Vormittag im Garten gearbeitet. Dann hat sie mit angepackt. Klappte ganz gut. Geht einfach besser zu zweit. Aber plötzlich ist mir einer der Steine aus der Hand geflutscht. Sie hatte sich gebückt, sah den Stein nicht kommen, richtete sich auf und kriegte das Ding direkt an die Schläfe. Verdammt.«

Er fuhr sich mit einer Pranke über die Augen.

Ich ging rüber zur Hollywoodschaukel. Der saubere, gelbe Stoffbezug der Auflage blendete im Sonnenlicht. Ein roter Fleck stach sofort ins Auge. Die beiden Männer waren mir gefolgt.

Ich deutete auf den Fleck.

Wolfgang zog eine Grimasse. »Dem Kommissar ist der Fleck aufgefallen? Aha. Ist es Blut? Nein, ist es nicht. Es ist Farbe.«

»Farbe?«

»Farbe! Kein Blut. Farbe. Das habe ich schon gecheckt, denn … Ich bin der von der Spurensicherung.«

Ich blickte hoch, Krawczyck in die ausdruckslosen Augen. Der sagte nichts. Ich griff mir hinten an den Gürtel und zog die Handschellen hervor.

Wolfgang blinzelte überrascht.

»Ich muss Sie festnehmen und Ihnen die Handschellen anlegen.«

»Was …?«

Ich ließ es schnell zweimal klicken, bevor Krawczyck einen Baum ausreißen und mit ihm nach mir schlagen konnte. Dann ging ich rüber zur Wolldecke, hob sie an und legte einen ihrer Arme frei. Der Toten zupfte ich vorsichtig den Arbeitshandschuh von den Fingern und legte ihn ins Gras.

»Drei Sachen werden wir feststellen, Krawczyck. Frische Nagellackspuren an den Innenseiten der Handschuhe Ihrer Frau. Dieser Nagellack wird identisch sein mit dem Nagellack, der sich auf dem gelben Bezug der Hollywoodschaukel befindet. Und drittens werden wir feststellen, dass sich Ihre Frau die Finger nicht zu Ende lackiert hat, sondern zwischendurch, nun ja, unterbrochen wurde.«

»Aber … ich habe meine Frau nicht erschlagen«, maulte Krawczyck.

»Nee, nicht erschlagen. Die Gattin hätte womöglich Zicken gemacht, wenn Sie mit rotem Kopf und einem Pflasterstein in der Hand schnaufend auf sie zugegangen wären. Nein, Ihre Frau saß wie üblich in der Schaukel und hat sich die Fingernägel lackiert. Vom Steinhaufen bis zur Schaukel sind es sechs, sieben Meter. Dann hat Ihre Frau eine dumme Bemerkung gemacht. Oder sie hat festgestellt, dass die Tomaten im Vorgarten noch mehr Sonne abkriegen und dort viel besser stehen würden. Auf jeden Fall haben Sie ihr daraufhin den Stein an den Kopf geworfen. Ihre Frau starb in der Hollywoodschaukel. Aber bei der Aktion ging das Nagellackfläschchen zu Bruch. Die Splitter räumten Sie weg, den Nagellack wischten Sie vom Steinpflaster. Aber Sie machten einen Fehler. Sie zogen den gelben Bezug mit dem roten

Lackfleck nicht ab. Vielleicht fehlte die Zeit. Na ja. Und deshalb nehme ich Sie jetzt wegen Mordes fest.«

»Ich wollte nie einen Garten«, knurrte Krawczyck. »Ich wollte nie raus aufs Land. Kevelaer … Auf dem Land muss man immer mit den Nachbarn quatschen. Das bringt nur Scherereien! Rufbereitschaft haben Sie gehabt? Die Nachbarin ist Ihre Tante? Scheiße! Aber ich lasse mir keinen Mord anhängen. Ich wollte sie nicht umbringen. Der Stein hat sie ganz unglücklich getroffen!«

Ich legte die Decke zurück, bedeckte den Arm der Toten und hob einen der 5422 Pflastersteine vom Stapel.

»Das müsste Ihnen der Richter dann aber abnehmen. Ich tu es nicht! Der Pflasterstein ist genau da gelandet, wo er hin sollte. Sie hatten ja genug Zeit zum Üben.«

Einer der beiden Uniformierten legte eine Hand auf Krawczycks Oberarm. »Können wir dann?«

Der Mann ließ sich widerstandslos abführen.

Wolfgang bückte sich schnaufend, packte den blutverschmierten Pflasterstein in eine durchsichtige Plastiktüte, wischte sich mit einem riesigen, blauweiß karierten Taschentuch Schweiß aus der Stirn, murmelte irgendwas und schleppte sich und das Beweisstück hinterher.

»Treffsicher wie Robin Hood«, rief ich Krawczyck noch hinterher.

Jetzt rüber zur Tante Irmgard. Berichten! Mal wieder recht hatte sie gehabt. Die beiden sind wirklich nicht lange ihre Nachbarn gewesen.

Ich warf meinen Pflasterstein zurück auf den Steinhaufen.

Klack.

Die schrecklichen Hunde von Barrymore Castle

Das Telefon störte beim Kreuzworträtsel.

»Unerfreulich.«

Bassist der Gruppe *The Jam,* sechs Buchstaben. *Foxton* trug ich ein und hob ab. »Jack Reese, Ermittlungen aller Art.«

Der Mann am anderen Ende der Leitung atmete laut durch. »Reese, kennen Sie sich mit Hunden aus?«

»Ich habe neulich beim Rennen in der Chingford Road auf einen Hund namens *Brilliant Snail* gewettet.«

»Wollen Sie mich auf den Arm nehmen?«

»Ich weiß es nicht, Sir. Ich weiß ja nicht mal, wer Sie sind.«

Der Mann schnaufte. »Lord Alf Barrymore en Roses.«

Oha. Ich raschelte die *Times* zur Seite. Lord Alf Barrymore und die dazugehörigen Rosen war allerfeinster, britischer Hochadel. MBE, House of Lords und so weiter, großes Anwesen im Westen unserer schönen Insel. So reich, dass es schon peinlich war.

»Reese, ich vermisse meinen Hund.«

»Ähm ...«

»Es ist natürlich nicht irgendein Hund.«

»Natürlich nicht.«

»Es handelt sich um Shawn of the Rising Rainbow. Ich möchte, dass Sie ihn wiederfinden."

»Lord Barrymore, mit allem Respekt, aber ich glaube, ich bin in dieser brisanten Situation nicht der richtige Ansprechpartner. Es gibt etablierte Institutionen mit jeder Menge Sachverstand, die ...«

»Sie sind mir empfohlen worden.«

Ich stutzte. Ich war ein recht erfolgreicher Privatermittler, meine Agentur im Londoner Stadtteil Kensington lief blendend, aber ich wunderte mich doch, dass sich meine Fähigkeiten bis in höchste Adelskreise Englands herumgesprochen hatten.

»Empfohlen? Von wem?«

»Von ihr.«

»Wer ist *ihr*?«

Er schwieg. Salbungsvoll. Von ihr? Oh. Also … von *ihr*!

Jetzt war ich doch sprachlos. Fast. »Wir hatten nur einmal ganz kurz und eher beiläufig miteinander zu tun«, murmelte ich in den Hörer und erinnerte mich an das einzige Mal, bei dem ich meiner hochverehrten Königin in einer privaten Angelegenheit beratend hatte zur Seite stehen dürfen.

»Kurz und eher beiläufig. Das ist mir klar, Reese. Und? Übernehmen Sie den Fall?«

»Unter diesen Umständen …«

»Ich erwarte Sie gegen 16.57 Uhr. Wenn Sie gleich losfahren, ist das machbar.«

Ich warf einen Blick auf die Uhr. Das war in knapp sechs Stunden. »Wo genau darf ich hinkommen?«

»Zu mir. Aufs Anwesen. Barrymore Castle in Gwinear-Gwithian. Sie wissen, wo das ist?«

»Selbstverständlich. Gwinear-Gwithian, Grafschaft Cornwall, ehemaliger District Penwith«, konnte ich antworten.

Nach Gwinear-Gwithian wird in Kreuzworträtseln oft gefragt, wenn der Erschaffer des Rätsels sich mit den Querfragen verbaut hat. Außerdem war dort ganz in der Nähe vor knapp einer Woche ein Juwelier überfallen worden, Diamanten im Wert von mehreren Hunderttausend Pfund waren weg. So Sachen merke ich mir. Ich bin Privatdetektiv, das ist subjektive Wahrnehmung, da kann ich gar nichts gegen tun.

»Dann bis gleich. Seien Sie pünktlich!«

Wir legten gleichzeitig auf. Der schnelle Blick auf die Zeiger eines alten Erbstücks, das an der Wand relativ regelmäßig tickte, gebot mir dringend, mich zu beeilen. Bis in den untersten, linken Zipfel der Insel waren es knappe 600 Kilometer.

Brilliant Snail fiel mir wieder ein. 100 Pfund hatte ich auf das Tier gesetzt. Und verloren. So gut kannte ich mich mit Hunden aus.

* * *

Das aufwendige Anwesen hätte einen unbedarften Besucher sicher total beeindruckt. Mich nicht. Zwar waren solche prunkvollen Herrensitze in London selten, aber ich hatte alle Folgen von *Inspektor Barnaby* gesehen und mochte keinesfalls ausschließen, dass der prächtige Landsitz derer von Barrymore en Roses schon mal in einer Folge als Kulisse gedient hatte.

Die gesamte Anlage war als repräsentatives U angelegt. Am Kopfende erreichte man über eine lang gezogene, mit weißem Kies ausgelegte Auffahrt, das efeuberankte Castle. Rotbrauner Stein, weiße Fensterrahmen, Gauben, viel Schiefer. Ins Herrenhaus eingelassen war eine kleine Kapelle mit Glockentürmchen und Buntglasfenster. Links und rechts gingen mit Riet bedachte Stallungen ab.

Mehrere Ahornbäume spendeten Schatten. In der Mitte des U's befand sich ein mit grauen Steinen eingefasster, ovaler Teich mit Rosen, die dem Zunamen der Barrymores zur adeligen Ehre gereichten.

Ein etwa vier Jahre altes Kind mit langen, schwarzen Zöpfen spielte mit einem Ball, ein älterer Reitersmann mit ausladenden Säbelbeinen und karierter Kappe o-beinte ein hölzernes Wagenrad von rechts nach links.

Ich war pünktlich. Zu klingeln brauchte ich nicht, ich wurde erwartet.

Ein genau wie ich um die 35 Jahre alter Butler mit tiefen Koteletten führte mich steifen Schrittes mit unbewegter Miene durch einen dunklen Flur. Ich grüßte höflich mehrere Ritterrüstungen, bis mein wortkarger Begleiter mich in einen hellen Salon mit bodentiefen Fenstern führte.

Lord Alf Barrymore en Roses erwartete mich. Genau so hatte ich mir den jüngsten Spross alten Adels vorgestellt. Alf war knapp 50 Jahre alt. Er trug vornehme Blässe, die hohe Stirn licht und trotz der spätsommerlichen Temperaturen eine dezent karierte Tweedjacke mit dunkelbraunen Aufnähern an den Ellbogen.

»Jack Reese, nehme ich an. Nehmen Sie Platz!«

Er schüttelte mit kräftigem Griff meine Hand und musterte mich durch eine unauffällige, randlose Brille. »Ich hatte Sie mir anders vorgestellt.«

»Weiß?«, fragte ich.

Er warf den Kopf in den Nacken. »Ich habe mit Ihrer Hautfarbe kein Problem. Ich weiß die kulturellen Unterschiede unseres geliebten Commonwealth durchaus zu schätzen. In allen Hautfarben.«

Immerhin.

Nicht die schlechteste Antwort.

»Kommen wir gleich zur Sache. Das ist ein Bild von Shawn.«

Er reichte mir ein gerahmtes Foto, das so aussah, als würde es üblicherweise einen teuren Schreibtisch zieren und einen schwarzen Labradormix in Hab-Acht-Pose zeigte.

Der Butler schenkte derweil Tee ein. Richtig: inzwischen war es 5 Uhr. Der Hemdsärmel legte eine gezackte Narbe auf der Rückseite seiner rechten Hand frei, die nicht recht zum korrekt-vornehmen Habitus des Mannes passen wollte. Mein älterer Bruder hat eine ähnliche Narbe.

»Wann ist der Hund weggekommen?«, setzte ich entschlossen mit Ermittlungen an.

»Vorgestern. Ich verließ das Haus gegen 20.15 Uhr. Da war er noch da.«

»Erst vorgestern. Vielleicht kommt er von alleine zurück.«

»Ich fürchte nicht. Er ist ausgestopft.«

Ich schluckte.

»Ein Geschwür. Bösartig. Hat sich rasend schnell durch den Körper gefressen. Ich musste ihn einschläfern lassen, schlimme Sache. Er war erst sechs Jahre alt.«

Ich nickte. »Verstehe.«

»Das war am vierten Juli letzten Jahres.«

Knapp über ein Jahr her, rechnete ich nach. »Und Shawn … äh … stand wo?«

»Gleich hier im Eingang des Salons. Ein Prachtbursche. Er stand glänzend im Fell.«

»Ach?«

»Ich hatte ihn nur eine Woche zuvor einer Generalüberholung zugeführt. Beim hiesigen Präparator. Das war wie ein kleiner Urlaub für ihn und hat ihm richtig gutgetan.«

Ich nickte. Und kam auf eine ganz heikle Sache zu sprechen. »Shawn ist wirklich ein … Prachtbursche. Ich frage mich allerdings, wer als Täter infrage kommen soll.«

»*Genau das* herauszufinden ist jetzt Ihre Aufgabe.«

Lord Alf zückte eine Taschenuhr. »Wir liegen natürlich genau in der Zeit. Sehr gut. Mrs. Cunningham ist meine Köchin und hat Ihnen auf mein freundliches Geheiß hin etwas Gutes zubereitet. Dann sollten Sie sich allerdings zügig an die Arbeit machen. Wohnen können Sie hier im Gästezimmer. Das wird Roger ihnen zeigen.«

»Sehr wohl«, sagte Roger, so hieß also der Butler, und nickte.

Ich nickte zurück.

* * *

Mrs. Cunningham schüttelte den Kopf und stemmte ihre mächtigen Hände in ihre mächtige Hüfte. »Sie sollen also dieses fürchterliche Viech suchen?«

»So schlimm?«

»Undiskutabel. Meine Enkelin Emily verbringt ihre Sommerferien hier auf Barrymore Castle und hat von dem Ding Albträume bekommen. Ich bin froh, dass der Staubfänger weg ist.«

Ich grinste.

Und ehrlich: am liebsten hätte ich mir die Finger abgeleckt. Mrs. Cunningham hatte punktgenau eine Cornish Pasty gebacken, die ihresgleichen hätte suchen müssen. Sagenhaft. Die halbmondförmige Blätterteigtasche hatte sie auf traditionelle Art mit Kartoffelwürfeln, mageren Rumpsteakstreifen und Zwiebeln gefüllt, die Pasty hatte mehr als nur gemundet.

»Das Ding hat gemüffelt«, fuhr Mrs. Cunningham fort. »Wenn es oben in Manchester geregnet hat, konnte man das hier im Salon riechen.«

»Und da regnet es oft.«

Sie räumte den Teller ab. »Was ich sage. Shawn war zu Lebzeiten ein fürchterlich träger Hund. Der hat meistens nur faul im Hof rumgelegen. Tot war dann in dem Kerl mehr Leben als vorher, wenn Sie wissen, was ich meine.«

Ich hatte eine vage Ahnung, verdrängte den Gedanken an krabbeliges Gewimmel aber schnell, weil ich den entzückenden Genuss der Pasty nicht belasten wollte.

»Dann ist es ja gut, dass er neulich beim Präparator war.«

»Das war nicht nur gut, sondern allerhöchste Zeit. Der Schwanz hing schlaff, das linke Ohr stand schief und die Pfote vorne rechts fiel immer ab. Außerdem hat mir sein Fell den Staubsauger verstopft. Ein grausiges Vieh. Von mir aus brauchen Sie sich bei der Suche gar nicht so sehr viel Mühe geben. Ein simpler Ficus benjamina würde es im Flur auch tun.«

Roger räusperte sich. »Ich werde Ihnen nun die Gästekammer zeigen.«

Wir standen auf.

»Mrs. Cunningham, Sie sind eine Zauberin«, lobte ich die Köchin.

Mrs. Cunningham nickte wohlwollend und hatte in ihren vergangenen ca. siebzig Lebensjahren Komplimente dieser Klasse sicher schon häufiger gehört. Sicher alle zu Recht.

Wir überquerten den Hof und Roger führte mich in eines der beiden östlichen Nebengebäude. Es war ein Pferdestall. Fette, braune Bremsen stürzten sich hungrig auf uns.

»Hier entlang, bitte«, kommandierte Roger mich eine schmale Holztreppe hoch.

Die hatte ich heftig um mich wedelnd zur Hälfte erklommen, als mich plötzlich ... jemand am Hosensaum festhielt.

Ich fuhr herum. »Was ...?«

Ein zerknitterter, faltiger Kerl zuppelte mit runzliger Hand an meinem Bein und krächzte: »Sie sind hier, um den toten Hund zu suchen?«

Mit sanftem Ruck zuckte ich die Hose samt Bein frei. »Ja, äh ... Ihr Name war wie?«

»Sie werden keinen toten Hund finden!«

Roger räusperte sich. »Das ist Mad John. Er ist ... wie der Name schon sagt.«

Der Alte kniff seine wässrigen Augen zusammen. »Spotte nur!«

Sein Gesicht bestand nur aus diesen kleinen Äuglein, zwei dichten Büschen Augenbrauen darüber und einer riesigen, löchrigen, blau-rot gekraterten Nase. Er stach mit dem Finger zuerst in Richtung Roger, dann nach mir.

Ich machte einen Schritt zurück.

Seine düstere Stimme schien aus einer anderen, heiseren Welt herüberzuwehen. »Sie werden keinen toten Hund finden, weil … der Hund noch lebt!«

Ich runzelte die Stirn. Roch es hier plötzlich ein bisschen nach Schwefel? Roger hinter mir seufzte.

»Shawn lebt und wird wiederkommen«, flüsterte John.

Ich konnte mich noch an das Sterbedatum des Tieres erinnern. »Shawn starb am vierten Juli letzten Jahres.«

»Ach was«, wischte er mit wildem Schwung das Detail vom imaginären Tisch.

Ich versuchte es mit einem zweiten Sachargument, das meiner Ansicht nach wirklich dringend gegen eine eigeninitiativliche Rückkehr des Hundes sprach. »Der Hund war ausgestopft.«

Der Faltige schüttelte sein graues Haupt. »Sie können eine Seele nicht ausstopfen.«

»John«, mahnte Roger.

Ich spürte einen lauwarmen Luftzug.

Mad John fuhr fort. »Sie können mit dem … Tier machen, was Sie wollen, aber Shawn ist nicht tot. Und er wird wiederkommen. Und er wird töten. Sie kennen die schreckliche Legende der Hunde von Barrymore Castle?«

Ich spürte eine Gänsehaut. »Welche Legende?«

»John! Es reicht jetzt«, rief Roger den Alten zur Ordnung.

»Shawn wird zurückkehren. Giftiger und böser als zuvor. Blut. Ich sehe Blut.« Er senkte die Stimme. »So wie damals.«

Ich setzte zu einer Frage an.

Roger murmelte »Lassen Sie ihn!«

Mit energischem Griff zog er mich am Arm die restlichen Stufen der Treppe hoch, ließ Mad John unten am Treppenaufgang stehen und schloss, in der ersten Etage angekommen, energisch hinter uns die Zugangstür.

»Der Alte ist verrückt. Es wimmelt hier in der Gegend von alten Zinngruben. Er ist vor Jahren in einen Schacht gestürzt. Erst nach zwei Wochen ohne Sonnenlicht haben sie ihn gefunden.«

Butler Roger drückte eine Tür auf und wir traten in ein karges, aber hübsches Gästezimmer mit braunen Holzdielen. Während ich meine Reisetasche auf einen Tisch wuchtete, öffnete Roger ein kleines Fenster und ließ frische Luft herein.

»Lassen Sie sich von Mad John keinen Floh ins Ohr setzen. Das Gefährlichste hier sind die lästigen Bremsen. Ich wünsche einen angenehmen Aufenthalt.«

Ich streckte ihm dankbar die Hand entgegen. Wohl eine für den Butler eher ungewöhnliche Geste, denn er ergriff meine Hand eher zögerlich. Ich griff herzhaft zu und ruckte die Hand kraftvoll nach oben.

»Was soll das?«, erboste sich Roger.

Ich nickte auf seine Handaußenfläche. »Die Narbe. Das doppelte Wandsworth-W. Ich habe einen älteren Bruder, der hat auch in Wandsworth gesessen.«

»Ich weiß nicht, was Sie meinen.«

»Na, die Tätowierung. Sie haben versucht, sie entfernen zu lassen. Wie mein Bruder. Bei dem sieht das Ergebnis genauso aus. Aber hier kann dieses doppelte W sicher keiner dem Knast in London zuordnen.«

Roger pumpte Luft in seinen Brustkorb, zog die Hand zurück und legte sie trotzig auf den Rücken. »Ich arbeite seit über sechs Jahren in Barrymore Castle und habe mir hier nichts zuschulden kommen lassen. Lord Barrymore weiß selbstverständlich über meine Vergangenheit umfassend Bescheid, ich genieße sein vollstes Vertrauen. Ich bin schließlich kein Mörder.«

»Sondern?«

Er blickte mir direkt in die Augen. »Das geht Sie nichts an!«

Er drehte sich auf dem Absatz um und ließ die Tür ganz unprofessionell hinter sich in den Rahmen knallen.

Ich schritt ans Fenster, um es zu schließen. Ich komme aus London. Zu viel frische Luft macht mich nervös.

»Das Gefährlichste hier sind die Bremsen?«

Ich strich mir nachdenklich übers Kinn und war sicher, dass auch ausgestopfte Hunde erst an zweiter Stelle kamen. In Wandsworth saßen die richtig bösen Jungs, die, mit denen gar nicht zu spaßen war. So Typen wie mein Bruder.

Daher war es nicht der mysteriöse Hund, der mich ins Grübeln brachte. Sicher nicht. In jedem zweiten Schloss hier in Cornwall trieben kopflose Untote oder durchsichtige Urahnen kettenrasselnd ihr metzelndes Unwesen.

Nein, nein. Da blieb ich locker. Aber Roger ... Das war schon was Handfesteres. Ich würde in der Doppel-W-Sache mal mit meinem Bruder telefonieren.

Aber zurück zum Hund. Wer stiehlt einen ausgestopften Köter? Vielleicht sogar Mad John. Möglicherweise hatte das Verschwinden von Shawn of the Rising Rainbow etwas mit der besagten Legende zu tun und da machte es sehr wohl Sinn, sich diese Geschichte mal genau anzugucken. Um was ging es dort?

Hatte ich auf der Hinfahrt nicht eine Bücherei gesehen?

Doch.

Hatte ich.

* * *

Fünf Minuten später hatte ich meine Tasche ausgepackt und vier Bremsen getötet. Fünf weitere Minuten und ein Telefonat später wollte ich gerade in meinen Ford steigen, als mich plötzlich direkt am Fahrzeug ein Mann übers Dach hinweg mit süffisantem Singsang ansprach. »Sie suchen jetzt also den ausgestopften Hund?«

»Fragt bitte wer?«, entgegnete ich.

Aus Zeitgründen hatte ich mich in Sekundenbruchteilen entschlossen, den Mann in seinem weißen Sommeranzug mit der großen aristokratischen Nase nicht leiden zu können. Einfach so. Man muss nicht jedes Mal in die Tiefe gehen, um sich eine Meinung zu bilden. Geht auch ohne.

»Cedric Barrymore. Mein Vater hat Sie engagiert, diesen ... Job zu erledigen.«

Er blieb auf der anderen Seite des Fahrzeugs stehen. Ich nickte ihm zu. »Das hat er. Genau.«

Er schüttelte spöttisch den Kopf. »Na dann: Viel Erfolg! Haben Sie schon in den Mülltonnen nachgesehen?«

»Sie mögen keine Hunde?«

»Pferde finde ich gut. Die laufen schneller.«

Ich konnte ergänzen. »Und haben die längeren Schwänze.«

Cedric Barrymore changierte schlagartig ins Rötliche. Wie gesagt: Wenn ich mir einmal nach reiflicher Überlegung und Abwägung sämtlicher Für und Wider ein umfassendes Urteil gebildet habe, kann ich sehr konsequent sein. Und dieser in Weiß daher kommende Sechzigerjahre-Dandy mit blauem Angebertüchlein in der Anzugjacke machte es mir leicht.

Er hatte sich aber erstaunlich gut unter Kontrolle. »Ich sehe, Sie sind genau der richtige Mann für diese anspruchsvolle Aufgabe. Weiterhin alles Gute, schwarzer Bruder!«

Er grinste mies und anzüglich. Ich ging schnellen Schrittes ums Fahrzeug rum, holte aus und schlug ihm mit der Faust mitten auf die große, aristokratische Nase. Mit einem lieblichen Knirschen ging dort alles knackend kaputt, was das aristokratische Riechorgan über Generationen genetisch ausgemacht hatte.

Nein. Tat ich natürlich nicht. Ich grinste ähnlich debil zurück, machte eine kurze Notiz auf meiner internen Merkliste, stieg wortlos ins Auto und fuhr davon.

* * *

Ich fand es erstaunlich, dass die kleine 3000-Seelen-Gemeinde eine Bücherei hatte. Noch bemerkenswerter war die junge Dame, die mich im nostalgischen Backsteinbau erwartete. Üblicherweise sehen Bibliothekarinnen aus wie Margret Thatcher. Diese hier sah aus wie Viktoria Beckham. In ihrer gesunden 55-Kilo-Phase.

Und die junge Frau hatte eine ähnlich kräftige Stimme. »Hallo?«

Ein Namenschild verriet, dass ich es hier nicht mit Posh-Spice zu tun hatte, sondern eine gewisse Meredith Heamoor vor mir stand.

Ich lehnte mich über die Rezeption. »Hallo, Meredith. Mein Name ist Reese. Jack Reese. Ich brauche eine Auskunft.«

»Jack Reese? Sind Sie vom MI 6? Haben Sie die Lizenz zum Töten?«

»Das dürfte ich jetzt nicht zugeben. Ich bin ganz harmlos.«

Sie musterte mich mit sorgfältig prüfendem Blick und verdammt, ich merkte, wie mir jugendliche Röte ins Gesicht stieg. Gott sei Dank war ich schwarz.

»Die Harmlosen sind langweilig.«

»Ich bin nur *ein bisschen* harmlos.«

»Schon besser. Mr. Jack Reese, was soll das denn für eine Auskunft sein?«

»Ich bin Privatdetektiv und ermittle in einer Vermisstensache. Jetzt brauche ich Informationen über die fürchterlichen, untoten Hunde von Barrymore Castle. Sicher gibt es etwas Schriftliches über die Legende.«

»Sicher, aber Sie können auch mich fragen. Ich kenne die Legende. Reicht Ihnen das?«

»Äh … ja.«

»Gut.« Sie blickte auf die Wanduhr, schlug auf eine Glocke, die nur für uns beide bimmelte und sagte: »Feierabend für heute.«

* * *

Zehn Minuten später saßen wir in einem Pub mit dem Namen *Tavern of the three Hanged that could have been deheaded better* und nippten am Ale.

»Die Legende ist natürlich Unsinn. Also, der Teil mit den Hunden. Schon im 18. Jahrhundert gab es hier rund um Barrymore Castle und in weiten Teilen Cornwalls große Zinnabbaugebiete. Es wurden zahlreiche Schächte gegraben. Die Bergarbeiter fuhren morgens in die Stollen ein, verbrachten den ganzen Tag unter der Erde und fuhren erst abends wieder aus. Die Zinnvorhaben waren enorm. Einige der Bergarbeiter haben die Zeit unter Tage genutzt, um eigene Stollen anzulegen.«

»Eine frühe Form von nicht angemeldeter Nebentätigkeit.«

»Genau. Die Erträge zwackten sie ab. Erstens war das sehr gefährlich, denn die Stollen waren nie professionell gesichert und zweitens entzogen sie den Inhabern der Stollen

Gewinn. Die Inhaber mussten reagieren und taten das, indem sie die schrecklichen Hunde von Barrymore Castle erfanden. Das waren Hunde, die ihr Grab verlassen und die es auf dem Weg zum ewigen Hundefriedhof in die Stollen verschlagen hatte. Wer also den offiziellen Pfad verließ, lief Gefahr, von den Hunden angefallen, verschleppt und getötet zu werden.«

»Das hat funktioniert?«

»Ja. Tatsächlich sollen dort immer wieder abgetrennte Hände, Füße und menschliche Knochenreste gefunden worden sein. Man mag da spekulieren. Das waren raue Zeiten damals.«

Ich versuchte kurz, die Legende mit dem Verschwinden von Shawn Rainbowdings in Verbindung zu bringen. Der gemeinsame Nenner blieb die abschreckende Wirkung des toten Tieres und die Angst, die man bekommen konnte, wenn man dem Tier plötzlich gegenüberstand.

»Welche arme Seele wird denn vermisst?«, fragte Meredith neugierig.

»Ein Hund.«

»Oh. Dann sollten Sie nächtens unbedingt mal in den Stollen nachsehen.«

»Wenn Sie mich begleiten. Vermisst wird übrigens Shawn, der Hund von Lord Barrymore.«

Eine ihrer Augenbrauen zuckte. »Shawn? Ich kenne den Hund. Ist der nicht ausgestopft?«

»Ist er. Stand die ganze Zeit im Flur, dann war er plötzlich weg.«

»Vielleicht war ihm langweilig.« Sie schüttelte den Kopf. »Sie müssen sich allerdings ohne mich in die Unterwelt begeben, ich meide aus persönlichen Gründen Barrymore Castle.«

»Cedric?«, gab ich einen Schuss ins Blaue ab.

In ihren Augen funkelte es. »Ich glaube nicht, dass der Hund blutrünstig auferstanden ist und nun unterirdisch sein Unwesen treiben wird.«

Ich beugte mich über den Tisch. Sie roch nach einem Hauch von Literatur mit einem Schuss Dolce&Gabbana. »Was macht eine junge Frau in Gwinear-Gwithian, wenn sie nicht gerade in der Bücherei arbeitet.«

»Sie pflegt ihre arme, kranke Mutter und genießt den herrlichen Süden Englands mit seinem prächtigen Angarrack Valley und den traumhaften, menschenleeren Stränden. Ich schwimme sehr viel und bin eine leidenschaftliche Taucherin.«

»Tief? Das Tauchen, meine ich.«

»Ganz tief. Am liebsten: ganz, ganz tief.«

Wir blieben noch eine Weile, bis sie sich ihrer Mutter erinnerte. Im Gehen legte sie eine Hand auf meinen Arm. »Wegen Cedric Barrymore: Ich war jahrelang seine Verlobte. Er liebt das Glücksspiel mehr als mich. Ich habe mich im Guten von ihm getrennt. Er sich nicht im Guten von mir. Deshalb meide ich das Castle. Bestellen Sie aber Lord Alf einen lieben Gruß und auch seiner Köchin, Mrs. Cunningham. Sie *müssen* ihre Cornish Pasty probieren. Ein Gedicht!«

Ich versprach es.

Weil mir der Hund gleichwohl nicht aus dem Sinn kam, ließ ich mir den Weg zum Präparator erklären. Vielleicht konnte der mir erklären, was das Bedeutende an diesem ausgestopften Tier war, wo er ansonsten doch eher schlecht und schlapp wegkam.

»Sehen wir uns wieder?«, fragte ich zum Abschied.

»Wenn Sie die Begegnung mit den fürchterlichen Hunden von Barrymore Castle überleben, sehr gerne.«

Sie lachte. Ich lachte mit ihr. Offensichtlich fand sie den Spruch allerdings lustiger als ich …

* * *

Der Tierpräparator hatte seine Werkstatt gar nicht weit entfernt im westlichen Teil des Ortes, gleich neben der beeindruckenden Pfarrkirche von Gwinear. Hatte ich allerdings gehofft, dass der Präparator mir in Sachen Shawn würde weiterhelfen können, so musste ich mich nach wenigen Augenblicken leider enttäuscht sehen.

Ich betrat die Werkstatt des Facharbeiters über einen Hinterhof.

Und ehrlich, ich kann mich nicht dran gewöhnen. All die toten Augen, die mich im Laufe meiner Berufszeit leer angeglotzt hatten. Immer dieses Stumpfe, dieses Matt-Glanzlose. Ich mag mich nicht dran gewöhnen. Menschen- und Tieraugen taten sich da nichts. Vom Prinzip her ist es gleich. Hier das Reh mit großen, gebrochenen Bambi-Augen, dort der Präparator mit starr an die Decke gerichtetem Blick. Letzterer in diesem Fall mit einem Messer tief in der Brust.

Tot.

Erfreut stellte ich zumindest fest, dass man den Präparator nicht ausgenommen oder waidmännisch aufgebrochen hatte, wie die meisten Tiere im Raum. Er war unversehrt. Bis auf das Loch in seiner Brust. Es war die einzige Wunde im Raum, die ich als relativ frisch ausmachen konnte. Sicherheitshalber trat ich an den Mann und legte meine Finger auf die Schlagader am Hals. Aber sein Herz hatte ausgepumpt. Dies allerdings – der Temperatur seiner Haut nach zu urteilen – erst vor kurzer Zeit.

Mein Blick strich beunruhigt über die toten Tiere um uns herum. Rümpfe waren aufgerissen, Extremitäten lagen ungeordnet umher. Wolle, Watte. Dass es kein Blut gab, machte die Szene noch unheimlicher. Ich fühlte mich wie mitten in einen Film von David Lynch, so grausam und unwirklich bot sich mir dieser Tatort.

Ich zupfte das Handy aus meiner Tasche und fragte mich, was dieser bizarre Tatort für mich und meine Ermittlungen zu bedeuten hatte. Gleichzeitig war ich sicher, dass das Präparieren von Shawn irgendwie mit diesem Massaker und dessen Verschwinden zusammenhing.

»Nur wie?«, murmelte ich und schob in meinem Kopf Gedankenteile hin und her. Bis schließlich die örtliche Polizei eintraf, mich festnahm und auf die Wache schleppte.

* * *

Der Polizist, der mich überhaupt nicht an *Inspector Barnaby* erinnerte, stellte mir viele Fragen. Einige mehrfach. Für die mutmaßliche Todeszeit konnte ich auf ein weibliches Alibi mit dunklen Haaren verweisen, ein Alibi, das glücklicherweise auch bereitwillig bestätigt wurde.

Richtig schnell wurde unsere Vernehmung dann beendet, als Lord Alf Barrymore en Roses in der Station erschien und sich für eine unverzügliche Freilassung meinerseits starkmachte.

»Ich bezahle Sie nicht fürs im Knast Rumsitzen«, erklärte Lord Alf knurrig sein Erscheinen.

Wir verabredeten uns zu einem späten Abendessen im Salon, denn ich hatte die Zeit in der Gefängniszelle nutzen können, um in der Shawn-Sache zu einem Ergebnis zu kommen, nämlich ihn als Dreh- und Angelpunkt dieser ganzen Situation auszumachen.

Ich bat Lord Alf Barrymore um das Einbestellen einer großen Runde im Castle, damit ich dann vor versammelter Mannschaft meine Ergebnisse verkünden konnte.

Der Lord war sehr erfreut.

Und ich eine Viertelstunde später in meiner Gästekammer. Ich führte in der nächsten knappen Stunde zwei klärende Gespräche, brachte zwei Verbündete auf meine Seite, gönnte mir eine warme Dusche, lieh mir was und war pünktlich um zehn im Salon. Lord Alf Barrymore hatte alle um sich versammelt, die es zu versammeln galt. Es fehlte nur einer, was mich nicht wunderte.

»Roger ist unauffindbar«, murmelte Mrs. Cunningham, als sie an seiner statt den teuren Whiskey in teuren Gläsern servierte.

»Nun denn, ich liebe Spannung«, hieß Lord Alf die Anwesenden willkommen. »Aber nur im Kriminalroman. Reese, ich darf bitten.«

Ich trat in die Mitte des Raumes, atmete tief ein und zuckte dann entschuldigend mit den Schultern. »Es tut mir leid, da war ich ein wenig vorschnell. Geben Sie mir bitte noch ein paar Stunden Zeit, ich muss ein paar Kleinigkeiten abklären.«

Cedric Barrymore verdrehte die Augen, Mrs. Cunningham blickte enttäuscht, der Rittmeister George wippte mit seinen Säbelbeinen. Mad John saß in einer Ecke und ignorierte mich.

»Das ist jetzt schon ein wenig enttäuschend«, murmelte Lord Alf Barrymore mit leidlich verstecktem Vorwurf im Bariton.

»Enttäuschung ist das Ergebnis zu hoher Erwartungen. Ich bin nicht enttäuscht«, summte Cedric süffisant mit einer hoch gezogenen Augenbraue.

»Ich erwarte ein Telefonat und bin sicher, schon in den nächsten Stunden den entscheidenden Hinweis zu bekommen, wo sich Shawn befindet. Dann werde ich sofort loslaufen, den kleinen Kerl nach Hause holen.«

Mrs. Cunningham murmelte etwas. Ich verstand *doofes Vieh* und *überflüssig*, aber da mochte ich mich irren.

»Nun denn, immerhin, der Whiskey ist gut«, seufzte Lord Barrymore, was alle anderen als Aufforderung verstanden zu gehen.

Das letzte Wort hatte dann allerdings Mad John. Mit sich leer an der getäfelten Zimmerdecke verlierendem Blick flüsterte er: »Heute Nacht kommt Shawn zurück. Und wird sich einen von uns holen.«

* * *

Meine nächsten Schritte waren sorgfältig vorbereitet. Ich zog mich um. Ich war bereit, die Falle gestellt. Jetzt musste ich meine Beute nur noch in die Nähe dieser Falle locken und schnapp, würde sich knallend eine dünne Eisenstange ins Genick des kleinen Miststücks schlagen.

»Herrlich.«

Ich schnappte mir die starke Taschenlampe und schritt voran. Aus dem Zimmer, die Treppe runter in den Pferdestall, heraus auf den Hof. Schlapp. Schlapp. Schlapp.

Mit den quietschgelben Badelatschen an den nackten Füßen lief es sich auf dem Kies ein wenig ungewohnt, aber es war ja nicht weit. Wenn nur das Gummiband der Taucherbrille nicht so drücken würde.

Den Pferdestall kaum verlassen, stockte mir der Atem. Ein Schatten. Direkt vor mir. Fast wäre ich gegen Rittmeister George geprallt, der sich o-beinig im Halbdunkel ein Kippchen rauchte.

Als Zeichen völliger Überraschung ruckte er verdattert seine rechte Augenbraue gen Himmel. »Guten Abend, Mr. Reese. Sie machen einen Ausflug?«

Ich deutete auf meine Badehose in den Farben des Union Jacks und winkte mit der mächtigen Stabtaschenlampe, wie sie semiprofessionelle Taucherinnen mitzuführen pflegen. »Tauchen. Ich gehe einer Sache auf den Grund.«

»Dann viel Erfolg«, wünschte George und nahm einen tiefen Zug auf Lunge.

Den würde ich haben, da war ich mir fast sicher.

Schlapp. Schlapp. Schlapp.

Sie waren wie Nadeln, wie gemeine, heiße Akupunkturstifte, die Blicke. *Ihre* Blicke, die ich geradezu körperlich spüren konnte. Ohne aus den Augenwinkeln etwas erkennen zu können, wusste ich ganz genau, dass sie in den Fenstern hingen und mich beobachteten. Und ich war mir ebenfalls absolut sicher, dass da *ein* Mensch ganz besonders interessiert zusah …

Die Nacht war mondlos, keine Wolke am schwarzen Himmel, hell funkelnde Sterne. Eine einzelne Bogenlampe tauchte die Szene in milchiges Licht.

Schlapp. Schlapp. Schlapp.

Nach wenigen Metern hatte ich den steinernen Rand der ovalen Teichanlage in der Mitte des Hofes erreicht. Ich streckte einen Finger ins Wasser, freute mich über eine angenehm mediterrane Wassertemperatur und ließ mich vorsichtig über den Rand ins dunkle Wasser gleiten. Der Teich war tiefer als ich dachte. Erst als mir das Wasser buchstäblich bis zum Hals stand, bekam ich schlammig-klebrigen Boden unter die Füße, die bis zu den Knöcheln im Morast einsackten.

Ich hielt den Strahler von oben ins Wasser. Im grellen Lichtkegel wurden die ausladenden Blätter der Seerosen sichtbar. Die waren sehr schön, verdeckten aber den Blick ins tiefe Wasser.

Ich seufzte. Das hatte ich mir gedacht. Aber ich war vorbereitet und zog mir die Taucherbrille mit orangefarbenem Schnorchel ins Gesicht. Ich pustete ein paar Mal kräftig durch die Plastikröhre und tauchte unter.

Ich sah fast nichts. Ohne die kräftige Unterwasserlampe hätte ich jetzt und hier gar nichts gesehen. So entdeckte ich Shawn of the Rising Rainbow schon nach wenigen Sekunden. Der Hund hatte sich unter einem der stabilen Seerosenblätter verheddert. Ich bekam das Felltier zu packen und zog ihn hinter mir her aus dem Wasser.

Ich hatte den Rand fast erreicht, als ich die Person entdeckte, die mich am Beckenrand bereits mit giftigem Blick erwartete. Ich zuckte zusammen.

»Haben Sie das Vieh gefunden?«

Sie hatte ihre Hände zänkisch vor der Brust verschränkt. Ich zuckte entschuldigend mit den Schultern. Da die sich unterhalb der Wasseroberfläche befanden, ergänzte ich: »Sorry.«

Ich schwang mich aus dem Teich heraus vor ihre Füße. Mir das verwandtschaftliche Verhältnis vors Auge führend, war die Ähnlichkeit mit ihrer schwarzhaarigen Enkelin Emily tatsächlich verblüffend. Die Enkelin, mit der ich heute Abend gesprochen und die im Beisein ihrer Großmutter verschämt gebeichtet hatte, den gruseligen Shawn aus dem Salon entführt und heimlich im Teich des Anwesens versenkt zu haben.

»Sie sind schuld, wenn meine Enkelin jetzt wieder Albträume hat«, stellte Mrs. Cunningham grantig fest, drehte sich um und stampfte wütend davon.

Ich blickte ihr hinterher und erkannte, dass im Herrenhaus mehrere Lichter angegangen waren. Ein Fenster wurde geöffnet.

»Haben Sie ihn?«

Lord Barrymore! Ich reckte meine tropfende Beute in den Himmel. »Ich föhne ihn kurz trocken, Sir, und würde mich freuen, wenn wir uns gleich noch auf einen Whiskey im Salon treffen könnten.«

»Ich werde einen vorzüglichen Tropfen aussuchen!«

Ich klemmte mir den nassen Shawn unter die Achsel und schlapperte los. Ich hatte die Holztreppe zum Gästezimmer in der ersten Etage gerade erreicht, als sich im Dunkel vor mir plötzlich jemand bewegte.

Ich zuckte zusammen. »Wer …?«

Es war Mad John, der einen Schritt nach vorne trat, den Hund fest im Blick. »Und? Stellt er sich tot?«

»Machen Sie sich keine Sorgen, John. Ich hab das unglückliche Tier aus dem Teich gefischt. Vorher habe ich vom Erzbischof persönlich gesegnetes Weihwasser hineingetröpfelt. Es hat im Tümpel ein wenig gebrodelt, aber jetzt ist der gute Shawn wirklich so tot, wie er sein muss.«

Mad John legte den Kopf nach links, legte ihn nach rechts. Er zögerte und kniff schließlich die kleinen Augen zusammen.

»Das ist gut. Das ist … richtig gut«, murmelte er und verschwand rückwärts wieder im Dunkel.

* * *

»Ausgezeichnet«, sagten Lord Barrymore und ich gleichzeitig.

Er meinte meine erfolgreiche Ermittlungsarbeit, ich den hervorragenden, preisgekrönten *Hicks & Healey Cornish Single Malt Whiskey.*

Shawn lag nicht zu unseren Füßen, sondern stand in der Lobby nebenan. Das lange Bad hatte ihm nicht sonderlich zugesetzt. Er war okay, roch allerdings sehr streng nach Manchester.

»Ich räume ein, dass Sie mich ehrlich beeindruckt haben«, erklärte Lord Barrymore mit sichtlich zufriedenem Gesichtsausdruck und schwenkte sein mit dunklem Bernstein gefülltes Glas. »Ein sehr gutes Zeit-Leistungs-Verhältnis, das will festgestellt sein.«

Ich ließ das so im Raum stehen. Es klang gut, stimmte und deshalb war dem nichts hinzuzufügen.

»Dann werden Sie Barrymore Castle morgen wieder verlassen?«

»Ich denke ja. Da ist nur noch eine Kleinigkeit, die ich gerne geregelt wissen möchte.«

Lord Barrymore lächelte. »Mr. Reese. Auf jeden Fall werde ich *ihr* ausrichten, wie zufrieden ich mit Ihrer Arbeit war.«

Ich prostete ihm dankbar zu, hatte aber eigentlich etwas anderes gemeint. »Ich möchte noch den …«

In diesem Moment schrie im Zimmer nebenan jemand laut auf. Wir schnellten hoch. Ohne einen Tropfen Whiskey zu verschütten. Es polterte, irgendetwas ging zu Bruch. Ich knallte das Glas auf den Tisch, wir stürmten nach nebenan.

»Roger!«, schrie Lord Barrymore.

Der Butler stand hinter einem umgestürzten Sofa und hielt den ausgestopften Shawn in seinen Händen.

»Er wollte den Hund stehlen«, erklärte ich.

»Wieso?«, fragte Lord Barrymore.

Roger blieb stumm.

Ich konnte lösen. »Sie erinnern sich an den Diamantenraub vor gut einer Woche, gleich hier in der Nähe? Der Täter ist seinerzeit in die Werkstatt des Tierpräparators geflüchtet. Der Präparator war eingeweiht. Dort haben sie die Beute im ausgestopften Rumpf vom guten, alten Shawn versteckt. Der Täter musste jetzt nur noch warten, bis das Tier durch den Präparator wieder zurück nach Barrymore Castle geliefert wird, was einige Tage darauf auch geschehen ist. Aber dann verschwindet das Tier samt Diamanten aus dem Flur.

Der Täter sucht den Präparator auf, der schwört, mit Shawns Verschwinden nichts zu tun zu haben. Die beiden geraten in Streit. Der Täter tötet den Mitwisser. Als ich vor einigen Stunden nun verkündete, das Tier wieder ranzuschaffen, witterte der Mörder seine Chance, doch noch an die Diamanten zu kommen. Und ich stellte ihm eine Falle, platzierte Shawn scheinbar unbewacht im Salon. Und der Täter tappte hinein.«

Lord Barrymore nickte. »Sehr gut. Keine Bewegung, Roger, das Spiel ist aus! Und ich sage es direkt: Ich bin so enttäuscht von Ihnen!«

Rogers Blick blieb ausdruckslos.

Ich räusperte mich. »Ich habe meinen Bruder angerufen, der ausgezeichnete Kontakte nach Wandsworth unterhält.«

»Ich bin kein Mörder«, erklärte Roger.

»Nein«, bestätigte ich. »Aber ein sehr geschickter Taschendieb. Das große Talent wird Ihnen uneingeschränkt auch durch meinen Bruder bescheinigt.«

»Danke.«

»Er lässt grüßen.«

»Nochmals: Danke.«

»Und deshalb war mir von Anfang an klar, dass ich hier in Barrymore Castle nur eine Person als Dieb und Mörder mit Sicherheit ausschließen konnte. Roger wäre niemals so dämlich, hier ein Ding zu drehen, der Verdacht würde sofort auf ihn fallen. Und er ist kein Mörder. Daher war er derjenige, den ich gestern Abend ansprach, um mir mit meiner Falle zu helfen, beziehungsweise Shawn zu bewachen, während Sie, Lord Alf, und ich plaudernd im Nebenzimmer sitzen.«

Lord Barrymore blinzelte heftig. »Das heißt …«

In diesem Moment stöhnte jemand hinter dem Sofa.

»Genau«, fuhr ich fort. »Und es ist mir fast ein wenig unangenehm, Ihnen den Täter zu präsentieren.«

Roger griff dem Stöhnenden unter die Arme und zog ihn hinterm Sofa hervor in die Senkrechte.

»Cedric!«

»Ja. Cedric. Das Dandygehabe und seine langjährige Spielsucht waren dann finanziell doch ein wenig zu aufwendig.«

Cedric verzog sein Gesicht.

Ich arbeitete meine interne Merkliste ab und ich fügte hinzu: »Oder etwa nicht? Weißbrot?«

* * *

Überraschend den eigenen Sohn als Dieb und Mörder präsentiert zu bekommen, schlug Lord Alf Barrymore en Roses ein wenig auf die euphorische Stimmung und ich bezweifelte ernsthaft, ob er sich wirklich lobend bei *ihr* über mich und meine Arbeit auslassen würde.

Nun denn.

Ich übergab der insgesamt recht erfreuten Polizei Cedric Barrymore, Shawn und die Diamanten. Von letzteren übrigens lediglich den allergrößten Teil, denn einer der größeren Klunker war irgendwie verschwunden und fehlte. Roger, der Butler, lächelte kaum merklich und höflich, als ich mich von ihm verabschiedete. Richtig. Er war kein Mörder …

Mich höflich verabschieden, das taten auch Mrs. Cunningham und Emily, die beide erleichtert feststellen durften, dass Shawn of the Rising Rainbow bis auf Weiteres als Beweismittel in den Kellern der örtlichen Staatsanwaltschaft verschwinden würde. Ich durfte hocherfreut eine frisch gebackene Cornish Pasty entgegen nehmen, die ich vorsichtig auf dem Beifahrersitz ablegte und deren betörender Duft sich sofort im Inneren meines Fords ausbreitete.

Rittmeister George grüßte, Mad John winkte mir zu.

Ich warf einen letzten Blick auf das imposante Barrymore Castle, startete den Wagen, war sehr guter Dinge und hatte es ja nicht weit. Schließlich musste ich noch die von ihr geliehenen Taucherutensilien zurück zu Meredith Heamoor bringen.

»Mehr als erfreulich«, murmelte ich und gab Gas.

Tödliches Kochduell

Tante Irmgard stupste ihrem Lieblingsneffen aufgeregt in die Seite. »Und, Junge, wie gefällt es dir? Ist das hier nicht sagenhaft spannend?

Viel besser als deine Gauner, Mörder und Totschläger.«

Pit van Arcen, Kriminalhauptkommissar beim Krefelder Dezernat für Tötungsdelikte, zuckte mit den Achseln. Fand er eigentlich nicht. Aber darauf kam es heute nicht an. Seine Lieblings- und Erbtante Irmgard hatte sich zum runden Geburtstag einen gemeinsamen Abend im Fernsehkochstudio gewünscht. Lorenz Lanzer, der berühmte Star-Koch, hatte für einen Privatsender ins exklusive, festlich geschmückte Gelderner *Hotel See Park Janssen* geladen, um mit seinem heute live aufgezeichneten Kochduell am kommenden Samstag Millionen von Zuschauern vor den Bildschirm zu locken.

»Gleich geht es weiter«, freute sich Tante Irmgard, denn die Pause vor dem großen, kulinarischen Finale war fast um.

Van Arcens Nachbar zur Rechten mit dem flotten T-Shirt *Küchenkiller* beugte sich zu ihm rüber. »Gucken Sie sich auch jede Koch-Show im Fernsehen an?«

Das musste Pit van Arcen verneinen. »Die einzige Koch-Show, die ich mir angucke, ist, wenn sich in der Mikrowelle die Glasscheibe mit dem Fertiggericht dreht.«

»Ach.«

»Jetzt geht's ans Eingemachte«, flüsterte Tante Irmgard und freute sich über das lustige Wortspiel. »Ich wette, der Dieter, der Dünne aus Duisburg, gewinnt.«

»Och«, summte van Arcen, der aus laienhaft-optischen Gründen Sandra Allofs, die sportliche Lokalmatadorin mit den langen, strohblonden Haaren aus Walbeck favorisierte. Die war ganz nach Pits Geschmack. Vielleicht nicht kulinarisch. Aber obenrum …

»Hauptsache, die Zwickauer Zwillinge gewinnen nicht«, grantelte Tante Irmgard.

»Wieso?«

»Weil es zwei sind.«

»Tja. Zwillinge, Tante Irmgard. Das sind ganz oft … zwei.«

Tante Irmgard schüttelte den Kopf. »Zwillinge zuzulassen, ist vom Veranstalter keine faire Sache. Ich werde einen Leserbrief schreiben.«

Da hatte sie irgendwie recht. Vier Hände rührten ja auch schneller als zwei.

»Und wie geht es jetzt weiter?«

»In der Finalrunde werden alle an den Tisch geführt. Dort wird *dem Meister* das jeweils in der Vorrunde kreierte Werk präsentiert. Lorenz Lanzer wird das Dargebotene testen und das Ergebnis anschließend auf seine ganz eigene Art verkünden.«

Plötzlich brandete Applaus auf, denn just in diesem Moment betrat der Chefkoch die Show-Bühne. Der große Lorenz Lanzer. Ganz in weiß gekleidet, mit einem lustigen, kleinen Schiffchen verwegen-schräg auf dem Kopf. Sein beeindruckender Backenbart wippte. Das tat unter der weißen Schürze sein Bäuchlein auch, als er mit selbstbewusstem Schritt über eine schmale Show-Treppe die Bühne erstieg.

»Hm«, knurrte Pit, denn Mariele de Winter, Lanzers ausgenommen attraktive, niederländische Co-Moderatorin, flankierte den Herrn der hohen Kochkunst und sah mit ihren frechen, kurzen, hennaroten Haaren klasse aus.

»Eine ganz feine Beilage«, flüsterte van Arcen seiner Tante zu.

Die rammte ihm prompt einen spitzen Ellbogen in die Seite. »Ich finde es unpassend, dass sie rote Latexhandschuhe trägt. Wir sind doch nicht auf einer Erottikmesse.«

»Seit *Fifty Shades of Grey* ist auch im Fernsehen alles erlaubt.«

»Fifty was?«, fragte Tante Irmgard.

Van Arcen grinste und war sicher, dass Tante Irmgard alle drei Teile gelesen hatte.

Über ihren Köpfen blinkte hektisch ein grellrotes Schild mit der weißen Aufschrift *Applaus*. Die zweihundertfünfzig Frauen und Männer im Publikum rasteten aus, Tante Irmgard vorneweg.

Mariele brachte ein Mikro an ihren hübschen Mund. »Und jetzt, liebes Publikum, kommen wir zu der Höhepunkt von die Show. Und wir fragen: Lorenz?«

Das Publikum brüllte. »Lecker oder Abfalleimer?«

Van Arcen erschreckte sich. »Meine Güte!«

Tante Irmgard grinste. An diesen choreografischen Feinheiten erkannte man den Anfänger, trennte sich die ahnungslose Amateurspreu vom kulinarischen Profiweizen.

Inzwischen hatten auch die teilnehmenden Kandidaten an der weiß eingedeckten Tafel Platz genommen. Ganz links der dünne Vegetarier aus Duisburg, dann Marita und Rita, die Zwillinge aus Zwickau, dann der Meister daselbst und ganz außen rechts hatte die strohblonde Sandra aus Walbeck Platz genommen.

Hatte ein bisschen was vom letzten Abendmahl.

Drei männliche Hostessen im edlen Kellner-Outfit rauschten heran und platzierten drei große, runde Tabletts vor Lorenz Lanzer. Edle, silberne Wärmeglocken verhüllten den Blick auf das, was darunter dem Urteil des Küchenstars harrte.

Mariele schritt um den Tisch herum. »Na, liebe Sandra, womit möchtest du der Meister erfreuen?«

Ganz langsam sprach Sandra mit rauchiger, tiefer Stimme ins Mikro und die Männer im Saal hätten ihr jetzt wirklich alles, alles aus der blanken Hand gefressen. »Ingwer-Spargel mit Hähnchenfiletspießen an geschmolzener Butter mit Salzkartoffeln.«

»Das klingt gut, Sandra. Ich bin sicher, dass du an der Stange alles kannst.«

Hoppla, dachte Pit in den höflichen Beifall hinein, da hatte sich die Mariele ein klein bisschen unglücklich ausgedrückt.

»Marita und Rita?«, fragte die Co-Moderatorin.

»Jo«, antworteten die beiden Schwestern im tiefsten Sächsisch gleichzeitig.

»Womit beeindruckt ihr der Meister?«

»Mit Quarggäulschen wie wir auf säggsch soche«, verriet Marita

»Zwei Stück, hihi«, ergänzte Rita.

»Mit Pflaumensoße«, fügte wiederum Marita hinzu.

Das grell blinkende Licht über ihren Köpfen befahl auch jetzt wieder höflichen Applaus.

»Und Dieter, dich begrüße ich jetzt als der Letzte, aber du weißt, dass Lorenz Lanzer dein Gericht als erstes prüfen wird. Was hast du für den Lorenz denn für was Feines gekocht?«

»Liebe Mariele. Ein vegetarisches Wrap auf indische Art mit Fenchelsalat, angereichert mit einem selbst gemachten Koriander-Pesto.«

Klingt lecker, dachte Pit.

»Oh je«, unkte Tante Irmgard.

Im Saal war es schlagartig totenstill. Van Arcen runzelte irritiert die Stirn. Er sah, dass die blonde Sandra böse grinste und die beiden Zwillinge sich heimlich anstießen.

»Was ist denn?«, fragte van Arcen.

»Es weiß doch jeder, dass Lorenz keinen Koriander mag«, raunte Tante Irmgard von links.

»So ein blöder Trottel«, flüsterte Pits Nachbar von rechts.

»Nun denn«, brummte Lorenz Lanzer salbungsvoll.

Schwungvoll riss Kellner Nummer Eins eine der Hauben in die Höhe. Ein fein angerichtetes Tellerchen wurde sichtbar. Neben dem Teller mit dem Schildchen *Dieter* lag eine goldfarbene Serviette und stand ein silberner Salzstreuer. Die majestätischen Insignien des Kochkönigs.

Theatralisch tauchte Lorenz Lanzer nun seine Gabel in die Portion.

Wie gebannt hing das Kochvolk an seinen Lippen. Nachdenklich kaute der Meister. Er kniff die Augen zusammen, visierte einen imaginären Punkt an der Decke an, wendete Wrap, Fenchel und Koriander in seinem Mund hin und her. Und schluckte. Dann ergriff er blitzschnell den silbernen Salzstreuer und ruckte mehrere Ladungen Salz aufs Essen.

»Mit ganz viel Salz!«

»Kriegt man es runter!«, brüllte das Publikum und rastete wieder aus.

Tante Irmgard und Pits *Küchenkiller*-Nachbar trampelten mit den Füßen, der Boden bebte.

Der dünne Dieter schlug entsetzt die Hände vors Gesicht. Der Meister griff eilig zum Mineralwasserglas, nahm einen kräftigen Schluck und schrubbte sich mit seiner goldfarbenen Serviette gründlich-genüsslich den Mund ab.

Der dünne Dieter, das war auch ohne Spezialkenntnisse zum Regelwerk mehr als deutlich, hatte offensichtlich total verkackt.

Assistentin Mariele trat mit mitleidslosem Blick auf den Koriander-Trottel zu. »Lieber, lieber Dieter. Das war *gar* nix.

Das ging ja nur mit das Salz runter, Junge. Mal sehen, ob die Marita und die Rita das ein kleines bischchen besser …«

Sie brach ab. Denn in diesem Moment schraubte sich Lorenz Lanzer in die Höhe. Er würgte mit offenem Mund. Seine Hände umklammerten die Kehle.

»Jetzt übertreibt er aber. So ein bisschen Koriander«, maulte Tante Irmgard.

»Gehört alles zur Show«, wusste Pits kompetenter Killer-Nachbar.

Pit van Arcen fand, dass Lorenz Lanzer das Dunkelbläuliche im Gesicht fast ein wenig *zu gut* hinbekam. Also, wäre das hier jetzt nicht alles Fernsehen, dann könnte man fast meinen …

»Wir brauchen die Polizei!«, rief Mariele, denn jetzt klatschte Lanzer quer übers Abendmahl.

»Und einen Arzt!«, schrie Sandra.

Tante Irmgards Kopf ruckte zur Seite, van Arcen seufzte. »Ich steh ja schon auf.«

»Ich komme mit«, erklärte Tante Irmgard energisch und erhob sich ebenfalls.

»Auf kleinen Fall!«

»Pit, hier ist kulinarischer Sachverstand gefragt. Du kannst nur Bratkartoffeln!«

»Hier ist jetzt *kriminalistischer* Verstand gefragt. Du kannst nicht mitkommen.«

»Ich will gar nicht mitkommen. Nur dabei sein. Und gucken.«

Van Arcen verdrehte die Augen. Nun denn, vielleicht konnte er seine Tante ja wirklich gebrauchen, zumindest am Anfang ein wenig, weil ihm kein Assistent zur Hand gehen konnte.

»Na gut, aber …«

Tante Irmgard kniff die Augen zusammen. »Super, ich habe auch schon einen Verdacht.«

Weil es schnell gehen musste, zwängten sie sich mit großen Schritten durch die Sitzreihen direkt auf die Bühne, Pit van Arcen schwenkte seinen Dienstausweis.

»Wir sind von der Kriminalpolizei«, rammte Tante Irmgard sich an Mariele und den beiden Zwillingen vorbei.

Lorenz Lanzer war mit seinem Oberkörper vornüber auf den gedeckten Tisch gefallen. Glücklicherweise hatte er das indische Wrap knapp verfehlt. Seine Augen blickten leer und starr die Tischdecke entlang nach rechts. Die Zunge hing Lorenz Lanzer blau aus dem Mund. In seinem linken Mundwinkel zerplatzte ein weißes Schaumbläschen.

Kein Puls.

Kein Zweifel: der Koch hatte den Löffel abgegeben.

»Aber das war doch nur Koriander«, murmelte der dünne Dieter.

»Er hasste Koriander«, formulierte Tante Irmgard missbilligend.

»Mund zu Mund-Beatmung«, schlug Sandra vor.

»Auf kein Fall«, bellte van Arcen. »Sieht aus wie Gift.«

»Gott sei Dank. Nicht der Koriander«, atmete der dünne Dieter erleichtert auf.

Ein Mann im schicken, grauen Anzug trat neben sie. »Ich bin der Hotelmanager, ich habe die Polizei gerufen. Äh, Sie sind aber schnell.«

»Ich saß im Publikum«, erklärte van Arcen und ordnete an. »Sie sorgen bitte dafür, dass das Publikum den Saal zügig verlässt. Dann möchte ich, dass alle Kandidaten und Mitwirkende, die während der Show *auf der Bühne* waren, sich in einem Raum zu meiner Verfügung halten.«

»Geht klar!«

Van Arcen drehte sich wieder zum Tisch. Sein prüfender Blick strich über die Tafel. Lanzers Gerichte, das Besteck, der Salzstreuer, die Wasserflasche und das Glas waren noch da.

»Niemand fasst irgendetwas an!«

* * *

»Gift«, erklärte fünf Minuten später der inzwischen eingetroffene Notarzt und flitschte sich die Einweghandschuhe von den Fingern. »Ich tippe auf eine extrem hoch dosierte Kaliumcyanid-Verbindung.«

»Blausäure?«

»Ja, aber sehr konzentriert. Haben Sie schon eine Idee, wie dem Opfer das Gift zugeführt wurde?«

Tante Irmgard hob interessiert die Augenbrauen, das wäre auch ihre nächste Frage gewesen.

Van Arcen nickte auf den langen Tisch. »Lorenz Lanzer hat das zu sich genommen und benutzt, was Sie hier sehen. Was kommt als Träger infrage?«

Der Arzt lachte bitter. »In der festgestellt hohen Konzentration? Alles. Geben Sie mir eine halbe Stunde, dann sage ich es Ihnen genau. Ich mache ein paar Tests.«

»Sehr gut«, antworteten Pit und seine Tante gleichzeitig.

Van Arcen klatschte beherzt in die Hände. »Ich werde die Verdächtigen jetzt vernehmen.«

»Recht so, mein Junge! Wir nehmen sie richtig hart ran!«

»Ähm, das mache ich alleine, Tante Irmgard. Dich brauche ich hier. Du passt auf, dass hier niemand was antatscht und nichts wegkommt.«

»Was? Ich soll den doofen Tisch bewachen, das ist alles?«

Van Arcen grinste. »Ich habe noch einen Spezialauftrag für dich.«

Und den flüsterte der Kommissar seiner Tante ins Ohr.

* * *

Weil der Mord auf offener Bühne zelebriert worden war, konzentrierte Pit van Arcen sich zunächst auf *die* Personen, die sich unmittelbar am Ort des Verbrechens aufgehalten hatten. Zuvor holte er sich beim Regisseur einige Hintergrundinformationen.

»Das ist so tragisch. Das war eine der letzten Lorenz-Lanzer-Kochshows. Er wollte den Stab weiterreichen.«

»Ach. Wird das Format weitergeführt?«

»Ganz sicher. Es läuft auf Mariele, die bisherige Co-Moderatorin, hinaus. Lanzer hat sie seit Langem gefördert und sie ist beim Publikum extrem beliebt.«

»Und die Kandidaten? Ich meine, wie wurden sie welche?«

»Das ist unterschiedlich. Dieter Brackel aus Duisburg hat sich bei uns beworben, nachdem er es in einer vegetarischen Kochshow bei RTL, die *Tofu-Talente,* bis ins Halbfinale geschafft hat. Wir haben ihn als Kandidaten zugelassen, aber dann stellte sich heraus, dass der Kerl ein durchgeknallter Spinner ist. Ein militanter Vegetarier. Vor der Sendung mussten wir ihn mit Engelszungen überzeugen, einen Button vom Hemd zu nehmen. *Fleisch ist Mord.* Ja, geht's noch?«

»Hm.«

»Sandra Allofs hat ein Seminar in Köln besucht, *Kochen & Wellness.* Das Seminar gibt Lorenz Lanzer zweimal im Jahr exklusiv in einem Kölner Hotel der Spitzenklasse. Er hat sie dann in diese Sendung eingeladen.«

»Und die Zwillinge?«

»Marita und Rita Baudach haben ein Preisausschreiben gewonnen.« Der Manager schniefte. »Genau genommen haben sie es nicht gewonnen. Sie haben sich die Teilnahme am *Kochduell* rechtsanwaltlich erstritten, indem sie Formfehler im Verfahren geltend gemacht haben. Das hatte in den Medien schon erste Wellen geschlagen, deshalb haben wir die Notbremse gezogen und die beiden Knallschoten eingeladen.« Er zögerte. »Sie sagten, Lorenz Lanzer sei vergiftet worden? Dann fangen Sie am besten mit den beiden an. Sie betreiben zusammen in Zwickau eine Apotheke.«

* * *

»Vergiftet? Nein. Wer macht denn sowas?«, fragte Rita.

»Mörder machen so was«, antwortete Pit van Arcen, der die knapp einssechzig großen Zwillinge mit den roten Pausbäckchen in einen Nebenraum gebeten hatte. Sie sahen aus wie die polnischen Kaczynski-Brüder, nur in männlich.

»Das muss aber ein schnell wirkendes Gift gewesen sein«, murmelte Marita.

»Kaliumcyanid vielleicht«, schlug Rita vor.

»Aber in einer *sehr hohen* Konzentration. So schnell wie das gewirkt hat«, ergänzte Marita.

»Aber das weiß ja jeder.«

»Ich denke nicht, dass das jeder weiß«, lächelte van Arcen. »Aber als *Apothekerinnen* wissen *Sie beide* das ganz sicher.«

»Siehste, haste dich mit deinem vorlauten Geschwätz schon wieder verdächtig gemacht«, schimpfte Rita mit ihrer Schwester.

»Wieso schon wieder?«, hakte van Arcen nach.

Zwilling Marita winkte ab. »Wegen ein paar merkwürdigen Todesfällen bei uns im Viertel hat es im letzten Jahr Gerüchte gegeben.«

»Aber, Herr Kommissar, wir beide haben ja gar kein Motiv.«

»Genau. Motiv *und* Gift. Braucht man beides!«

Van Arcen strich sich über den Nasenrücken. »Nach diesen Gerüchten blieben Ihnen doch sicher zunächst die Kunden weg. Der Sieger bekommt 30.000 Euro. Das ist ein großes Motiv.«

Marita lachte. »Dann sind wir raus. Wir teilen nämlich immer alles durch zwei. Dann haben die anderen beiden Kandidaten ein größeres Motiv.«

»Ein doppelt so großes!«, rief Rita.

* * *

Das feurige Äußere von Sandra Allofs hatte schwer gelitten. Ihre strohblonde Frisur lag wirr, die Schminke war verwischt, ihre fliederfarbenen Highheels hatte sie von den Füßen gestreift. »War das wirklich nötig, dass ich meine Fingerabdrücke abgeben musste?«

»Ja, wir wollen bei unseren Ermittlungen gleich ein paar Sachen ausschließen. Der Tod geht Ihnen offensichtlich sehr nahe«, stieg van Arcen mit sanfter Stimme in die Vernehmung ein.

»Lorenz saß direkt neben mir. Ich hab doch alles mitbekommen. Furchtbar.«

»Sie kennen sich aus einem Koch-Seminar?«

»*Kochen & Wellness.* Lorenz hat einen ganzheitlichen, körperlichen Zugang zum Essen gefunden. Sorgen vergessen – Entspannen beim Essen.«

Van Arcen beugte sich nach vorne, fast berührten sich ihre Nasenspitzen. »Sie hatten ein Verhältnis mit Lorenz Lanzer!«

»Wie bitte?«

»Streiten Sie es ab?«

»Aber sicher«, echauffierte sich Sandra Allofs.

»Was, wenn ich Ihnen sage, dass wir auf dem weißen Kittelkragen von Lorenz Lanzer fliederfarbenen Lippenstift gefunden haben. Muss ich wirklich erst eine DNA-Probe nehmen lassen?«

»Das … Wir haben nebeneinandergesessen.«

»Frau Allofs, im Publikum saßen zweihundertfünfzig Zuschauer, denen eine solch intime Berührung mit Sicherheit aufgefallen wäre. Die Show wurde live aufgenommen, ich könnte das Band sichten lassen. Es kann nur *hinter* der Bühne passiert sein.«

Sie sackte in sich zusammen. »Ich habe kein *richtiges* Verhältnis mit Lorenz Lanzer.«

»Was für eines dann?«

Sandra Allofs erklärte es ihm.

* * *

Der dünne Dieter aus Duisburg war immer noch außer sich. »Ich bin total fertig.«

»Ich habe mich erkundigt. Es gibt Personen, die bezeichnen Sie als *durchgeknallten Spinner*.«

»Weil ich Vegetarier bin.«

»Da wundert es mich, dass Sie beim Kochduell mitmachen.«

»Mit einem *vegetarischen* Wrap.«

»Gewonnen hätten Sie mit dem Wrap aber ganz sicher nicht. Mit Koriander als Zutat. Sie müssen doch gewusst haben, dass Koriander für Lanzer ein No-Go ist.«

Dieter Brackel schnaufte. »Aber ich wollte ihn nicht *umbringen*. Vorführen! Ich wollte ihn vorführen, diesen Schaumschläger, diesen aasfressenden Wurstjunkie, diesen Handlanger der Fleischindustrie. Keine Ahnung hat er.«

»Also …«

»Da war doch überhaupt kein Koriander im Pesto drin«, erklärte Brackel. »Das hab ich doch nur *behauptet*. Ich wollte ihn reinlegen, die Fleischflöte. Das wäre eine Schlagzeile gewesen: Lorenz Lanzers Koriander-Desaster. Da bringe ich den Sack doch nicht um und mache mir den Triumph kaputt!«

Die Tür wurde von außen geöffnet, ein Kollege der Spurensicherung fragte. »Hast du mal einen Moment?«

Van Arcen verließ kurz den Raum. Der Spurensicherer wedelte mit einem Klarsichtbeutel. »Der silberne Spezial-Salzstreuer von Lorenz Lanzer. Das Salz wurde mit einer Kaliumcyanid-Verbindung gestreckt. In einer Konzentration, die Pferde tot umgeworfen hätte.«

Der Salzstreuer. Mit ganz viel Salz … kriegt man es runter.

»Und wir haben noch was«, fuhr van Arcens Kollege fort. »Fingerabdrücke auf dem Salzstreuer.«

* * *

Van Arcen hatte alle Anwesenden wieder in einem Raum hinter der Bühne versammelt. Tante Irmgard stand neben Co-Moderatorin Mariele und hielt die Luft an. Ihr Neffe hatte finster drein blickende Kollegen in Uniform hinzugezogen. Mensch, war das spannend. Viel besser als Tatort!

»Der Mord an Lorenz Lanzer bleibt nicht ungesühnt.«

Die beiden Polizisten setzten sich auf seinen Wink hin in Bewegung.

»Dieter Brackel, ich verhafte Sie wegen des Mordes an Lorenz Lanzer. Lorenz Lanzer wurde vergiftet. Das Gift befand sich im Salz des Salzstreuers, auf dem wir – außer denen von Lorenz Lanzer – allein *Ihre* Fingerabdrücke festgestellt haben.«

»Ich habe den Salzstreuer vor der Show einmal in meinen Fingern gehalten.«

»Das hatten andere auch, Herr Brackel, irgendwann. Aber der Salzstreuer ist vor der Show – schon auf der Bühne – wie jedes Mal durch Lanzers Co-Moderatorin blitzblank poliert worden.«

Die beiden Polizisten hakten den dünnen Dieter unter und führten ihn aus dem Raum.

»Ich werde gleich den erweiterten Tatortbereich versiegeln müssen«, fuhr van Arcen fort. »Das bitte ich zu entschuldigen, aber es gilt, morgen Vormittag noch kleinere Durchsuchungsmaßnahmen durchzuführen. Ich darf Sie nunmehr nach Hause entlassen.«

Der Hotelmanager trat erfreut an den Hauptkommissar. »Danke, ich bin so froh, dass der Fall derartig schnell gelöst werden konnte.«

»Immer wieder gerne«, antwortete Tante Irmgard.

* * *

Ihr Fahrzeug stand mit ausgeschalteten Scheinwerfen hinter dem Gebüsch an der Ausfahrt des Parkplatzes.

»Und du bist sicher, dass ...«, hob Tante Irmgard an.

Im selben Moment öffnete sich die Seiteneingangstür des Hotels. Hochhackige Schuhe klackerten über das Pflaster, ein Autoschlüssel wurde aus einer Tasche geraschelt.

Zwei Polizeibeamte lösten sich aus dem Schatten. »Einen Moment, bitte!«

»Was soll das?«, fragte Co-Moderatorin Mariele.

Van Arcen und seine Assistentin traten ebenfalls zügig unter das Licht einer Bogenlampe, die ausreichend Licht auf die Szenerie warf, um Marieles blasses Gesicht zu erkennen.

»Frau de Winter, ich verhafte Sie wegen Mordes an Lorenz Lanzer.«

»Soll das witzig sein?«

»Sehen wir aus, als machten wir Witze?«, knurrte Tante Irmgard.

Van Arcen warf seiner Tante einen warnenden Blick zu.

»Frau de Winter, Sie haben Lorenz Lanzer mit einer Überdosis Kaliumcyanid vergiftet. Anschließend haben Sie noch auf der Bühne unauffällig die Salzstreuer ausgetauscht. Sie hatten Dieter Brackel zuvor dazu gebracht, seine Fingerabdrücke auf einem Streuer zu hinterlassen, um ihn als Täter hinzustellen, denn Sie brauchten einen Tatverdächtigen, um von sich abzulenken.«

»Das ist Unsinn.«

»Sie trugen den Abend über Latexhandschuhe, deshalb hinterließen *Sie selbst* keine Abdrücke auf dem Salzstreuer.«

»Weshalb sollte ich Lorenz umbringen?«

»Weil er Ihnen seine Nachfolge als Showmasterin versprochen hatte«, erklärte van Arcen, dem auffiel, dass Mariele ohne die niedlichen, holländischen Wortverdrehereien auskam. »Aber dann lernte er Sandra Allofs kennen. Und die sollte im Rahmen der heutigen Show einem großen Publikum vorgestellt werden, damit Lanzer sie später als seine Nachfolgerin präsentieren konnte.«

»Das hat diese … Landschönheit Ihnen erzählt?«, spottete die Co-Moderatorin.

»Hat sie. Ich hatte Sie von Anfang an im Focus. Wenn ein Mensch krampfend zu Boden stürzt, dann ruft man nach einem Arzt. Sie riefen nach der Polizei.«

»Das beweist nichts! Wozu haben Sie Dieter Brackel festgenommen?«

»Ein Trick. Seine Festnahme und die Ankündigung von Durchsuchungsmaßnahmen am morgigen Tag sollten *Sie* dazu bringen, die wirklichen Beweise mitzuführen, wenn ich Sie beim Verlassen des Hotels festnehmen lasse. Sie hatten bis dahin keine Gelegenheit, die Beweismittel unauffällig beiseitezuschaffen, denn Sie standen unter *Spezialüberwachung*.«

Tante Irmgard lächelte zufrieden. Sie hatte diesen Job meisterhaft erledigt, war der Co-Moderatorin keinen Zentimeter von der Seite gewichen.

»Mir fiel sofort auf, dass auf dem Showtisch ein Lorenz-Lanzer-Utensil fehlte. Ein Salzstreuer stand auf dem Tisch, auch wenn es der falsche war, aber es fehlte die goldfarbene Serviette. Und ich wette, dass sie praktisch fast nur aus aufgetragenem Kaliumcyanid besteht. Als Lanzer sich den Mund abschrubbte, war das sein Todesurteil.«

Mariele de Winter presste die Lippen aufeinander.

»Womit wir wieder bei den extravaganten Latexhandschuhen sind, die wir in Ihrer Handtasche finden werden. So richtig schön lange Handschuhe sind der ideale Platz, um darin eine kontaminierte, goldfarbene Serviette zu verstecken. Ich darf doch?«, fragte van Arcen und zog ihr die Handtasche von der Schulter.

»Ohne meinen Anwalt, sage ich nichts.«

»Den Anwalt werden Sie brauchen«, sagte Tante Irmgard und nickte den beiden Polizisten zu. »Abführen!«

Ein Päckchen Tod

Blass ließ sich Scholle Harmsen an unseren Skattisch fallen. »Die Monika Hörsten ist tot.«

Paul Puls schnappte nach Luft.

»Ach?«, fragte Pit Brammer.

»Um Himmels willen«, war ich ehrlich entsetzt. »Die Hörsten? Bist du sicher?«

»Tu mal frische Pils!«, orderte Scholle Kaltgetränke bei Werner Strohdiek, dem wortkargen, bärtigen Wirt der *Alten Ziegelei* in Remmels und nickte ernst. »Ich hab gerade den Drage getroffen. Hat er mir erzählt.«

Schorsch Drage war unser Dorfsheriff. Der sollte es wissen.

Scholle schüttelte den Kopf. »Die ist nicht nur tot, die wurde ermordet!«

»Ermordet?«, rief Paul entsetzt.

»Wundert mich nicht«, erklärte Brammer gedehnt.

»Hä?«, fasste Paul unsere fragenden Blicke zusammen.

»Die hat mit jedem hier was gehabt«, erklärte Brammer. »Kein Wunder, wenn das irgendwann Ärger gibt.«

»Mit mir hat sie nichts gehabt«, erklärte Scholle. »Echt? Sonst ... mit jedem?«

Schweigend leerten wir die Gläser. Ich kratzte mir den Kopf. Mit der rechten Hand. Meine linke ist aus Gummi. Die hatte ich mir als Jugendlicher während des Praktikums in einer Entgrätungsmaschine zerschreddert. Montage sind nicht mein Ding.

»Was Genaues wissen die noch nicht.«

Die Monika Hörsten. 29 Jahre alt, schlank, lange rotbraune Haare, grüne Augen und nett, keine Frage. Die wohnte in

Osterstedt an der Triangel. Die Monika kam von hier, hatte einige Jahre in Rendsburg gewohnt und war erst im letzten Sommer als frisch Geschiedene zurück nach Remmels gezogen. Klar, die hatte hier für erhebliches Aufsehen gesorgt. Aber, dass jetzt fast alle was mit der gehabt haben sollten …

Ich beugte mich zweifelnd über den Tisch. »Mit jedem was gehabt? Woher willst du das wissen?«

Pit grinste breit. »Ich habe alle ihre Urlaubskarten gelesen. Sehr aufschlussreich.«

Oha. Pit Brammer war unser Briefträger. Das Postgeheimnis hatte für ihn keine verbindliche, sondern lediglich hinweisende Bedeutung. Unter vier Augen und mit fast genauso viel Promille hatte er mir mal anvertraut, dass er seit März 2003 *alle* Postkarten, die es zuzustellen galt, gelesen hatte. Mit Ausnahme September 2007, da war Brammer in Kur auf Sylt. Pit hatte inzwischen seine Fähigkeiten so verfeinert, dass er die Einwohner von Remmels an der Handschrift erkennen konnte. Möglicherweise auch am Satzbau, da übte er noch.

»Du darfst die Karten doch nicht lesen«, beschwerte sich Paul.

Pit summte geheimnisvoll. »Mit wem die Monika sich alles geschrieben hat.«

Ich meinte zu bemerken, dass Paul um die Nase rum ein bisschen bleich wurde. Ich wollte unseren Postschubser gerade bremsen, da flog die Kneipentür auf.

»Moin!«, grüßte Schorsch Drage, noch in Uniform.

»Moin!«

Schorsch lehnte sich an die Theke. »Tu mal einen Korn, Werner.«

»Sag mal, die Hörsten ist tot?«, fragte Pit.

»Ja. Tot.«

Wir kippten stumm unser Getränk und ich winkte bei Werner eine neue Runde heran. Der ließ wortlos den Hahn schnellen.

»Erzähl mal!«, forderte Pit ihn auf.

»Das ist Dienstgeheimnis.«

Pit Brammer verdrehte unwillig die Augen. Soweit kam das noch, dass irgendeiner im Ort besser informiert wäre als er.

»Erzähl wenigstens das, was morgen in der Zeitung steht!«

Schorsch Drage seufzte. »Heute Vormittag hat man die Hörsten tot auf einem Parkplatz am Reher Kratt gefunden.«

»Wie kommt die denn nach Reher?«

»Auf jeden Fall lag sie in einem Leihwagen aus Itzehoe.«

»Was macht die denn in einem Leihwagen aus Itzehoe?«, runzelte Scholle seine hohe Stirn.

»Tot drin rumliegen«, erklärte Drage.

»Und wer war es?«, fragte Paul Puls mit glasklarem Blick für das Wesentliche.

Drage schüttelte den Kopf. »Keine Ahnung. Die Kripo ist dran.«

»Der Klaus Borowski aus dem *Tatort*?«, fragte Scholle.

Ich blickte Scholle an. Der zuckte fragend mit den Schultern. Manche Menschen hatte der liebe Gott ganz schnell noch kurz vor Feierabend gemacht. Scholle war definitiv einer davon.

Pit Brammer gluckste. »Ich könnte glatt eine Liste mit Verdächtigen machen.«

»Irgendwann kriegst du richtig fiese Scherereien«, zischte ich.

»Keine Sorge, ich hab was Neues.«

»Ach?«

Pit räusperte sich. »Wenn einer was in Flensburg bei *Beate Uhse* bestellt, kann ich durch Tasten und am Geruch erkennen, um welchen Artikel es sich handelt und unter welcher Artikelnummer der geführt wird.«

Für ein paar Sekunden war alles still.

»Wer in Remmels lässt sich denn was von *Beate Uhse* schicken?«, fragte Scholle.

»Du würdest dich wundern«, erklärte Pit und ich meinte zu erkennen, dass Paul Puls schon wieder ein bisschen Farbe verlor.

»Werden die Sachen nicht in neutral verpackten Päckchen verschickt?«

»Die Päckchen sind so neutral, dass ich sie sofort erkenne. Ich taste das Paket ab, nehme eine Nase und weiß: Artikelnummer 5-439, Luxus Nappa Leder, Hodensackteiler mit Penisband, 18 Euro fünfundneunzig.«

»Hodensackteiler?«, fragte Scholle.

»Oder ich rassle am Paket, merke, das ist was Wabbeliges, Flüssiges, wiegt circa ein Kilo: Alles klar! Artikelnummer 4-251, Nuro Sex Gel, Ein-Liter-Packung, 25 Euro fünfzig.«

Ich hätte mir am liebsten die Hände über dem Kopf zusammengeschlagen. Ging ja nicht. Täte weh. Wegen dem Gummi.

»Du riechst an der Post?«, fragte unser Dorfsheriff entgeistert.

»Da steht nirgendwo, dass das verboten ist, Schorsch.«

Paul Puls konnte es immer noch nicht fassen. »Da liegt die Monika tot in einem Leihwagen. Wie ist sie denn gestorben?«

Schorsch Drage kippte den Klaren. »Darf ich nicht sagen.«

»Der Leihwagen wird den Täter verraten«, behauptete Paul.

»Wieso?«

»Spuren!«

»Der Mörder wird seine Fingerabdrücke abgewischt haben! Kenn ich aus dem *Tatort*«, behauptete Scholle.

»Wahrscheinlich, aber in der Leihwagenfirma wird es Unterlagen geben, die lassen sich immer Ausweise zeigen«, erklärte Paul.

Werner Strohdiek ließ den Zapfhahn schnacken.

Ins folgende, schwere Schweigen hinein fragte Scholle. »Kommt jetzt der Kommissar Borowski aus Kiel oder nicht?«

* * *

Am nächsten Morgen sprangen mir in der Zeitung gleich mehrere Nachrichten ins Auge. Der Hamburger SV war bei den Bayern richtig unter die Räder gekommen. Auf der B 77 hatte es mächtig gerappelt. Und oben auf Seite 4 las ich:

> *»Itzehoe. Erheblicher Sachschaden entstand gestern Nacht bei einem Einbruch in eine Autovermietung am Graf-Egbert-Ring. Unbekannte Täter entwendeten Computer, Monitore sowie hochwertiges Spezialwerkzeug. Anschließend flüchteten sie mit einem ebenfalls entwendeten weißen Kastenwagen.«*

Ich raschelte die Zeitung herunter. Über die Autovermietung in Itzehoe hatten wir gestern Abend beim Werner Strohdiek noch geredet. Ein Zufall?

Schorsch Drages Telefonnummer kannte ich auswendig, unser Sheriff ging sofort ran. »Polizeiwache …«

»Ich bin es. Hast du die Zeitung gelesen?«

Schorsch Drage zögerte mit der Antwort und ich konnte hören, dass er nicht allein auf der kleinen Wache war. Wahrscheinlich hatten die Kriminalen aus Pinneberg sich bei ihm breitgemacht.

»Natürlich hab ich die Zeitung gelesen«, brummte Drage.

»Der Einbruch in Itzehoe, die Leihfirma, der Mord an Monika, da gibt es bestimmt einen Zusammenhang.«

»Ich bin hier nicht allein.«

»Der Computer wurde geklaut. Der Mörder verwischt seine Spuren.«

»Wie gesagt, ich bin nicht allein«, zischte Drage. »Lass uns die Arbeit machen, ich muss auflegen.«

Zack, hatte der das auch schon gemacht.

Ich malte nachdenklich mit meinem Gummizeigefinger ein paar Vierecke auf die Tischplatte und las den zweiten Zeitungsbericht auf Seite 4 gleich darunter. Am Ende des Artikels stand etwas Neues:

> *»... entdeckten Polizeibeamte die 29-jährige Tote auf dem Beifahrersitz, die – wie die Polizei inzwischen ermitteln konnte – offensichtlich vergiftet wurde.«*

»Vergiftet«, flüsterte ich, als es plötzlich läutete.

Ich eilte an die Haustür.

»Moin!«

»Moin, Paul. Komm rein. Was ...?«

Paul Puls schwankte an mir vorbei in die Küche. Er war weißer als die Großsegel der *Gorch Fock*. Kraftlos ließ er sich in einen der Küchenstühle fallen. »Ich bin im Arsch!«

»Hä?«

»Ich hatte auch was mit Monika. Wenn die Polizei jetzt deren Leben umkrempelt, kommt alles raus. Die Anita macht mir die Hölle heiß.«

Ich war ehrlich entsetzt. Der Paul auch? Ich schnalzte vorwurfsvoll mit der Zunge. Tja, so was musste man sich vorher überlegen. Oder gut planen. Ich musste an meine Marlies denken. »Paul, ich fass es nicht. Wieso fängst du was mit Monika an?«

»Du kennst doch meine Anita.«

Allerdings. Die Anita stammte aus der gleichen Baureihe wie Scholle.

»Abwarten, Paul. Vielleicht müssen die gar nicht lange ermitteln und finden den Täter schnell. Dann wühlen die nirgendwo drin rum und du bist aus dem Schneider.«

Er vergrub sein Gesicht zwischen den Händen. »Oder soll ich reinen Tisch machen?«

Ich schüttelte heftig den Kopf. Die kräftige Anita konnte mit einer behaarten Hand verheerendere Verletzungen beibringen als eine Entgrätungsmaschine. »Auf keinen Fall!«

Zwei Klare später ging es Paul besser. Er liebte seine Anita mehr denn je. Ich konnte ihm gerade noch ausreden, ihr spontan einen Strauß roter Rosen zu kaufen. Eine Handlung, die an verräterischer Dämlichkeit nicht zu überbieten gewesen wäre.

Dann fuhr draußen ein Auto in unsere Auffahrt.

»Das ist Marlies«, erklärte ich. »Kommt vom Einkaufen.«

Hastig sprang Paul auf. »Ich geh. Ich könnte ihr nicht in die Augen sehen, nachdem ...«

Ich nickte, geleitete ihn zum Ausgang, sah ihm hinterher und hielt meiner Gattin die Tür auf.

»War das Paul?«, fragte sie und wuchtete schwungvoll ihre Einkäufe auf die Anrichte.

»Er hatte noch eine Frage. Von gestern. Beim Skat.«

»Der sah aber blass aus. Wenn sich da mal nicht ein schlechtes Gewissen bemerkbar gemacht hat.«

»Was?«, fragte ich entsetzt.

»Wegen der toten Monika Hörsten. Du hast mir das doch alles erzählt, als du gestern vom Skatabend nach Hause gekommen bist.«

Scheiß Schnaps, dachte ich. »Äh ...«

»Im ganzen Dorf hörst du nichts anderes, als dass die mit fast jedem Kerl aus dem Ort was gehabt hat.«

»Gerede.«

»Wo Rauch ist, Hase, da ist auch Feuer. Kommt aus Rendsburg hierher zurück und macht die Männer strubbelig. Wenn der Paul was mit ihr hatte, dann wird seine Anita das rauskriegen und ihm den Kopf abreißen.«

»*Wenn* sie es rauskriegt.«

»Wenn?« Marlies lachte. »Frauen kriegen so was immer raus! Ich muss noch mal schnell weg, Hase. Bis später!«

Sagte sie und entschwand mit einem frechen Augenzwinkern. Ich sah ihr hinterher, wie sie unser Auto startete und davonbrauste. Ich ließ mich an den Tisch sinken. Frauen kriegten alles raus? Ich strich mir nachdenklich durchs Haar.

In diesem Moment schepperte das Telefon.

»Ja?«

»Hast du das in der Zeitung gelesen?«

»Äh, ja.«

»Ich kenne den Mörder«, flüsterte Pit Brammer. »Ich weiß, wer Monika Hörsten umgebracht hat.«

* * *

Ich räumte rasch Marlies' Einkauf in die Schränke, schwang mich auf den Drahtesel und radelte los. Autofahren darf ich nicht mehr: die Gummihand. Eine knappe halbe Stunde später bog ich mit meinem Fahrrad in die Fliederstraße. Ich bremste hart ab. Rot-weißes Flatterband sperrte die Straße.

»Was ist denn hier los?

Schorsch Drage löste sich von einem zweiten Kollegen und kam mit großen Schritten auf mich zu, das Gesicht in einer Farbe wie ich sie sonst nur von Paul Puls kannte.

»Scheiße«, wisperte er. »Der Pit ist tot.«

Fast wäre ich mit dem Fahrrad umgekippt. »Was?«

»Unfallflucht. Soll ein weißer Kastenwagen gewesen sein. Das Schwein kriegen wir!«

Ich schluckte. »Das war doch keine Unfallflucht, Schorsch.«

»Was denn sonst?«, fragte der Sheriff mit lauerndem Blick.

Kurz überlegte ich, Schorsch von Pits letztem Anruf zu erzählen. Ich zögerte. Und fragte mich, warum ich es schließlich *nicht* tat. Die Antwort erschreckte mich.

»Was hast du?«, fragte Schorsch leise.

Ich kniff die Augen zusammen. »So wie Pit dich gestern in der *Alten Ziegelei* angeguckt hat ... Du hast auch was mit der Monika gehabt!«

»Was soll das denn jetzt? Bist du bekloppt?«

»Hast du?«

Schorsch blickte sich über die Schulter und wechselte das Standbein. »Alle haben was mit der gehabt.«

»Du glaubst doch nicht im Ernst, dass die beiden *Unglücksfälle* nichts miteinander zu tun haben? Wann ist hier das letzte Mal einer ums Leben gekommen? Hier stirbt doch keiner! Und jetzt zwei hintereinander?«

»Red keinen Unsinn!«

»Im ganzen Ort besitzt doch niemand einen weißen Kastenwagen.«

»Wir sind hier in Remmels doch nicht eingemauert.«

»Das war der weiße Kastenwagen, der gestern Nacht in der Autowerkstatt geklaut worden ist, wo die Unterlagen jetzt weg sind, die einen Hinweis auf Monikas Mörder gegeben hätten. Und jetzt wird mit einem weißen Kastenwagen der Pit umgefahren.«

Weil ich ganz genau hingeguckt hatte, erkannte ich in Schorsch Drages Blick ein verräterisches Flackern.

»Ich muss wieder an die Arbeit. Tratsch kein dummes Zeug rum!«

»Auf keinen Fall«, rief ich ihm hinterher, weil ich ahnte, dass Pit Brammers loses Mundwerk etwas mit seinem Tod zu tun hatte ...

Was war zwischen gestern Abend und heute Vormittag passiert? Welche Informationen hatte Pit Brammer verknüpft? Welche Informationen hatte *der Täter* verknüpft?

Ich steuerte die Post an.

Gerda Winkelzopf stand mit verheulten Augen hinterm Schalter. »Hast du das auch schon gehört? Ob das stimmt? Der Pit Brammer ist tot? Ich glaub, ich mach gleich zu.«

Ich beugte mich über den Schalter. »Gerda, du musst mir einen Gefallen tun.«

»Einen Gefallen?«

»Genau genommen tust du dem Pit den Gefallen.«

»Dem Pit?«, schluchzte Gerda.

Ich beugte mich weiter nach vorne. Zur Not würde ich zu ihr in den Postschalter kriechen. »Gerda, ich muss wissen, wem der Pit in den vergangenen Tagen Päckchen angeliefert hat.«

»Das darf ich dir doch nicht sagen.«

»Dürfen vielleicht nicht, aber ich muss das wissen.«

»Das ist Postgeheimnis.«

»Wenn du es mir sagst, ist es ja kein Geheimnis mehr.«

Sie schob die Augenbrauen zusammen. »Ich komme in Teufels Küche.«

»Auch in des Teufels Küche wird nur mit Wasser gekocht. Das erfährt doch keiner, gib dir einen Stoß. Für Pit!«

Ich geb es an dieser Stelle zu. Das war mies. Aber es funktionierte.

Gerda griff unter die Theke und legte ein schwarzes Buch auf den Tresen. »Ich bin eben nach hinten.«

Ich wartete bis Gerda aus dem Raum war und klappte es auf. Schnell fuhr meine Gummihand über die Zeilen. Auf der letzten Seite, fast ganz am Ende, bremste die Hand quietschend in den Stand.

»Verdammt.«

Mit zittrigen Fingern klappte ich das dicke Buch wieder zu und verließ grußlos und mit weichen Knien schwankend das Postamt.

Scholle Harmsen schloss ich als Verdächtigen aus.

Ich ging davon aus, dass der Täter eine Frau ermordet hatte, in Itzehoe in eine Firma eingebrochen war, um Spuren zu beseitigen und einen Kastenwagen zu klauen. Ein gewiefter Täter, der dann das Erfordernis erkannt hatte, einen Zeugen martialisch zu beseitigen. Das waren für Scholle eindeutig zu viele, voneinander unabhängige Denkleistungen. Gewieft und Scholle passten nicht zusammen.

Paul Puls traute ich die Tat nicht zu.

Werner Strohdiek, der Wirt, hatte kein Motiv. Werner war *so* typisch Norden, der hatte *nie* ein Motiv.

Blieben nur zwei übrig, die am gestrigen, denkwürdigen Abend in der *Alten Ziegelei* dabei waren, als Pit Brammer sich trottelig ums Leben gequasselt hatte.

Und in Gerdas Liste war ich ja auch fündig geworden.

* * *

Schorsch Drage war sichtlich angeschlagen. Und genervt. Trotzdem ließ er mich ein. »Was willst du? Ich hab Feierabend!«

»Geht schnell.«

»Sagt deine Frau auch immer«, knurrte der Polizist, der zur Uniformhose ein weißes Feinrippunterhemd trug.

»Es geht um Monika.«

Drage ließ sich müde in einen Stuhl fallen. »Kommst du wieder mit deiner Verschwörungstheorie? Dann kannst du dich gleich wieder verabschieden.«

Ich schnaufte. »Das ist inzwischen mehr als eine Theorie, Schorsch. In der *Alten Ziegelei* hat Pit Brammer erzählt, dass er nicht nur regelmäßig die Post liest, sondern wusste, mit wem alles Monika ein Verhältnis hatte.«

»Das waren ja nun einige. Und ja, ich geb zu, ich hatte mit ihr auch ein Krösken. Aber ein Mordmotiv hatte ja wohl eher einer, der keines mit ihr hatte. Aus Neid!«

Ich stutzte. Interessanter Punkt. Aber natürlich eine Blendgranate. »Alle waren überrascht, als Paul Puls mit dem Ansatz kam, dass die Unterlagen zum Leihwagen den Täter verraten würden. Daran hatte der Täter nicht gedacht.«

»Vielleicht war es sein erster Mord«, versuchte es Schorsch diesmal witzig.

»Noch in der gleichen Nacht hat der Täter jedoch plötzlich seinen Fehler korrigiert, indem er in Itzehoe eingebrochen ist, den Computer mit den Unterlagen geklaut und einen weißen Kastenwagen entwendet hat.«

»Weiter«, flüsterte Drage.

»Als Pit am nächsten Morgen liest, dass Monika *vergiftet* wurde, fällt ihm ein Päckchen ein, dass er ausgeliefert hat, und das ihm jetzt verdächtig vorkam. Möglicherweise wegen des Absenders, was weiß ich? Er erinnerte sich an sein argloses Gequassel vom Vorabend und fürchtete, dass der Täter und Empfänger dieses Päckchens jetzt *ihn* in den Fokus nehmen würde. Pit rief mich an, um mir mitzuteilen, dass er den Mörder kennt.«

Drage sprang auf. »Was?«

»Aber bevor ich mit meinem Fahrrad bei ihm war, hatte der Täter ihn mit dem Kleintransporter überfahren, den er eigens zu diesem Zweck gestohlen und inzwischen bestimmt schon spurenfrei irgendwo abgestellt hat.«

Drage ballte seine Fäuste, die Ader an seiner Schläfe pochte. »Das hättest du mir sofort erzählen müssen!«

Ich trat vorsichtig einen Schritt zurück. »Mach keine Dummheiten, Schorsch! Du kannst nicht noch jemanden umbringen! Es muss Schluss sein!«

»Du verdächtigst mich? Pit hat dir nicht ausdrücklich, namentlich, gesagt, wer der Mörder ist?«, lauerte Drage.

»Aber bei Gerda in der Post gab es eine Liste. Du hast vorgestern ein Päckchen bekommen.«

Schorschs Augen waren nunmehr Schlitze. Entsetzt fiel mir plötzlich auf, dass im Gürtelholster seiner Uniformhose die Dienstwaffe steckte.

»*Dich* hat der Brammer angerufen?«, fragte Drage. »Dieser Trottel! Und du, du bist auch einer!«

* * *

Marlies erwartete mich zu Hause und hatte mir eine Tasse mit Tee zubereitet, der nun in meinen Fingern wohlig dampfte.

»Du siehst müde aus, Hase.«

Ich ließ mich an den Tisch sinken. »Der Fall ist aufgeklärt. Genau genommen sind *beide* Fälle aufgeklärt.«

»Ach?«

»Was war in dem Paket, das neulich für dich mit der Post gekommen ist?«

»Ich habe kein Paket bekommen. Trink, Hase, dann geht es dir besser.«

Ich hob die Tasse an die Lippen. Fast. Ich ließ den Tee sinken. »Besser? Das glaube ich nicht. Und du *hast* ein Paket bekommen. Du stehst ganz unten auf einer Paket-Liste. Du hast gesagt, jede Frau merkt, wenn ihr Mann sie betrügt. Ich habe mich auch mit Monika getroffen.« Meine Stimme wurde leise. »Du bist nicht wie Pauls Anita kräftig genug, mir den Kopf vom Rumpf zu reißen. Du benutzt Gift, um zu töten. Oder einen weißen Kastenwagen.«

»Sie kam. Und machte alles kaputt. Nahm sich, was mir gehörte.«

»Wie konntest du nur?«

»Ich *musste* sie töten, sie hätte nie aufgehört. Um Pit tat es mir leid, aber er wusste zu viel. Nicht ich, sondern seine verdammte Neugier hat ihn umgebracht.«

Mein Blick fiel auf die Tasse in meiner Hand. »Und warum ich?«

»Weil du mir … nicht mehr gehörst.«

Blitzschnell griff sie nach der Tasse, aber ich zog sie weg und schleuderte die vergiftete Plörre an die Küchenwand.

Jedes Wort, das ich jetzt sprach, schmeckte bitterer als es der Tee jemals hätte tun können. »Es ist vorbei. Schorsch und seine Kollegen stehen draußen vor der Tür.«

Der große Beschiss

Das Leben ist Scheiße! Ein einziger, großer Beschiss. Ein faltiger Arsch, der dir voll Karacho feuchtfaul ins Gesicht furzt. Mir reicht's! Ich hab keinen Bock mehr.

Fünfunddreißig Jahre lang hatte ich für Prosper Haniel in Bottrop auf Sohle Drei gebuckelt und jetzt erklärte mir der Doc, dass der Krebs meine halbe Lunge weggefressen hatte. Und die andere Hälfte würde er sich allerhöchstwahrscheinlich auch noch holen. Meine Tage waren so gut wie gezählt. Was für ein Drecksleben, was für ein mieser Abgang.

Ich drückte mein schmerzendes Kreuz durch.

So mach ich nicht Feierabend! Meinen Abtritt, den würde ich mir nicht vorschreiben lassen, den bastle ich mir selbst. Wegdämmern auf Kasse und Morphium? Vierbettzimmer im Sankt Clemens?

Ich nahm trotzig einen kräftigen Zug auf Lunge. »Aber ganz sicher nicht!«

* * *

Ich klatschte die Kippen aufs schwarze Gummilaufband, die Kassiererin mit den langen, knallbilligen Fingernägeln ratschte die Schachtel durch den Lichtstreifen. Der Automat piepte, die Kassenschublade sprang auf.

»Fünf Euro zwanzig«, erklärte die Kippenschubse.

»Hab ich passend«, gab ich zu und hielt ihr den Lauf meiner Knarre unter die Nase.

»Was …?«

Bevor die Kassentante im hellblauen Kittel bewusstlos vom Hocker rutschen konnte, hatte ich in die Kasse gegriffen und mir die Scheine gekrallt. Ich brauchte Geld. Viel Geld. Deshalb besuchte ich nachher noch Aldi, Netto, Lidl und stattete einer nahe gelegenen Tankstelle einen schnellen Besuch ab. Ohne zu tanken. Heute war nicht der Tag für Bleifrei!

* * *

Murat, geboren in Istanbul und sozialisiert in Oberhausen-Sterkrade, konnte alles besorgen. Sogar ohne Quittung. Ich folgte ihm an einen besonders speckigen Tisch ganz hinten durch bei den Toiletten und ließ mich ihm gegenüber ächzend in den Stuhl fallen.

Er beugte sich zu mir rüber, sein Atem stank nach Knoblauch. »Wofür brauchst du Sprengstoff?«

»Ich hab Maulwürfe im Garten.«

Sein schwarzer Augenbrauenbalken ruckte kaum merklich nach oben. »Maulwürfe?«

»Viele Maulwürfe.«

Murats Blick war wässrig, seine Zunge pulte einen Rest Döner hinten aus der gelben Kauleiste. »Wie kommst du darauf, dass ich Sprengstoff zu verkaufen hätte, du Honk?«

»Hat mir ein Wellensittich gezwitschert.«

»Vögel sind nicht mein Ding.«

»So ähnlich formuliert das auch deine Frau.«

Das Wässrige in seinen Augen verschwand, Murats Pupillen changierten ins tief Kohlenschwarze. Murat und ich hatten bis zu seiner aus vielen, guten Gründen vollkommen gerechtfertigten Entlassung bei der RAG Seite an Seite im weißen Anzug Steine geklopft. Ich hatte jetzt seine volle Aufmerksamkeit.

»Sprengstoff verkauft sich nicht unter der Theke«, knurrte Murat.

»Wo das Zeug herkommt, is mir egal. Du willst ja auch nicht wissen, wo ich meinen Schrebergarten mit den Maulwürfen habe. Ich zahle bar.«

»Im Voraus.«

»Sowieso.«

»Wie viel von dem Zeug brauchst du?«

Ich sagte es ihm.

Er schniefte. »Das scheinen sehr, sehr große Maulwürfe zu sein.«

»Grässliche Tiere, ich sag et dir. Ich möchte, dass es richtig kracht.«

Murat nannte mir den Preis und schien sich nicht zu wundern, wieso ich so viel Bargeld an den Start bringen konnte.

* * *

Drei Tage später lieferte mein türkischer Freund den Stoff. »Mach die Zündschnur nich zu kurz, is gutes Zeug.«

»Biologisch abbaubar?«

»Fick dich!«, verabschiedete sich Murat und ließ mich mit den Maulwürfen zurück.

Drei Stunden später hatte ich mir für unterm weiten Sommermantel einen kleidsamen Gürtel gebastelt und die Zündschnur verknotet. Kurz würde sie sein, die Schnur. Sehr kurz.

* * *

Ich entschied mich für den kommenden Sonntag. Ein Montag oder ein Freitag wären mir prinzipiell auch recht gewesen, aber sonntags lockte der Oberhausener Gasometer mehr

Besucher. Meinem Spektakel sollten möglichst viele Mitmenschen aktiv beiwohnen. Und der Gasometer, das Industriejuwel, das fette, metallene Ausrufezeichen des Ruhrpotts, war für meine Zwecke perfekt. In der dem Turm vorgelagerten Eingangshalle erstand ich bei einer ausnehmend sympathischen Angestellten für neun Euro ein Tagesticket.

Ich zahlte mit einem Zwanziger. »Stimmt so.«

Nicht übertreiben!

Genervte Eltern maulten, Jugendliche nölten, lärmende Kleinkinder rempelten mich an. Ich schubste mich weiter nach draußen auf den Vorplatz, den imponierenden Gasometer direkt vor mir im Blick, die schwere Reisetasche geschultert. Zu gerne hätte ich auf den fünfhundertzweiundneunzig Stufen der Außentreppe zur Aussichtsplattform hoch das grüne Ruhrgebiet genossen, aber fünfhundertzweiundneunzig Stufen, das ließ meine löchrige Lunge nicht zu. Nicht dran zu denken.

Halb betrat ich den eisernen Zylinder, halb wurde ich hineingedrückt. Heftig schnaufend und mit schmerzverzerrtem Gesicht kraxelte ich die beiden Treppen zum Panoramaaufzug hoch. Mein Herz krachte, die Brust schmerzte. Mit einem *Pling* öffnete sich die Aufzugstür. Auf dem Weg in die zehnte Etage ließ mich die faszinierende Lichtinstallation im Inneren der Eisentonne unbeeindruckt, mochte das multimediale Raumerlebnis auch noch so filigran und monumental daherkommen.

Oben spuckte mich der Aufzug wieder aus und nach weiteren zwei Metalltreppen waren in hundertsiebzig Metern Höhe endlich die Aussichtsplattformen erreicht. Mein Puls krachte mir dicke Beulen in den Hals.

Ich wählte die Plattform Richtung Nord-Ost mit Blick auf die St. Pankratiuskirche, die Kokerei Prosper und die Halde

Beckstraße. Durch die mehr als zwei Meter hohen, eisernen Metallstreben hindurch, erkannte ich direkt unter mir den grün-trüben Rhein-Herne-Kanal. Wie Ameisen krabbelten Menschen am Betonufer um die Wette.

Ich grinste. Mal bist du der Hintern, mal kriegst du den Furz ab. Heute, heute war *ich* der Arsch!

»Kommt her, ihr Kriecher, gleich gibt's Futter«, flüsterte ich, zog meine gammelige Reisetasche von der Schulter, ratschte den rostigen Reißverschluss auf und warf mit Schwung die beiden weißen Tragetaschen samt Inhalt über die Absperrung.

Wie weiße Windeln stürzten die prall gefüllten Beutel nach unten. Ich sah ihnen hinterher, sah, wie sie auf der Wasseroberfläche des Kanals aufschlugen und zerplatzten. Wie erste Finder erstaunt feststellten, dass von oben jemand Geld auf sie herabregnen ließ. Das aufgeregte, erstaunte Summen lockte weitere, gierige Sammler heran. So kalt war das Wasser nicht, als dass nicht sofort erste Beutejäger unerschrocken ins Wasser sprangen, um die Scheine einzusammeln.

Es war angerichtet!

Schnell hackte ich einen Schuh zwischen die Metallstäbe und schwang mich mit einem kräftigen Ruck in die Höhe.

»He!«, zischte gleich neben mir erschrocken ein Besucher.

Die scharfen, spitzen Metallzacken auf der Reling bohrten sich in meine Handflächen, sie würden mich nicht stoppen.

»Kommen Sie da runter, verdammt!«

Ein Mann im blau-roten Outfit des Sicherheitsdienstes stürzte auf mich zu. Nein, niemand würde mich stoppen. Ich, ich allein gab das Tempo vor.

Und die Richtung.

Ich wuchtete mich auf den Zaun, hielt schwankend das Gleichgewicht und öffnete langsam die Knöpfe meines Sommermantels. Mit der Rechten ergriff ich die Zündleine, mit der Linken brachte ich ein allerletztes Mal Feuer in mein verschissenes Leben.

Sekundenbruchteile bevor ich im Kanal aufschlagen würde, so mein Plan, würde der Sprengstoff mich mit einem großen Knall spektakulär in blutige Stücke bomben. Dann würde ich blutig zerfetzt auf die gierigsten Geldsammler herabregnen und ihnen die sommerliche Oberbekleidung einsauen.

Das war ein Abgang mit Stil, ein Abgang wie geschaffen für die Seite Eins in der WAZ.

Ich sprang ab.

Also, … ich versuchte es.

»Verflucht!«

Die eisernen Zacken des Zauns hatten hinten ein Loch in meinen Mantel gerissen, ich hing fest. Wütend zerrte ich am Kleidungsstück. Die kleine, rote Flamme fraß sich die Zündschnur entlang. Ich taumelte, schwankte, schlug nach links und rechts. Der Stoff ratschte.

Die Zündschnur wurde kürzer und kürzer. Mein Plan …

Na gut. Ich streckte meine Arme gen Himmel. Dann würde mich die Sprengladung eben hier oben auf der Plattform mit einem letzten Blick über meinen geliebten Pott in tausend Teile zerfetzen.

Als mehrere Besucher und der Kerl vom Sicherheitsdienst mich Sekunden später zurück auf die Plattform zogen und keine Detonation meinen Körper in Stücke riss, wurde mir klar, dass mein Kumpel Murat mir irgendeine harmlose Scheiße als Sprengstoff angedreht hatte.

Ich sag doch, das Leben … ist ein einziger, großer Beschiss!